GEORG KLEIN

ROMAN

BRUDER
ALLER
BILDER

ROWOHLT

Der Autor dankt der Arno Schmidt Stiftung
für die Unterstützung seiner Arbeit.

Originalausgabe
Veröffentlicht im Rowohlt Verlag,
Hamburg, September 2021
Copyright © 2021 by Rowohlt Verlag GmbH, Hamburg
Lektorat Katja Sämann
Satz aus der Plantin MT
bei Pinkuin Satz und Datentechnik, Berlin
Druck und Bindung CPI books GmbH, Leck, Germany
ISBN 978-3-498-03584-6

Die Rowohlt Verlage haben sich zu einer nachhaltigen Buchproduktion verpflichtet. Gemeinsam mit unseren Partnern und Lieferanten setzen wir uns für eine klimaneutrale Buchproduktion ein, die den Erwerb von Klimazertifikaten zur Kompensation des CO_2-Ausstoßes einschließt.
www.klimaneutralerverlag.de

«Die Bäume auf der Heimfahrt schamlos grün»

Heiner Müller

1.

SANDDORN

Den zweiten Becher Kaffee, den sie zum halbwegs Wach-werden notwendig brauchte, trank MoGo, die Schulter ans Fenster gelehnt, schon im Stehen. Über dem Plastik-klappstuhl, der einzigen Sitzgelegenheit in ihrer winzigen Küche, hing griffbereit ihre Wildlederjacke. Portemonnaie, Schlüssel und die obligatorischen drei Päckchen Papier-taschentücher waren auf die gewohnten Taschen verteilt. Morgendumm bis in die Fingerspitzen, wie sie um diese Tageszeit unausweichlich war, hätte sie beinahe auch das Smartphone eingesteckt, obwohl ihr gestern ausdrücklich hiervon abgeraten worden war. Und synchron zu einem letzten Schlürfen und Schlucken hielt unten, vor dem Eingang des Appartementblocks, der Wagen, bei dessen Fahrer es sich um einen von ihr mit einiger Neugier erwarteten Kollegen, den in Stadt und Region über die Grenzen seines Metiers hinaus bekannten und beliebten Sportreporter Addi Schmuck, handeln musste.

Schmucks Tisch in der Redaktion der Allgemeinen war, seit MoGo ihren auf ein Jahr befristeten Arbeitsvertrag angetreten hatte, stets unverändert leergeräumt gewesen. Außer dem Bildschirm und der Tastatur stand da als ein drittes solitäres Objekt nur ein mechanischer Aschenbecher, ein Modell, wie es ihr seit Unzeiten nicht mehr vor Augen gekommen war. Und als sie während der nervös beflissenen Stunden ihres ersten regulären Arbeitstags auf dem Rückweg von der Toilette im Zickzack durch das Großraumbüro erneut an Schmucks verwaistem Platz wie an einer Leerstelle im Text der generellen Geschäftigkeit vorübergekommen war, hatte sie innehalten müssen. Sie drückte auf den konisch geformten Kunststoffknopf. Mit einem Klicken sank das verchromte Stäbchen nach unten in den schwarz lackierten Blechzylinder, die braunfleckigen Blechdeckelchen schwenkten zur Seite, eine unsichtbare Feder wurde gelöst, und mit einem bewusstlos bereitwilligen Schnurren hatte das Maschinchen einen imaginären Zigarettenstummel in seinem Hohlraum verschwinden lassen – exakt so, wie dies einst, in seiner dinglichen Vorzeit, als das Rauchen in MoGos und in Schmucks Profession allerorten Usus gewesen war, mit ungezählten krummgedrückten Kippen vonstattengegangen war.

«Schmuck holt dich morgen früh um neun bei dir ab. Du bist ab sofort für ihn freigestellt. Volle fünf Tage will er dich haben. Weiß Gott, wozu. Wie dem auch sei: Schmuck kriegt bei uns alles, was er will. Na, fast alles! Fünf Tage, das heißt, das Wochenende mitgezählt, bis kommenden Dienstag, also den 20. September eingeschlossen. Alles Weitere von ihm. Nein, eine Handynummer gibt's nicht. Und dein eigenes Smartphone lässt du bitte zuhause. Unser Addi kann die Dinger auf den Tod nicht ausstehen. Ich schreibe dir für den Fall der Fälle seine Festnetznummer auf. Allerdings erreichst du damit bloß seinen verrauschten Anrufbeantworter. Du wirst schon sehen, Schätzchen: Addi Schmuck ist, wie er ist.»

So hatte es gestern aus dem rosa geschminkten Mund der Redaktionssekretärin geklungen. Frau Küppers nannte sie seit dem ersten Tag notorisch «Süße», «Kleines» oder «Schätzchen». Mit etwas Glück war dies mütterlich warmbusig, zumindest tantenhaft nett gemeint. Aber nach MoGos bisherigen Erfahrungen mit mittelalten Vertreterinnen ihres Geschlechts konnte die Küppers ebenso gut eine mit allen Wassern der Intrige gewaschene, eine jeden einzelnen Satz taktisch kalkulierende Klapperschlange sein.

«Schau zu, dass du morgen früh absprungbereit bist. Schmuck fährt einen auffälligen Amischlitten, ein oranges Cabrio, einen echten Oldtimer, bestimmt doppelt so alt wie du, Süße.»

MoGo nahm wie immer das Treppenhaus. Draußen war es noch kühl, der Himmel dunstfrei und stählern blau. Die ersten beiden Septemberwochen hatten mit einem Licht verwöhnt, das jeden, dessen Gemüt für Wetter mehr als bloß beiläufig empfänglich war, euphorisch wehmütig stimmen musste, da das Glänzen allzu vieler Oberflächen das Verenden dieses ausnahmsherrlichen Herbstes bereits wie eine Drohung in sich trug.

Das schwarze Kunstlederverdeck von Addi Schmucks

Cabriolet war fleckig verblichen. Das Orange des Lacks erinnerte MoGo an die Beeren von Sanddorn. Autos hatten ihr nie etwas bedeutet. Aber mit Hilfe des silbernen Wildpferds, das da mit wehender Mähne im Kühlergrill des Wagens auf der Stelle galoppierte, erriet sie dennoch, erstaunt über die eigene Kenntnis, um welches US-amerikanische Modell es sich handelte. Und vielleicht weil ihr eigenes Vehikel, ihr gebraucht gekaufter schwarzer Motorroller, mit einem Platten und einigen arg hässlichen, sturzbedingten Schrammen in der Tiefgarage stand, fiel ihr auf, wie stimmig das kalkig grelle Weiß des Rings, der den Reifen von Schmucks Wagen aufgeprägt war, mit dem stumpfen Dunkel des Gummis und dem glänzenden Sanddornton der Radkappen zusammenschwang.

Schmuck stand neben der Beifahrertür. In einem spontanen Fehlschluss glaubte MoGo, dies bedeute nun, sie solle sich statt seiner hinters Lenkrad setzen. Aber schon mit dem nächsten Gedanken erfasste sie aus der Art, wie seine Hand an die Tür griff, dass der hagere alte Kerl ihr die nun aufhalten und sie, sobald sie Platz genommen hätte, ins Schloss schlenzen würde.

In seinem Wagen roch es dann, anders als erwartet, nicht nach kaltem Zigarettenrauch, sondern nach einem zitronig parfümierten Rasierwasser. Ganz ähnlich hatte es in manchen Männerzimmern des Seniorenstifts geduftet, in dem sie, noch unmittelbar vor ihrer Einstellung bei der Allgemeinen, als Nachtwache gejobbt hatte. Und weil dies dort, in den finalen Daseinsgehäusen der betuchten greisen Herrschaften, oft genug ein notdürftiger Deckduft gewesen war, forschte MoGo, während Schmuck um das Heck seines Wagens auf die Fahrerseite hinüberging, vorsichtig schnuppernd nach etwas Untergründigem, war erleichtert, bloß die Ausdünstung der Ledersitze, vermutlich das Pflegemittel, mit dem sie seit Jahr und Tag eingerieben wurden, in die Nase zu bekommen, und musste heftig niesen.

«Gesundheit, Monique! Geht Monique in Ordnung? Nein? Ich seh' schon, eher nicht. Wahrscheinlich ist dir Moni lieber. Entschuldige, hätte ich mir eigentlich denken können. Offen gesagt: Mir ist die Todesanzeige für deine Mutter aufgefallen. Respekt, gut gemacht! Ist und bleibt in seiner schwarz gerahmten Kürze ein verflixt schwieriges Genre. Nur Nachruf ist noch ein bisschen heikler. Also, mein kollegiales Beileid! Auch wenn es mittlerweile natürlich schon ein bisschen spät kommt.»

Am offenen Grab ihrer Mutter hatte sich MoGo geschworen, der Verstorbenen abschließend alles, restlos alles, sogar den unsäglichen Vornamen, den diese ihr, ihrem ersten und einzigen Kind, verpasst hatte, zu verzeihen. Wie zu erwarten, war dies nicht gelungen. Dass Addi Schmuck in der heiklen Namensfrage umgehend nachgebessert hatte, sprach für ihn, und während sie beide nun, ohne dass ihr das anvisierte Ziel verraten worden wäre, Richtung Süden, Richtung Stadtrand rollten, versuchte sie, sich aus den Augenwinkeln ein erstes Bild seines schmalen, grau beflaumten Schädels zu machen. Aber die Sonne blendete, und das mit wenigen dünnen Linien gezeichnete Portrait, das seine Wochenendkolumnen schmückte, dominierte vorerst noch künstlich nachhaltig, was sie sich als ein leibhaftiges Gesicht einzuprägen begann.

«Keine Sonnenbrille dabei? Du hast vielleicht gar keine. Ich übrigens auch nicht. Wenn ich mal eine besaß, habe ich sie in Bälde wieder verloren. Immer interessant, was jemand wider Erwarten nicht besitzt, weil er es nicht in seinem Besitz behalten kann. Du und ich, wir sind, wenn die Sonne tief steht, zum Blinzeln gezwungen. Ist lästig, kann gelegentlich aber auch von Vorteil sein. Beruflich zum Beispiel. Kommst du mit der Küppers klar? Ich glaube, sie mag dich leiden. Wie findest du ihren Lippenstift? Früher hat sie sich auch die Fingernägel in diesem Babyrosa lackiert. Warum macht sie das mittlerweile nicht mehr? Denk doch bei Gelegenheit für mich drüber nach. Rede ich zu viel? Entschuldige, das bringt das Älterwerden so mit sich. Sag ungeniert, wenn es dir auf die Nerven geht. Du kannst übrigens ruhig die Augen zumachen. Ist noch ein Stückchen hin. Ich glaube, du bist genau das Gegenteil einer Frühaufsteherin. Sag mal, hast du Schnupfen? Deine Nase ist ganz rot gerubbelt.»

Wahrscheinlich war es unhöflich, nicht zumindest hierauf mit ein paar Worten zu antworten. Aber MoGo widerstrebte es, in aller Herrgottsfrüh das leidige Bandwurmwort Feinstaubüberempfindlichkeit in den Mund zu nehmen, und so ließ sie es bei einem deutlichen Nicken bewenden, das als ein Ja auf Schmucks letzte Frage durchgehen mochte.

Sein Wagen hörte sich dann, gleich mit dem Anlassen des Motors, unverschämt gut an, altmodisch laut und unrein sonor wie das Hecheln und Knurren eines sehr großen Hundes, und als hätte er ihre Gedanken mitgelesen, sagte Schmuck etwas über Zylinder und Hubraum, Baujahr und Pferdestärken, irgendwelche Zahlen, die sie vermutlich beeindrucken sollten, die MoGo jedoch im Nu, kaum war ihr Kopf an die Nackenstütze gesunken, vergessen hatte.

Warum sollte sie nicht noch ein bisschen dösen, wenn er es ihr ausdrücklich erlaubt hatte. Addi Schmuck war ab sofort ihr Chef auf Zeit. Und dieses exklusive Vorgesetztsein fußte zudem in einem nicht unpikanten Umstand, falls stimmte, was ihr bereits während des Praktikums, das ihrer

Anstellung vorausgegangen war, von der Küppers, vielsagend lächelnd, als ein intern anscheinend offenkundiges Geheimnis verraten worden war.

«Die Gräfin und unser Addi Schmuck, da passt seit Jahr und Tag kein Blatt dazwischen. Kein Blatt Papier und auch kein Laken! Wenn du verstehst, was ich meine, Süße.»

Das hatte ihr die Redaktionssekretärin damals zugeraunt, während sie in der Teeküche ein Weilchen allein gewesen waren und die Küppers die Gelegenheit nutzte, über die eine oder die andere Größe der Allgemeinen zu klatschen. MoGo hatte es so verstanden, dass Addi Schmuck, der anscheinend das Privileg genoss, so gut wie nie in der Redaktion auflaufen zu müssen, und die Eigentümerin der Allgemeinen, die Gräfin Eszerliesl, seit Unzeiten das Bett miteinander teilten.

Hinter der weiß gelackten Empfangstheke, an der jeder vorbeimusste, der die Redaktion betrat, hing ein Foto der Gräfin an der Wand. Ein recht großer Abzug, dessen Farben allerdings unter dem Licht der Jahre gelitten hatten. Die Eszerliesl stand neben ihrem Vater, der die Allgemeine gegründet hatte, beide hielten Sektkelche in den Händen und prosteten in die Kamera.

MoGo versuchte, sich an das Gesicht der Gräfin zu erinnern, bekam aber nur eine schmucklos akkurate Kurzhaarfrisur, wie sie ihre gesamte Kindheit und Jugend hindurch auch mit dem Anblick ihrer Mutter verbunden gewesen war, vors innere Auge.

Eine hochgeschlossene Bluse und ein Perlenhalsband fielen ihr verzögert noch ein, und aus dem Umstand, dass die Rechte der Gräfin in einem hellen Handschuh steckte, der ihr bis an den Ellenbogen reichte, hatte MoGo beim allerersten, frisch neugierigen Betrachten geschlossen, dass das Bild während irgendeines festlichen Anlasses geschossen worden war. Die Küppers könnte vermutlich sagen, ob Addi Schmuck schon damals der Liebhaber der Abgelichteten gewesen war.

Als MoGo die Augen wieder aufschlug, rollte der Mustang, als hätte dies irgendein sportsinniger Zufall gefügt, an der flachen Schüssel des stillgelegten Rosenau-Stadions vorbei. Gleich einem riesigen Ohr, das seit Jahr und Tag für niemanden außer sich selbst in die Himmelskuppel hinauflauschte, klebte es am Rand der Straße.

Dort drinnen, auf der Bahn, deren Oval ein nach dem extrem trockenen Sommer vermutlich restlos gelb verstepptes Spielfeld umfing, hatte sie einst, gerade fünfzehn geworden, den bislang einzigen ersten Platz ihres Lebens erkämpft. Bei den städtischen Leichtathletikschülermeisterschaften war sie auf Wunsch ihrer Sportlehrerin die 800 Meter, die zwei Runden kurze Mittelstrecke, gelaufen. MoGo konnte sich an das grobporige Tomatenrot der Tartanbahn erinnern, an das Vorbeiwischen der fast leeren Ränge, an ihr Keuchen, an das harte Klatschen der Schritte der anderen Läuferinnen und daran, wie sie, an zweiter Stelle liegend, dicht hinter der Favoritin, immerhin einer amtierenden bayerischen B-Jugendmeisterin, auf die Zielgerade eingeschwenkt war.

«Kopf hoch, Moni! Und ab die Post!», hatte sie die Mittermeier, die auch noch die verbleibende Gymnasialzeit für ihre sportliche Ertüchtigung zuständig sein sollte, von irgendwoher rufen hören. MoGo war damals barfuß und mit einem Pflaster um den linken großen Zeh angetreten, denn sie hatte sich dummerweise am vorausgegangenen Wochenende in ihren neuen Sandalen eine Blase zugezogen. Und weil sie die Mittermeier, die ihr ihre ganzen Mädchenjahre hindurch besonders am Herzen gelegen hatte, auf keinen Fall enttäuschen wollte, warf sie den Kopf in den Nacken und legte einen allerletzten Zahn zu, obwohl ihre verflixte Nase wieder einmal völlig dicht war und ihr die Lungen, wie nie zuvor empfunden, gleich einem Feuer ohne Flammen brannten.

Die Zeit, mit der sie dann als Erste über die Ziellinie gestürmt war, hatte irgendeine Jahresbestleistung bedeutet. In der Allgemeinen war der Rückblick auf das regionale Sportwochenende von einem Foto geschmückt worden, das mit «Auf nackten Sohlen zum Sieg» übertitelt war. Und so hatte ihr Name damals in der Zeitung gestanden, für die sie nun, erst vor einer guten Woche, den ersten längeren Artikel, mit dem sie restlos zufrieden war, den Bericht über eine Trachtenmodenmesse, mit dem Kürzel «MoGo» gezeichnet hatte.

Angeblich bewahrte das alte Rosenau-Stadion längst nur noch die utopische Höhe der Abrisskosten vor dem Verschwinden. Eben, während sie die Wange an die Seite die Nackenstütze gedreht hielt, um den rostroten Stäben des Südtors einen letzten Blick zu schenken, war sogar ein Streifen der verblichenen Bahn zu sehen gewesen, und etwas in ihrem Kopf hatte einen törichten Moment lang phantasiert, Schmuck werde sie nun gleich auf ihren einstigen Barfußsieg ansprechen. Immerhin galt er als das Sportgedächtnis der Redaktion und schrieb alle vierzehn Tage für die Wochenendbeilage im Wechsel seine beiden enorm beliebten Kolumnen «Tore! Tore! Tore!» und «Addi antwortet». Aber die obsolete Stätte ungezählter Triumphe und Niederlagen war ihm keine nostalgische Reminiszenz aus der Tiefe seines einschlägigen Wissens wert gewesen.

Später, wesentlich später, meinte MoGo, sie habe Addi

Schmuck damals, während sie ihrem ersten Ziel entgegenrollten, auf eine vertrackte Weise sowohl über- als auch unterschätzt. Dass er sie mir nichts, dir nichts, ohne das Feigenblatt einer Erklärung, in seine akute Unternehmung hatte abkommandieren lassen, sprach für die Bandbreite seiner Befugnisse. Aber ebendies schien, so wie es nun, während ihrer Fahrt an den südlichen Stadtrand, seinen wortlosen Fortgang nahm, auch auf einen Mangel zu verweisen, auf ein Unvermögen Schmucks – als gebe es tatsächlich etwas, was er nur mit ihrer Unterstützung bewerkstelligen könne, ein Vorhaben, für das ihm vorerst die hinleitenden Sätze fehlten.

2.

GRAS

Die Süd-Arena kam MoGo dann, während sie über eine wie von einem überirdischen Besen blankgefegte Parkfläche auf den Haupteingang zurollten, zum ersten Mal dinghaft vor Augen, obwohl die Spielstätte des hiesigen Erstligaclubs bereits die fünfte Saison ihre betongrauen Saurierrippen in die Höhe reckte. Sie hatte sich nie ernstlich für Fußball interessiert, war allerdings ihre ganze Schulzeit lang ein überdurchschnittlich sportbegabtes Mädchen gewesen, das, wenn es sich ergab, zwar nicht mit dem unter Buben üblichen Furor, aber immerhin intuitiv geschickt gegen den einen oder anderen Ball gekickt hatte.

Sie wurden erwartet. Und im bahnlos engen Raum der fußballerischen Gegenwart, auf dem penetrant laubfroschgrünen Spielfeld der Arena, wies der für dessen Verfassung zuständige Vereinsangestellte, während er sich im Kreis um die eigene Achse drehte, hoch in die Luft, als ziele sein Zeigefinger motorisch präzis unter die Kante des milchig transparenten Daches, welches rundum dreißigtausend knallrote Plastiksitzschalen gegen Regen schützte.

«Sie sehen ja selbst, Herr Schmuck: So etwas ist doch nicht normal. Wir lassen die Audiodatei jetzt schon in aller Früh auf doppelter Lautstärke laufen. Das ist genau genommen gar nicht zulässig. Aber alles umsonst. Es werden von Tag zu Tag mehr. Von der alten Angst, von der angeblich natürlichen Scheu keine Spur.»

Als sie eingetroffen waren, hatte der Greenkeeper der Arena den Rücken vor Addi Schmuck fast zu einer Art Verbeugung gekrümmt und sich erst nach dessen «Meine Kollegin, Moni Gottlieb!» bemüßigt gefühlt, auch ihr die Rechte entgegenzustrecken. Danach hatte MoGo beobachtet, wie Schmuck es anstellte, ohne eine einzige Frage, bloß durch ein festes Hinschauen und ein gelegentliches Nicken, untermalt von einem virilen Brummen, fast Grunzen, den Spielfeldbevollmächtigten in einem freimütig flüssigen Erzählen zu halten.

«Morgen ist Heimspiel. Mittlerweile bedeutet die Sauberkeit ein Riesenproblem. Weniger auf dem Rasen. Den sprengen wir zweimal am Tag. Das Zeug wäscht sich auch halbwegs ein. Morgen, am Samstagmittag, gehen wir dann noch mal mit dem Saugmäher drüber, der nimmt eine ganze Menge auf. Aber die Sitze! Auf dem roten Kunststoff sieht doch jeder Klacks wie eine kleine Schweinerei aus. Unsere Fans und die Fans der Gastmannschaft können blank gewischte Plätze erwarten. Da gibt es unmissverständlich strenge Auflagen. Der Verband kann sogar ein Bußgeld verhängen.»

Mitten auf dem Grün waren sie zu beiden Toren marschiert. Durch die Schuhsohlen glaubte MoGo die fast künstliche Dichte und die federnde Widerborstigkeit des kurz geschorenen Grases zu spüren. Diesem Grund war alles Wiesenhafte in pedantischer Konsequenz ausgetrieben worden. An beiden Spielfeldenden hatte der Greenkeeper mit den Fingerknöcheln heftig auf das weiß lackierte Aluminium eines Pfostens geklopft, als könnte er so das offensichtlich gefährdete Glücken seiner professionellen Kontrolle beschwören.

Im Tunnel, durch den schon morgen die Mannschaften auflaufen würden, schüttelten sie sich zum Abschied noch einmal die Hände. Schmuck versprach Diskretion und dazu, gründlich über die leidige Sache nachzudenken. Er habe da schon einen im Auge, den er vertraulich um Rat fragen wolle.

Wieder draußen auf dem Parkplatz, hielten sie vor der Schnauze des Mustangs noch einmal inne, um gemeinsam zu lauschen. Die Raubvogelschreie schienen MoGo nun, wo sie erfahren hatte, was da über die Lautsprecher eingespielt wurde, lauter und greller als bei ihrer Ankunft. Noch unlängst hatte das in wechselnden Abständen anschwellende Gellen des heimischen Wanderfalken, also ihres natürlichen Todfeinds, hingereicht, um die Tauben aus dem Arena-Inneren fernzuhalten. Doch aus irgendeinem Grund ließen sich die Vögel mittlerweile nicht mehr auf die bewährte Weise technisch überlisten.

«Ich wette, du hast noch nichts außer Kaffee intus, Moni. Stimmt's, oder hab' ich recht. Kennst du die Flughafengaststätte? Da kriegen wir jetzt die legendäre Messer-schmitt-Brotzeit. Das kleine Stückchen hin kannst du mei-ne Karre schon mal probefahren. Automatik! Kennst du doch, oder? Da gibt es so gut wie nichts Zusätzliches zu lernen. Du musst dir bloß die stupide Schalterei samt dem blöden Gekuppel wegdenken. Im Fluss wird das Weniger dann ganz von allein zu einem Mehr.»

Schmuck behielt recht. Es gefiel ihr, seinen Wagen zu steuern. Fast genierte sie sich ein bisschen dafür, von der rechten Fußspitze auf dem Gaspedal bis hinauf in den Na-cken an der Kopfstütze zu spüren, wie viel Kraft dieses alte Ding gleich einem gespeicherten Überschwang für jedwe-den Chauffeur bereithielt. Schmuck dirigierte sie nicht. Also fuhr MoGo ganz langsam und einfach nach Gefühl im Zickzack wieder stadteinwärts und wunderte sich dabei, wie schlecht sie sich hier, am Südende ihrer Heimatstadt, auskannte. Irgendwo ganz in der Nähe musste das Gelände für die geplante Universität liegen. Und ziemlich genau hier hatten sich einst, noch bis in die Kindheit ihrer Mutter, die grasüberwachsenen Startbahnen eines ehemaligen Militär-flughafens befunden, von denen noch in den letzten Tagen des bereits gründlich verlorenen Kriegs ein sagenhaft neu-artiges Kampfflugzeug seinen Piloten – erstmals unheim-lich propellerlos! – Richtung Wolken getragen hatte.

«Respekt. Kürzer wäre möglich gewesen, aber schöner ging's wirklich nicht. Man könnte glauben, du kennst hier jeden Schleichpfad. Da vorne noch einmal links. Macht Freude mit dem Mustang, oder? Stell ihn direkt vor diesen Busch mit den orangefarbenen Beeren. Gleich und gleich gesellt sich gern.»

Die ersten Sanddornsträucher, die sie gesehen hatte, waren auf der Nordseeinsel gewachsen, die ihre Mutter für ein paar Jahre zum Ziel ihrer stets auf bescheidene zehn Übernachtungen befristeten Sommerurlaube auserkoren hatte. Hier nun stand ein einzelner Busch, fast ein Bäumchen, auf einem Streifen Kies vor dem Gebäude, welches MoGo, ohne es zu suchen, gefunden hatte, und drückte seine spärlich graugrün belaubten, aber üppig mit Beeren bestückten Zweige gegen eine Fassade aus blau gestrichenen Latten.

Die ganze Flughafengaststätte schien aus Holz zu sein, es handelte sich sichtlich um nicht mehr als eine große Baracke, die ihr gleich, obwohl sie gewiss noch nie hier gewesen war, auf eine kurios heimelige Weise bekannt vorkam. Schmuck ächzte leise, als er sich aus dem Beifahrersitz drehte, und MoGo fiel auf, wie er die linke Hand auf die Oberkante der Tür legte, offenbar kam ihm gelegen, sich daran hochziehen zu können.

«Trink ein Bierchen mit mir, Moni. Nachdenken und Biertrinken, das passt prima zusammen, auch wenn die Gesundheitsapostel heutzutage, auch in unserem Blatt, notorisch das Gegenteil behaupten.»

Bis auf den Wirt, einen Mann in Schmucks Alter, war das Lokal leer und das Bier, das erste Vormittagsbier ihres Lebens, so eisig kalt, dass ihr die Zähne weh taten. Die angekündigte Messerschmitt-Brotzeit erwies sich als ein Wursteller, den weiße und rote Sülze dominierten. Es wäre wohl ein Fehler gewesen, Addi Schmuck jetzt noch zu verraten, dass sie sich schon eine Weile, so strikt, wie sie dies hinbekam, fleischfrei ernährte und zudem versuchte, ohne Lebensmittel, die Milch und Ei, also etwas zweitrangig Tierhaftes enthielten, auszukommen.

«Du kannst die gurrende Bande nicht leiden, Moni. Nicht bloß wegen deines Schnupfens, sondern vor allem wegen der himmlischen Heerscharen hast du dir vorhin in einer Tour die Nase geputzt. Dabei hat es doch in der Arena überhaupt nicht nach dem Geschäftchen der Tauben gerochen. Oder liegt's an mir? Vielleicht geht mir da mittlerweile das nötige Vermögen ab. Ich höre auch längst nicht mehr so gut wie früher. Vom Sehen ganz zu schweigen. Hat der Greenkeeper vorhin überhaupt etwas über den Geruch gesagt? Pardon, das ist jetzt zum Essen vielleicht ein bisschen unappetitlich.

Merkst du, wie der Wirt immer wieder herüberschaut? Deine Nase gefällt ihm, auch wenn sie ziemlich rot gerubbelt ist. Recht hat er: Schöne Nasen sind leider immer noch selten hierzulande. Wo stammt deine Familie her? Mittelmeer? Balkan? Na, wahrscheinlich bloß dein Vater. Warum heißt du nicht nach ihm? Du kannst das natürlich alles für dich behalten. Wie dem auch sei: In puncto Nasen bleibt Addi Schmuck bis an sein Ende, na sagen wir mal: Völkerkundler!»

Sie musste nicht antworten, weil sie den Mund voll hatte, und als sie für einen extralangen Schluck Bier die Augen schloss, sah sie merkwürdig überdeutlich die Farben der fraglichen Tiere auf den Innenseiten der Lider: das glänzende Felsengrau und das bläulich schillernde Purpur des Gefieders, das ungut nackte Mattrosa der Füßchen und sogar die kreidig weiße Verdickung am Ansatz des Schnabels.

In der Grundschule hatte eine Mitschülerin, eine Wiederholerin der dritten Klasse, es binnen weniger Tage hingekriegt, dass sie von allen nur noch «Nasimoni» gerufen worden war. Und als sie die Mistgöre deswegen im Pausenhof aufs Kreuz gelegt und ihr das Stupsnäschen blutig geschlagen hatte, musste ihre Mutter bei der Schulleiterin antanzen, um sich für die vermeintlich grundlos rohe Tat zu entschuldigen.

Egal, ob Addi Schmuck ihre Nase wirklich leiden mochte oder nur auf vorerst schwer durchschaubare Altherrenmanier Süßholz raspelte, sie wollte sich von ihm nicht weiter in die Defensive drängen lassen. Außerdem galt es, das Duzen zu üben. Er, Addi, habe doch auch die Krähen gesehen. Saatkrähen. Bestimmt mehr als fünfzig, wahrscheinlich an die hundert Stück, schön gleichmäßig verteilt unter das kopfnickende Pack – als wären die Vögel ausgerechnet hier, im Kunstraum der Arena, über die Gattungsgrenzen hinweg so etwas wie Freunde geworden.

Schmuck spießte ein großes, knorpeliges Stück weiße Sülze auf seine Gabel, und bevor er es hinter seinen Zähnen verschwinden ließ, hob er den Kopf, nickte und blickte sie an. Nachdenklich, fast grübelnd sah es aus, aber zugleich auch hellsichtig erfreut. MoGo glaubte zu spüren, wie fest und lidschlaglos lang er dabei ihre Nase fixierte, und für einen Moment war sie sich unabweislich sicher, dass ihm diese, warum auch immer, verflucht lang und verflixt spitz, so wie Mutter Natur sie ihr verpasst hatte, allen Ernstes – völkerkundlich oder zwischengeschlechtlich – zu gefallen schien.

3.

LORBEER

Mit einem zweiten Bier in der Hand waren sie dann nach hinten ins Freie gegangen. Ein Dutzend Lorbeerbäumchen in Betonkübeln begrenzte den Biergarten der Gaststätte. Ein wüster Streifen Wiese und ein stacheldrahtgekröntes Mäuerchen schlossen sich an, dahinter erhoben sich die Hallen eines stillgelegten Werksgeländes. Es gab ein paar Bänke, aber weil Schmuck auf und ab gehend rauchte, blieb auch MoGo stehen. Und obwohl sie das Selberdrehen zusammen mit dem Tote-Tiere-Essen aufgegeben hatte, griff sie sich eine der Zigaretten, als ihr Addi Schmuck erneut die flache blaue Schachtel hinhielt.

«Sei so freundlich und nimm dir eine, Moni. Mit denen bin ich als junger Kerl in die Raucherei eingestiegen. Sind aber hierzulande längst nicht mehr zu kriegen. Nicht mal im Tabakwaren-Fachhandel. Angeblich sollen die Teer- und Nikotinwerte der schiere Irrsinn sein. Dagegen ist, was man mittlerweile unter dem gleichen Namen in der Automateneinheitsschachtel verkauft, weniger als ein Witz. Die hier, die echten, bringt mir eine gute Freundin immer aus der Schweiz mit. Schmecken doch, oder?»

Mit dem ersten, unvorsichtig gierigen Inhalieren war MoGo so schwindlig geworden, dass sie sich an einer Stuhllehne hatte festhalten müssen. Jetzt paffte sie sicherheitshalber bloß noch, wälzte den merkwürdig süßlichen Rauch in der Mundhöhle, während ihr Schmuck erzählte, wie er diese Zigaretten über einen älteren Kollegen während seiner kaufmännischen Lehre in einem hiesigen Sportzubehörgeschäft kennengelernt hatte. Dessen Name kam ihr vage bekannt vor, und weil das Nikotin ihre Vorstellungskraft beflügelte, glaubte sie kurz sogar, sie wüsste, wo in der Fußgängerzone dieser Laden gewesen war, begriff aber schon mit dem nächsten, vorsichtig sachten Zug an dem filterlosen, im Querschnitt merkwürdig ovalen Glimmstängel, dass sich an der fraglichen Ecke während ihrer Kindheit in Wirklichkeit ein Spielwarenfachgeschäft befunden hatte.

Regelmäßig hatte ihre Mutter sie, wenn sie zum Einkaufen ins Zentrum gefahren waren, an der Hand durch das Erdgeschoss und dann auch noch durch die zweite Etage geführt. Scheinbar geduldig, scheinbar mit zwangloser Muße, aber in Wirklichkeit in der angestrengt verhohlenen Hoffnung, ihrer Kleinen werde dieses Mal endlich etwas ins Auge stechen, was dann, groß oder klein, aus Plastik oder Holz, auf Kunstfaserpfoten oder Gummirädchen, schnurstracks erworben und nach Hause getragen werden könnte.

Irgendwann hätte sie ihr wahrscheinlich alles gekauft, auch etwas, was zweifellos ausschließlich für Buben gedacht war. Auf der Seite «Gesundheit und Familie» der Allgemeinen hatte sie nämlich zu ihrer großen Erleichterung gelesen, dass es Mädchen gab, die einfach keine Puppen mochten, und dass dies entgegen allen mütterlichen Befürchtungen entwicklungspsychologisch gesehen nichts Schlimmes zu bedeuten habe.

MoGo glaubte sich sogar zu erinnern, wie ihre Mutter ihr dereinst ein Stück des Artikels, betulich langsam und den Zeigefinger schwenkend, vorgelesen und ihr anschließend zugesichert hatte, es sei völlig in Ordnung, wenn sie zum Beispiel eine dieser muskelprallen Actionfiguren oder ein ballonrädriges Monster Car, das sich über Stock und Stein fernsteuern ließ, zum Geburtstag haben wolle. Aber obwohl sie damals genau gespürt und sogar ein, zwei Gedanken weit verstanden hatte, wie viel Erleichterung ein simples Habenwollen in dieser leidigen Frage für ihre Mutter bedeuten würde, war sie, stur wunschlos, das einzige Mädchen in den Reihenhäusern rechts und links der verkehrsberuhigten Straße geblieben, das weder die sogenannten Erwachsenen noch die sogenannten anderen Kinder je mit irgendeinem einschlägigen Ding in ein sinnig blödsinniges Spiel versunken sahen.

«Kipp das restliche Bier ruhig in den Kies, Moni. Oder halt: Gib es mir. Ich muss ja nicht mehr fahren. Jetzt geht es weiter zu einem, der über fast alles, was kreucht und fleucht und flattert, Bescheid weiß. Ich nenn' ihn unter uns erstmal bloß den Auskenner. Man soll ab und an nicht gleich mit dem leidigen Taufnamen ins Haus fallen. Ist nur ein Katzensprung Richtung Südosten. Das gibt es gelegentlich, nicht bloß im Kino oder im Fernsehen, sondern sogar in der fußläufigen Wirklichkeit, dass Orte so wunderbar triftig nah beieinanderliegen.»

Es war dann doch weiter, als sich nach Schmucks Ankündigung erwarten ließ. Zuletzt rollten sie an einem nicht enden wollenden Maisfeld entlang. MoGo wunderte sich, dass es hier überhaupt noch bäuerlich bewirtschaftetes Gelände gab. Schmuck meinte, der ganze Bereich, auch dieses lange Ackerband, sei schon seit ein paar Jahren zur Bebauung ausgewiesen, dürfe aber von seinem früheren Besitzer weiter gepflügt und bepflanzt werden, weil es in Sachen Universität Planungsprobleme gebe und die Grundsteinlegung der Alma Mater vorerst auf den Sankt Nimmerleinstag verschoben sei. Ob ihr auffalle, wie protzig hoch der Mais stehe. Und das nach diesem mörderisch regenarm gewesenen Sommer.

Mais hatte MoGo, soweit sie zurückzufühlen vermochte, noch nie ausstehen können. Ihre Abneigung war älter als das ihr irgendwann zugefallene Wissen darüber, wie gnadenlos gründlich dieses Weltgetreide angeblich an den hiesigen Böden zehrte. Seit jeher konnte sie sich mit einem räumlichen Unbehagen vorstellen, in einem Feld aus Tausenden dieser entschieden solitären, erst durch den Menschen zu einem monotonen Scheinwald versammelten Pflanzen verloren zu gehen.

«Jetzt langsam! Kurz bevor der Mais aufhört, kommt auf der anderen Seite ein einzelner großer, ein richtig alter Baum und gleich dahinter die Einfahrt in eine Art Wäldchen. Da vorne links. Ist leicht zu verfehlen. Das Sackgassenschild ist ganz verblichen.»

MoGo war froh, als die fahlgelben Schäfte rechter Hand ein Ende nahmen. So brav, wie sie es vor Jahr und Tag in der Fahrschule gelernt hatte, schaute sie in alle drei Spiegel, und als der Blinkerhebel des Mustangs mit einem lauten Knacken zurücksprang, war von ihrem Erinnern selbsttätig abgezählt worden, dass sie in ihrem Leben bislang gerade mal fünf verschiedene Pkw gesteuert hatte. Das nun, dank Schmuck, nicht mehr letzte Fahrzeug dieser Reihe, den koreanischen Kleinwagen ihrer Mutter, hatte sie schnurstracks von deren Beerdigung zu dem Händler gefahren, bei dem dieser erworben worden war. Und dort hatte man ihr für das proper erhaltene Ding eine verdächtig bescheidene, womöglich betrügerisch niedrige Summe bar in die Hand gezählt.

«Wäldchen» erwies sich dann trotz seiner Lauschigkeit als ein gar nicht so falsches Wort. Sie rollten gut hundert Meter in einen schmalen grünen Tunnel aus Buschwerk und schlankem Gehölz, dann musste sie den Mustang vor einem Drahttor zum Stehen bringen. MoGo kannte sich halbwegs mit Bäumen aus. Den wuchtig imposanten Straßenbaum, hinter dem sie abgebogen waren, hatte sie an den brettartigen Wurzelansätzen sogleich als Ulme bestimmen können, und als sie Schmuck nun nach dem Alter der Eschen, Ahorne, Wildkirschen und Pappeln, die sie umgaben, fragte, meinte dieser, vermutlich sei das meiste erst seitdem derjenige, zu dem sie wollten, hier auf dem Gelände hause, ungestört selbsttätig, Stämmchen bei Stämmchen hochgekommen.

Mehr könne er dazu nicht sagen. Denn zuvor, in der Zeit, in der die kleine Werkhalle noch für irgendein Gewerbe genutzt worden war, habe ihn nie etwas, weder beruflich noch privat, in diese Ecke geführt. Aus eigener Anschauung wisse er also nicht, wie es hier einstmals ausgesehen habe. Wahrscheinlich habe man früher zumindest drinnen, auf der anderen Seite des Zauns, jedweden Wildwuchs mit irgendeinem rabiaten Mähgerät ordentlich kurz gehalten.

Der Flügel des Tors wurde von einer Kette und einem Vorhängeschloss gesichert. Rechts wie links schoben sich ungestrichene, mehr als mannshohe eng aneinandergefügte Latten ins dichte Grün.

Sie stiegen aus. Schmuck griff an den linken Pfosten, und MoGo sah, dass dort mit einem langen Stück Schnur ein Witz von Musikinstrument, eine recht große blassgelbe Plastiktröte, befestigt war. Das halbdurchsichtige Ding bildete eine Trompete nach, allerdings waren die Ventile auf den ersten Blick als Attrappe zu erkennen. Als Addi Schmuck sich das primitive Spielzeug an die Lippen setzte und hineinblies, erklang ein recht lauter, penetrant quäkender und zugleich anrührend brüchiger Ton. Dann warteten sie.

«Rufen hätte keinen Sinn, Moni. Geschrei aller Art kann er längst nicht mehr ausstehen. Ganz früher hab' ich einfach gehupt: Zweiklangfanfare! Das waren noch Zeiten. Heute würde er mir für das bisschen Mustangmusik vermutlich ein halbes Jahr lang nicht mehr aufmachen.

Wenn er gleich kommt, verrat bitte nicht, dass ich ihn den Auskenner genannt habe. Das trifft es zwar wie die berühmte Faust das berühmte Auge, aber platterdings ausgesprochen, wäre es ihm vor einer jungen Frau bestimmt peinlich. Und sieze ihn bloß nicht.

Ach, weißt du was: Sei so nett und puste du mal in die Tröte. Du hast mehr Luft. Das wird er hören, falls er da ist. Ich glaube, er kann am Ton auch männlich und weiblich unterscheiden. Mach mal, ich vertrete mir ein bisschen die Beine.»

Schmuck drehte sich um und lief den Weg zurück, den sie eben gekommen waren. Zuerst vermutete MoGo, dass ihn von den getrunkenen Bieren die Blase drückte, aber dann sah sie, dass er noch in Sichtweite auf der Zufahrtsschneise stehen blieb, um eine Zigarette anzuzünden. Sie wandte sich zum Zaun und griff nach dem Plastikding. So unauffällig, wie sich dies bewerkstelligen ließ, wischte sie dessen Mundstück mit einem Papiertaschentuch ab. Und während sie es zusammenknäulte und fast wie ein belastendes Beweisstück in ihrer Jackentasche verschwinden ließ, beschlich sie die Vermutung, Schmuck habe sich nur deshalb ein Stück weit entfernt, weil er ihr Gelegenheit zu ebendiesem Reinigungsakt verschaffen wollte.

Was sie dem Kunststoffhorn entlockte, überraschte sie so sehr, dass sie es um ein Haar sogleich mit einem erneuten Hineinblasen versucht hätte. Aber sie hörte Schritte und sah, dass Schmuck in einem erstaunlich flotten Trab zurückgelaufen kam.

«Das war Spitzenklasse, Moni!», flüsterte er und nahm ihr die Tröte aus der Hand, als wollte er sichergehen, dass sie diese kein zweites Mal an die Lippen führte. «Das hat ausgereicht, um Tote aufzuwecken. Jetzt aber leise, er ist vielleicht schon hier. Da vorne links, hinter diesen Büschen mit den glatten, dunkelgrünen Blättern.»

MoGo verstand, welche Stelle er meinte, und hätte ihm sogar sagen können, dass es sich um zwei ineinander verwachsene Stechpalmensträucher handelte, aber sie verkniff sich dieses botanische Bescheidwissen, weil sie sah, wie Schmuck den Zeigefinger an den Mund legte. Vielleicht stand dort drüben wirklich jemand. Und obwohl er sie so eindringlich zum Stillsein aufgefordert hatte, flüsterte Addi Schmuck nun selber unentwegt weiter, fast so, als ließe sich

30

damit die Wahrscheinlichkeit, dass sie bereits beobachtet würden, um einige Grade steigern.

«Er ist ein rechter Sonnenanbeter. Hier im Schatten kann man glatt vergessen, wie warm es mittlerweile geworden sein muss. Mittig zwischen den Giebeln hat er eine schmale Dachterrasse. Da passt gar nicht viel mehr hinauf als seine Campingliege. Mich hat er, obwohl wir uns eine Ewigkeit kennen, keine fünf Mal zum Licht- und Wärmetanken mit auf seinen Sonnenwinkel hochgenommen. Ich hab' dann immer bloß einen winzigen Hocker zum Dabeisitzen bekommen. Und stell dir vor: Lendenschurz! Er trägt da oben bis weit in den Herbst nichts als einen Lendenschurz. Vorne ein blank gewetzter Lederlatz, um die Hüften, und hinten nichts weiter als eine dicke, grobfasrige Schnur. Das sieht schon arg speziell aus, der Hanfstrang zwischen den mageren Altherrenbacken. Aber unter Kerlen, die sich ewig kennen, geht es in Ordnung. Keine Sorge, falls er dich entdeckt hat, ist er bestimmt schon in seine Hosen gestiegen.

Ist das nicht Haut? Du hast die schärferen Augen. Da schimmert doch was durch. Er ist braun wie ein Indianer. Nicht bloß im Sommer. Das geht auch winters nicht mehr weg. Jung braun und alt braun, das ist ein Riesenunterschied. Er ist ein bisschen jünger als ich. Genau genommen, dreieinhalb Jahre. Aber wenn zwei Männer zusammengerechnet mehr als ein Jahrhundert auf den Buckeln haben, juckt so eine kleine Spanne kein bisschen. Bei Frauen soll das ja völlig anders sein. Da will ich mir kein Urteil erlauben.

Übrigens: Die Küppers wird kommenden Montag fünfzig. Dann müssen wir zwei auf ein Gläschen Sekt in der Redaktion antanzen. Gehört sich so. Kann mir übrigens in etwa vorstellen, was du über mich erzählt bekommen hast und was sie sich mittlerweile über uns beide denkt. Fünf Tage, ist das eigentlich lang? Wenn sie wüsste, dass ich dich hierher – quasi in die Natur! – verschleppt habe.

Aber davon mal abgesehen: Unsere Elvira Küppers sieht doch weiterhin blendend aus. Mir hat sie die ganzen drei Jahrzehnte immer aufs Neue, immer ein bisschen anders gefallen. Umwerfend anmutig ist sie hinter der Schreibmaschine gesessen, ganz früher, in meiner allerersten Zeit, solange es noch allerhand abzutippen gab und sie sich gehörig auf den jeweiligen Text konzentrieren musste. Ob das heute noch genauso klappen könnte? Ich meine, ob sie heute an ihrer alten Elektrischen, nur via Maschine, bloß per Kugelkopf, zusammen mit den aufs Papier gerratterten Zeilen, so ab zwei, drei Tippseiten noch mal zu diesem mädchenhaften Liebreiz zurückfände? Jetzt aber wirklich: Psst!»

Erst später, geraume Zeit später, als sich das Heck des Mustangs aus der grünen Röhre der Zufahrt wieder auf die nachmittagshelle Straße hinausschob, begriff MoGo an der Temperatur des Lichts, wie lange sie vor dem Gittertor gewartet haben mussten. Sie hatten kein Wort mehr gesprochen, sondern nur geraucht und ab und an die Position gewechselt. MoGo hatte sich meist an einen der Kotflügel des Wagens gelehnt, während Schmuck, nach einigem Auf und Ab, vor dem Tor auf die Knie gesunken war, um mit dem Zeigefinger Kringel auf den sandigen Boden zu malen, dessen feine Körnung er dann mit der Handkante wieder glatt strich, nur um den losen Grund erneut zu bekrakeln und wiederum rillenlos plan zu streichen, als wollte er dem, den er den Auskenner genannt hatte, eine immer wieder verbesserte Botschaft hinterlassen. Zuletzt waren sie dann noch eine halbe Ewigkeit bei offenen Türen im Auto gesessen. Schmuck hatte wieder auf dem Fahrersitz

Platz genommen und schließlich irgendwann den Motor angelassen.

Später, viel später, würde MoGo beteuern, jenes sich schier endlos hinziehende Ausharren sei ihr nicht unangenehm gewesen. Schmuck habe es mit irgendeinem schwer zu bestimmenden Geschick verstanden, ihr stummes Warten als das nun Gegebene erscheinen zu lassen. Weil ihr während ihrer nächtlichen Bereitschaftsdienste im Seniorenstift St. Georgen von den Monologen mancher Herrschaften, die sie herbeigeklingelt hatten, oft mehr als die anstandshalber zu spendende Aufmerksamkeit geraubt worden war und weil sogar ihre im Vergleich doch deutlich jüngere Mutter nach ihrem Auszug am Telefon regelmäßig in ein bestürzend wirres, nicht enden wollendes Reden gefallen sei, habe sie auch dem Kollegen Schmuck zunächst zugetraut, dass er ihr Beisammensein nun dazu nutzen würde, sie in die Geiselhaft irgendwelcher Anekdoten zu nehmen, und war erleichtert gewesen, als dergleichen im Wäldchen vor dem Tor des Auskenners unterblieben war.

4.

LAVENDEL

«Manchmal soll es halt nicht sein. Womöglich haben wir
uns die ganze Zeit getäuscht, und er war überhaupt nicht
da. Weil er fast immer auf seinem Terrain zugange ist, bleibt
rundum ein Rückstand in der Luft, selbst wenn er aus-
geflogen ist. Aroma kann trügen. Überhaupt: Erfahrung ist
immer von gestern. Da darf sich auch ein Addi Schmuck
nichts vormachen. Weißt du was, Moni, Arbeitsende! Morgen ist auch noch ein Tag. Wenn das die Küppers wüsste,
wie früh wir heute Schluss machen. Aber dafür arbeiten wir
das Wochenende stramm durch: morgen und übermorgen.
Hat sie dir doch hoffentlich gesagt?

Vielleicht ruft sie dich heute noch an. Irgendein Vorwand findet sich immer. Neugierig und frech genug ist sie. Da sollten wir zwei uns besser keine Illusionen machen. Falls sie dich auszuhorchen versucht, ich habe dich zu strengem Stillschweigen verdonnert. Hast du noch ein normales Telefon, ich meine so eines, dessen Schnurende in der Wand steckt? Schreib mir die Nummer auf. Im Handschuhfach sind Block und Stift. Schalt das andere, das mobile, bitte die nächsten Tage ab. Das geht doch? Jetzt sag bitte nicht, dass man so ein Höllending mittlerweile gar nicht mehr ausschalten kann. Falls heute doch noch was anliegen sollte, melde ich mich über Kupfer. Und morgen, am Samstag, kommen der Mustang und ich eine Stunde später. Ich weiß schon, das ist eigentlich immer noch zu früh für eine Nachteule wie dich. Ach, und falls du von unseren Täubchen träumst, merk es dir bitte für mich!»

In den eigenen vier Wänden angekommen, konnte MoGo das Gerät, um dessen Nichtbenutzung sie so eindringlich gebeten worden war, nicht finden. Sie wusste noch, dass sie ihr Smartphone, kurz bevor Addi Schmuck vorgefahren war, in die linke Innentasche ihrer Lederjacke gesteckt, dann aber sogleich wieder herausgenommen hatte. Doch dahinter riss das Erinnern ab. Also begann sie zu suchen und verwünschte währenddessen die Dichte der Unordnung, den fatalen Verhau, der in ihrem kleinen Appartement herrschte.

Voriges Wochenende hatte sie endlich damit begonnen, die Kartons mit den Sachen, die sie aus der Wohnung, welche ein Vierteljahrhundert auch die ihre gewesen war, mitgenommen hatte, zu sichten und den Inhalt zu sortieren. Der größte Pappkarton, ein ungut voluminöses Ding, hätte eigentlich gar nicht bei ihr landen sollen, war aber von der

Entrümpelungsmannschaft hinter einem geparkten Auto am Straßenrand vergessen worden. Und MoGo hatte dies, halb aus Aberglauben, halb aus schlechtem Gewissen, dahingehend gedeutet, er könnte eventuell doch etwas enthalten, was insgeheim dringlich danach verlangte, aus dem Besitz ihrer Mutter in den ihren überzugehen.

In einem ersten grimmig entschlossenen Anlauf war es ihr im Laufe des vorigen Samstagnachmittags gelungen, zumindest einen Teil in den Keller zu schaffen und dort auf die entsprechenden Müllcontainer zu verteilen. Der Rest hatte es damals allerdings nur heraus aus den Kartons auf das Laminat des Zimmers geschafft. Dass sie kaum Möbel besaß, erwies sich als Nachteil: Was eigentlich kein Recht auf ein dingliches Verbleiben besaß, versammelte sich seitdem, über den nackten Fußboden verteilt, zu tückisch zusammengehörenden Häufchen.

Hiermit wollte sie nun, da Schmuck sie so früh in den Feierabend entlassen hatte, weiterkommen. Sie begann mit dem Kleinkram, den sie in der Wohnung ihrer Mutter eigentlich schon auf Nimmerwiedersehen in die Tiefe des größten Umzugskartons gestapelt hatte. Nun wollte jedes praktische oder unnütze Stück, vom Korkenzieher bis zur Haushaltsschere, vom Lavendelduftkisslein bis zum Trockenblumengesteck, noch einmal in die Hand genommen werden, bevor sie es nach unten schaffen und neben den Restmüllcontainer platzieren würde. Vielleicht fand der eine oder andere Nachbar daran Gefallen.

In einer Zuckerdose entdeckte sie eine mechanische Armbanduhr, die ihre Mutter, wenn sie sich recht entsann, noch während ihrer Grundschulzeit am Handgelenk getragen hatte. Das damenhaft kleine, damenhaft goldene Ding schien für die anstehende Zeit mit Addi Schmuck eine nützliche Sache, aber weil sie ihr Smartphone verlegt hatte, konnte sie die Uhr, die aufgezogen emsig zu ticken begann, erst einmal nicht stellen.

Als sie den stehengebliebenen Wecker ihrer Mutter und die Küchenuhr, deren Batterie beim Wegpacken verlorengegangen war, aus dem Karton gehoben hatte, stand sie, als wollten die altmodischen Apparate sie ähnlich verspotten, vor dem gleichen Problem. Jetzt rächte sich, dass sie bei ihrem Einzug nicht auf die Idee gekommen war, die Zeitanzeige des Elektroherds einzustellen. Sie besaß weder einen Fernseher noch ein Radio. Und ihr Notebook stand, wie sie es sich zuletzt angewöhnt hatte, auf ihrem Tisch in der Redaktion. Falls ihr Smartphone nicht wieder auftauchen sollte, wollte sie, sobald sie Geräusche durch die Wand zur Nachbarwohnung hörte, drüben klingeln und dort, auch wenn sie dies schon jetzt, in der vagen Vorstellung, lächerlich anmutete, nach der Uhrzeit fragen.

Draußen war es dunkel geworden. Sie kniete vor dem größten Haufen in der Mitte des Raumes, der aus Büchern, Zeitschriften, einer Menge ungeöffneter Post und überhaupt aus Papierkram aller Art bestand. Ein Weilchen hatte sie in einem alten Nachrichtenmagazin geblättert und darüber gerätselt, warum ihre Mutter ausgerechnet dieses Heft zweieinhalb Jahrzehnte lang aufbewahrt hatte. Erst beim Wiederzuklappen bemerkte sie, dass sein Erscheinungsdatum nicht nur in dasselbe Jahr, sondern dazu noch in denselben Monat wie ihre Geburt fiel. Die Ausgabe war fünf Tage nach dem Datum erschienen, das vermutlich immer die wichtigste, wahrscheinlich erst ganz zuletzt vergessbare Ziffernfolge ihres Lebens bleiben würde.

Folglich hatte sie alle Artikel der Zeitschrift überflogen und auch die Fotos und sogar die Werbung eines genaueren

Anschauens gewürdigt. Aber wie zu erwarten, war keinerlei Hinweis auf das Anheben ihrer Existenz oder auf die damaligen Lebensumstände ihrer Eltern zu finden gewesen. Nicht einmal ihre Heimatstadt wurde in einem der Artikel erwähnt. Trotzdem hatte sie es nicht über sich gebracht, das Heft in den bereitstehenden Plastiksack für Pappe und Papier zu stopfen.

Zumindest mit den Büchern ihrer Mutter war MoGo dann nach einer langen Weile an eine Art Schlusspunkt gekommen. Die beiden ältesten Exemplare waren Jahresgaben eines irgendwann untergegangenen Buchclubs. Dazu kamen noch einige Dutzend Paperbacks aus den letzten beiden Jahrzehnten. MoGo war es ein angemessenes Vorgehen erschienen, bei jedem, bei wirklich jedem der ausnahmslos romantischen Erzählwerke, ein Stück weit in den Anfang hineinzulesen und dann auch noch die letzten Absätze zu überfliegen. Einfach, weil ihre Mutter stets ähnlich verfahren war: Zuerst hatte sich diese stets die Eröffnung vorgenommen, um die Heldin der anhebenden Liebeshändel ins Auge zu fassen, und dann sogleich den Schluss geprüft, um sicherzustellen, dass es zu dem erwartbar guten Ende, also zu einer glücklichen Paarbildung kommen würde. Die ganze mittlere Strecke, jene unausweichlichen, meist zwei-, allerhöchstens dreihundert das Finale hinauszögernden Seiten, hatte ihre Mutter dann an wenigen Abenden, aufrecht im Bett sitzend, die Schultern gegen dessen Kopfteil gedrückt, als eine unumgängliche Lesepflicht Blatt für Blatt hinter sich gebracht.

MoGo hörte, wie die Tür der Nachbarwohnung ins Schloss fiel. Vorhin, bei ihrem ersten Weg hinunter zu den Müllcontainern, hatte sie auf das Klingelschild gesehen und festgestellt, dass wie bei ihrem Einzug nebenan immer noch ein Dr. Feinmiller wohnte. Erneut war ihr arg großspurig vorgekommen, dass einer seinen akademischen Titel neben die Tür seines lausig kleinen Appartements setzte, und weil sie den Betreffenden – nur ein Mann kam in Frage! – nie gesehen hatte und so gut wie nichts von ihm zu hören gewesen war, hatte sie angenommen, dass er entweder nur ab und an da war oder einen außerordentlich diskreten Zeitgenossen darstellte.

Sie stand auf, um an der Wand zu horchen. Keine Musik, kein Fernsehgemurmel, keine Schritte. Dann aber glaubte sie das Rauschen der Toilettenspülung zu hören. Sie ging ins eigene Bad, um einen Kontrollblick in den Spiegel über dem Waschbecken zu werfen. MoGo war meistens mit sich einig, dass sie zumindest frontal, wenn die Perspektive ihre Nase günstig verkürzte, halbwegs gut aussah. Dass dem so war, hatte sie dereinst, nachdem sie die 800 Meter gewonnen hatte, vermutlich nicht zum allerersten Mal, aber genau im rechten Moment und deshalb nachhaltig für die kommenden Jahre, aus den Blicken eines bestimmten jungen Mannes und bezeugt vom Leuchtbild seiner Kamera begriffen.

Breitbeinig, die Hände auf den nackten Knien, den Oberkörper weit nach vorn gebeugt, Blutgeschmack im Mund und gegen ein schlimmes Magenkrampfen ankämpfend, war sie am Rand der Tartanbahn des Rosenau-Stadions verharrt, als ein junger Mann sie angesprochen hatte, der eine der kleinen Digitalkameras, wie sie damals seit einiger Zeit Mode waren, in der Hand hielt.

«Entschuldigen Sie bitte meine Aufdringlichkeit, ich sehe, Sie sind noch ganz außer Puste. Ich bin von der Allgemeinen. Ich habe eben eine ausnahmsschöne Aufnahme von Ihnen geschossen. Austrudelnd drehen Sie das Gesicht ganz wunderbar ins Bild. Das dürfen wir doch bestimmt bringen. Hier bitte, schauen Sie selbst: Das Glück des Sieges! Und würden Sie mir und unseren Leserinnen und Lesern dazu verraten, ob Sie Ihre Rennen immer barfuß laufen?»

Sie hatte sich aufgerichtet, und sie hatten sich in die Augen gesehen. Dann blickte er auf ihre Füße, entdeckte zweifellos das Pflaster um ihren Zeh, und gewiss hatte der junge Journalist sogleich verstanden, dass frisches Blut dessen Beige dunkel verfärbte.

Ein volles Jahrzehnt später, als sie wegen eines Praktikums bei der Zeitung vorstellig wurde, hatte sie ihn als Ressortleiter Kultur wiedergetroffen. Falls er sie über seinen Redaktionsschreibtisch hinweg ebenfalls erkannt hatte, war er so nett gewesen, sich rein gar nichts anmerken lassen.

Kurz befiel MoGo die Vorstellung, auch Dr. Feinmiller von nebenan könnte sich gleich als einer erweisen, der ihr irgendwann früher schon einmal begegnet war. Aber wahrscheinlich war diese Befürchtung bloß dem Umstand geschuldet, dass das Ohr des Kulturchefs der Allgemeinen in bestimmten Momenten dafür empfänglich war, wenn seinem Familiennamen der akademische Titel vorausging. Die Küppers hatte MoGo in dieser Hinsicht beizeiten einen hilfreichen Tipp gegeben, und womöglich war es einem im rechten Moment erklingenden «Ich verstehe genau, was Sie meinen, Herr Doktor Kischel!» zu verdanken gewesen, dass sie nun zumindest für ein Jahr, fest, wenn auch alles andere als anständig bezahlt, bei der Allgemeinen mittun durfte.

MoGo ließ ihre Wohnungstür angelehnt und ging hinüber an die Tür ihres Nachbarn. Sie drückte auf die Taste über dem Namen, entschlossen, es bei einem einzigen Ansummen zu belassen. Sie hörte keine Schritte kommen, doch dann verdunkelte sich das Glas des Türspions. Sie glaubte den Blick, der sie prüfte, auf der Stirn und am Hals zu spüren. Und während sie sich bemühte, ein angemessen unverbindliches Lächeln im Gesicht zu halten, hörte sie ein Räuspern und dann die Klinke schnappen.

«Guten Abend, Herr Doktor Feinmiller! Entschuldigen Sie die Störung. Ich hätte eine kleine Bitte: Könnten Sie mir freundlicherweise die Zeit sagen. Ich meine: Wie spät ist es gerade?»

5.

HIMBEERE

Niemandem, keiner einzigen Menschenseele, hatte MoGo
je erzählt, dass sie, soweit sie sich zurückentsinnen konnte,
mit ihren Träumen auf dem Kriegsfuß stand. Selbst ihre
Mutter, die sie ihre gesamte Schulzeit lang an den Schultern wachrütteln musste, hatte nie erfahren, aus welch
blutig grausamen Gefilden sie ihre Tochter ins fahle Jetzt
des jeweiligen Morgens schüttelte. Kein energisches «Kind,
aufwachen!», kein «Kindchen, höchste Aufstehzeit!» hatten
je hingereicht. Kein Wecker war schrill genug gewesen, um
das Erwünschte sicher zu bewerkstelligen. Nahezu immer
hatte es den mütterlich brachialen Zugriff gebraucht. Erst

auf MoGos aktuelles Smartphone war in dieser Hinsicht einigermaßen Verlass.

Unter den vielen Wecktönen, die es anbot, befand sich die Klangdatei «Birds of our planet». MoGo hatte herausgefunden, dass deren Pfeifen, Flöten und Tirilieren, das, langsam anschwellend, von den Rufen einheimischer Vögel in das Schnarren, Kreischen und Gellen exotischen Geflügels überging, den akuten Albtraum sprengte. Und während dessen Regie noch überstürzt versuchte, die sich gerade abspulende Handlung, den jeweiligen Mord und Totschlag, in einen tropischen Dschungel oder zumindest unter die Glaskuppel eines Botanischen Gartens zu verlegen und so den Naturlärm logisch in den Horror einzubinden, gingen ihr die Lider auf.

Ihr Wohnungsnachbar, Herr Dr. Feinmiller, war geschätzte Mitte dreißig, also zumindest noch scheinjung, trug allerdings, was MoGo gleich mit dem ersten Hinschauen auffiel, altmodisch grobgestrickte graue Wollsocken. Sie schienen ein bisschen zu groß zu sein, oder es hatte ihre Spitzen beim achtlosen Schlüpfen aus den Straßenschuhen vom Fuß gezogen. Offenbar spürte er, wie ihr Blick seine Kleidung taxierte, denn seine Rechte strich über die Knopfleiste seines Hemds, tippte gegen die Gürtelschnalle und ruhte ein Momentchen auf dem Reißverschlussende seiner Jeans.

«Gottlieb, Moni Gottlieb mein Name. Die von nebenan. Ich glaube, wir sind uns noch nie über den Weg gelaufen, obwohl wir schon ein Weilchen Wand an Wand wohnen.»

Er nickte. Und die Art, wie dieser Doktor irgendeiner Wissenschaft sie dann durch ein bloßes Beiseitetreten und eine Handbewegung hereinbat, führte, obwohl er wirklich noch keine vierzig sein konnte, für einen Moment dazu, dass sie sich erheblich jünger als er fühlte. Sein Appartement war bestimmt gleich geschnitten wie das ihre, aber bereits der Flur kam ihr während der wenigen Schritte, die sie brauchten, um ihn zu durchqueren, nicht nur länger, sondern sogar höher vor. Die blaue Knautschlackcouch, auf der sie dann, erneut gelenkt von einer seltsam zwingenden Geste, Platz genommen hatte, stand an der gleichen Stelle wie drüben ihr kleines Sofa. Während ihr Rücken an die Lehne sank und ihr Blick, so oft es die Höflichkeit erlaubte, nach rechts und links schwenkte, überwältigte sie vollends die Differenz der Raumwahrnehmung, und sie begriff, dass es die niederschmetternd konsequente Aufgeräumtheit sein musste, die Doktor Feinmillers Zuhause so unverschämt weit erscheinen ließ.

«Leisten wir uns doch bei einem Glas Rotwein ein bisschen Gesellschaft, Frau Gottlieb. Ich glaube, wir beide sind auf eine ähnliche Weise zu wach für diese späte Stunde. Aufgekratzt? Darf ich es so nennen? Man kann ja manches gegen den leidigen Alkohol sagen, aber dass er bestimmte schrille Spitzen kappt, ist und bleibt doch, sofern man es nicht übertreibt, eine angenehme Auswirkung der Trunkenheit.

Wie finden Sie diesen September? Ich wage jetzt einfach zu behaupten, dass die Aromen des Weins, den ich Ihnen anbieten möchte, zu dem Licht passen, mit dem uns das Wetter in den letzten beiden Wochen verwöhnt hat. Und ersparen Sie mir bitte ab sofort den albernen ‹Doktor›, obschon ich natürlich selber schuld daran bin. Wie wäre es, wenn wir vorerst beim Sie blieben, uns aber ab sofort mit unseren Vornamen ansprächen? Sagen Sie Benedikt zu mir! Ich halte mich meinerseits an das bündige Moni und werde Sie – Ehrenwort! – nicht fragen, wofür diese Silben die Abkürzung darstellen. Fast hätte ich es vergessen: die Uhrzeit. Vermutlich ahnen Sie nicht, dass es hierfür immer noch den fernmündlichen Ansagedienst gibt. Horchen Sie nur!»

Als er ihr den Hörer seines Telefons reichte, bemerkte MoGo, dass seine Fingernägel ein klein wenig länger waren, als sie es bei Männern leiden mochte. Allerdings waren sie perfekt gepflegt, sogar formschön zurechtgefeilt. Die fragliche Nummer hatte er mit einem einzigen Tippen angewählt, anscheinend war sie eingespeichert. Und so durfte MoGo hören, was ihr eine vor Jahr und Tag aufgezeichnete Frauenstimme trügerisch gegenwärtig als die augenblickliche Zeit ins Ohr flößte: «Beim nächsten Ton ist es: Dreiundzwanzig Uhr, eine Minute und zehn Sekunden – Beim nächsten Ton ist es: Dreiundzwanzig Uhr, eine Minute und fünfzehn Sekunden!»

Über den Wein, von dem sie dann zügig eine erste Flasche leerten, hätte sie als Nichtkennerin allenfalls zu sagen vermocht, dass er nicht nach irgendeinem Holz schmeckte, und vielleicht noch dazu, dass sich auf der Zunge nach jedem Schluck ganz kurz eine minimale, hauchzart fruchtige, himbeerartige Süße wahrnehmen ließ.

Sie unterhielten sich, wie Doktor Feinmiller gleich eingangs vorgeschlagen hatte, über das Septemberwetter. Und die Geschmeidigkeit, mit der es verstand, ihr Gespräch durch originelle Fragen und ein kundiges, aber nie lästig angeberisches Abschweifen im Fluss zu halten, ließ MoGo bald vermuten, er könnte Meteorologe sein, und seine stupende Geläufigkeit sei dem regelmäßigen Auftritt in einem audiovisuellen Medium, vielleicht dem hiesigen Stadtfernsehen, geschuldet. Womöglich hätte ihre Mutter, in deren Wohnzimmer die lauernde Stille nach dem Auszug der Tochter schon morgens vom zwanghaft heiteren Geplapper des lokalen Kanal A in Schach gehalten worden war, diesen Doktor Feinmiller sogleich erkannt, weil er in der schwarz gerahmten Tiefe ihres Fernsehers als Wettermann mehrmals am Tage und stets aufs Neue gewinnend lächelnd in Erscheinung trat.

Angenehm zwanglos war es dann noch zu einer zweiten Flasche und damit zum gleitenden Wechsel in eine höhere Form nächtlichen Betrunkenseins gekommen. Und als sie sich nun, hinter geschlossenen Lidern, mühsam daran zu erinnern versuchte, was da alles während oder nach den letzten Gläsern geschehen sein könnte, fielen ihr als Erstes erneut die seltsam dicken grauen Socken Benedikt Feinmillers ein. Aus der Nähe betrachtet, hatten sie sich durch die eine oder andere Unregelmäßigkeit als eindeutig handgestrickt erwiesen. Denn zuletzt hatte sein linker Fuß in ihrem Schoß gelegen, während sein rechter zwischen ihre Hüfte und die Couchlehne geschlüpft war.

Ihre Füße, die sich irgendwann der Schuhe entledigt hatten, waren im Gegenzug auf seinen Oberschenkeln gelandet. Offenbar hatte er einfühlsam erraten, wie eisig ihre Zehen waren, oder sie hatte ihm irgendwann im Lauf ihrer schier endlosen meteorologischen Unterhaltung gestanden, dass sie seit ihrer Jugend jeden Herbst, aber seltsamerweise nicht im Verlauf des anschließenden Winters, sondern erst wieder im Frühling, an kalten Füßen litt. Auf jeden Fall hatte er, während sie weiter, als wäre das Thema unerschöpflich, über Windarten und Wolkenformen, über Regen, Schnee und sogar über die Fein- beziehungsweise Grobkörnigkeit von Hagel plauderten, damit begonnen, ihr, die er doch erst vor wenigen Gläsern Wein kennengelernt hatte, Zehen, Spann, Knöchel und vor allem die Fußsohlen zu reiben und zu drücken.

Seine Handgriffe waren ihr bald verdächtig professionell vorgekommen. Zumindest hatte sie noch geschafft, den Gedanken, dass er nicht bloß Meteorologe, sondern auch noch Physiotherapeut, ein hocherfahrener Fußreflexzonenmasseur, sein könnte, als eine dem im Übermaß genossenen Alkohol geschuldete Unsinnsidee zurückzuweisen. Doch umgehend schob sich an deren Stelle die Vorstellung, dieser Doktor Benedikt Feinmiller habe mit reichlich Rotwein, gewitzten Wettergeschichten und nicht zuletzt mit seinen raffinierten Fußknetkünsten womöglich schon mehr als eine Bewohnerin des Appartementblocks dazu verleitet, eine seiner handgestrickten Socken im Schoß zu dulden.

Mit großer Willensanstrengung war es ihr zwischen einem letzten und einem allerletzten Schlückchen Wein noch gelungen, auch diesen überhell aufflammenden, lächerlich eifersüchtelnden Verdacht als Folge des ungewohnt ausgiebigen Alkoholkonsums in die Schranken der Vernunft zu bannen. Noch war nichts geschehen, was ihr bei Tageslicht hätte peinlich sein müssen. Die Armbanduhr ihrer Mutter war nicht nur aufgezogen, sondern auf die Minute genau gestellt. Addi Schmuck wollte sie morgen – nein, heute! – eine Stunde später als gestern abholen kommen. Wenn sie sich recht entsann, hatte sie die Tür ihres Appartements angelehnt gelassen. Jetzt musste sie es bloß schaffen, die Wollsocke aus ihrem Schoß zu befördern.

Sie griff mit beiden Händen zu, so entschieden, dass sich ihre Fingerspitzen durch die Maschen des Strickwerks bohrten. Und wie ihre Fingerkuppen das, was sich darunter verbarg, erreichten, erspürte sie gleich mit dem ersten Kontakt, dass es sich nicht um die erwartbare menschlich warme, mehr oder minder stark behaarte Weichheit handelte, sondern dass sich stattdessen etwas Kühles und Hartes, etwas kleinteilig Geripptes, nein Geschupptes, etwas zweifellos chronisch Verhorntes unter der tarnenden Wolle verbarg.

Sie schrie, wie sie in tausendundeinem Schreckenstraum mit einer inwendigen Kehle für ihre inwendigen Ohren geschrien hatte. Sie rollte sich zur Seite, knallte mit der Schulter und der Hüfte auf den Boden. Und im selben Moment ertönte «Birds of our planet». Offenbar wollte ihr das verschollene Smartphone rettend beispringen. Und weil ihr inzwischen die Augen aufgegangen waren, verstand sie, dass sie gar nicht von der Couch ihres Nachbarn, sondern von ihrem Cordsofa geplumpst war und mutterseelenallein inmitten ihrer morgenhellen häuslichen Unordnung lag.

Auf allen vieren kroch sie in die Richtung, aus der eben noch exotische Vögel geschrien hatten, aber da «Birds of our planet» unerklärlicherweise nicht erneut mit dem Zwitschern einheimischer Arten einsetzen wollte, hielt sie vor dem Altpapiersack inne, in den sie zuletzt die Bücher ihrer Mutter gefüllt hatte, und bemerkte, dass daneben, auf dem restlichen, noch nicht durchgesehenen Schriftkram ihre Schuhe standen. Sie sah auf die Uhr an ihrem Handgelenk: halb neun. Sie hatte also noch Zeit, genügend Zeit für eine lange, heiße, dann kurz maximal kalte Dusche und möglichst viel Kaffee, ja es blieb ihr sogar noch hinreichend Muße, sich durch die samstägliche Allgemeine zu blättern.

6.

MAIS

Anderthalb Stunden später, als MoGo auf den Fahrersitz
schlüpfte und den Motor des Mustangs startete, hoffte sie,
dass nichts an ihr verriet, wie strapaziös sie geschlafen hatte
und welcher Exzess dem zermürbenden Schlummer vorausgegangen war. Eben noch, bevor ihre Wohnungstür ins
Schloss schnappte, hatte sie ein letztes Mal an den Innenseiten ihrer Handgelenke geschnuppert, weil sie seit langem
davon überzeugt war, dass es ausgerechnet dort bis in den
folgenden Tag hinein riechbar blieb, wenn sie am Vorabend
Wein oder ein anderes alkoholisches Getränk im Übermaß
genossen hatte.

Gegen dieses verspätete Ausdünsten halfen kein Duschmittel und keine Seife, und weil sie sich bildlich genau daran zu erinnern glaubte, wie Benedikt Feinmiller den Rest der zweiten Flasche auf ihre Gläser verteilt hatte, musste sie davon ausgehen, dass sie zum ersten Mal in ihrem Leben mehr als einen halben Liter Rotwein in sich hatte verschwinden lassen, dessen Aromen nun noch immer dabei waren, ihren Körper auf den einschlägigen Schleichwegen zu verlassen.

«Stell dir vor, Moni, ich habe es gestern Abend noch geschafft, unseren Mann, den Auskenner, per Telefon zu erreichen. Es ist nämlich so: Er nimmt erst nach zehnmal Anläuten den Hörer ab. Das muss man wissen. Zehnmal anbimmeln lassen, dann kriegst du ihn, falls er da ist. Gestern, als wir zwei uns am Tor die Beine in den Bauch gestanden haben, war er übrigens im Siebentischwald unterwegs, nachschauen, was die Biber mittlerweile so treiben. Hast du schon einen Blick in die Wochenendausgabe geworfen? Unser patenter Doktor Kischel hat selbst zur Feder gegriffen. Topthema! Die Leser, vor allem unsere Leserinnen sind ganz verrückt nach den plattschwänzigen Brüdern. Biberleid? Biberglück? Kischel hält, vorsichtig wie immer, die Frage offen, ob man die Kerlchen mit den großen Schneidezähnen weiterhin so stadtnah gewähren lassen sollte.»

Ob sie sich erinnern könne, was los gewesen sei, als Anfang Sommer ein sanduhrförmig durchgenagter Pappelstamm dieses Tandem getroffen habe. Ein wahres Wunder, dass das sympathische Pärchen, dass die beiden schwulen Gymnasiallehrer in letzter Sekunde synchron abgesprungen und folglich mit dem bloßen Schrecken davongekommen seien. Ob sie das Foto noch vor Augen habe: der edle

Doppeldrahtesel wie von einem himmlischen Handkantenschlag genau mittig geknickt.

«Aber mal dir bloß aus, ein Ast hätte den vorderen oder den hinteren der strammwadigen Strampler erschlagen. Biber töten Pädagogen! Oder wie hättest du das dann getitelt? Apropos stramme Waden: Wunderbar witzig dein Bericht über die Trachtenmodenmesse. Wadenschwung! Spotten, das kannst du. Aber wahrscheinlich hat dir unser promovierter Angsthase die schönsten Spitzen rausredigiert. Stimmt's, oder hab' ich recht?»

Addi hatte zumindest nicht ganz unrecht. Neben anderen Hinweisen hatte ihr Herr Doktor Kischel an einer Textstelle, die davon handelte, wie unterschiedlich, wie bestürzend üppig oder verschämt bescheiden, das Bruststück eines Dirndls gefüllt sein könne, erläutert, warum ein solches Räsonnement von einer hiesigen Trachtenmodenträgerin als kränkend, ja als Ausdruck binnenfemininen Busenneids missdeutet werden könne. Kischel war ein Virtuose der Vorsicht. Und MoGo hatte den gewiss wohlmeinenden Hinweis, seine Warnung vom anderen Ufer der Geschlechtlichkeit, ohne Widerspruch, ohne auch nur die Augenbrauen zu heben, allenfalls mit einem minimalen, leider unkontrollierbaren Naserümpfen akzeptiert.

Vorhin, während sie, Zeitung lesend, auf Schmuck gewartet hatte, war ihr zum ersten Mal eine von dessen Kolumnen in Kenntnis seiner leibhaftigen Person vor Augen gekommen. Von der Küppers wusste sie, wie unangefochten «Tore! Tore! Tore!» und «Addi antwortet» in der Statistik der Leserresonanz die ersten beiden Plätze innehatten:

«Schau dir den Packen Post an, Süße! Bis zum Wochenende kommt noch so ein Schwung. Auch elektronisch wird es stetig mehr. Wie schafft es unser Addi, dass die Leute ihm richtige Briefe schreiben, randvoll mit eigenen Erinnerungen, bloß weil er einen Kopfball heraufbeschwört, der vor dreißig Jahren in irgendeinem Regionalligaspiel über die Torlinie gekullert ist? Doktor Kischel meint, wir hätten längst ein Auswahlbändchen drucken lassen sollen. Wäre eine schöne Weihnachtsgabe für unsere Abonnenten. Schmuck ziert sich noch. Aber auf dich könnte er hören. Fühl ihm doch mal auf den Zahn deswegen, Schätzchen!»

Die heutige Kolumne gehörte in die Reihe «Addi antwortet» und hatte, wie dies dort stets der Fall war, mit einer Leserfrage angehoben: «Gibt es ein Sportereignis, lieber Herr Schmuck, bei dem Sie nicht zugegen waren, dessen schiere Nacherzählung Sie aber tief berührt hat?»

Dreimal hatte MoGo Schmucks Antwort gelesen. Das erste Mal zügig, fast fahrig, dann langsam, mit einem Augenmerk dafür, wie Schmuck die Sätze baute, und ihre letzte Lektüre suchte, vor- und zurückpendelnd, nach den Wörtern und Wendungen, die verantwortlich dafür waren, dass ihr die Geschichte bereits beim ersten flüchtigen Lesen zu Herzen gegangen war.

«Woran denkst du, Moni, schlecht geschlafen? Aber dein Schnupfen ist, wenn ich mich nicht täusche, besser geworden. Weil wir gerade wieder dran vorüberrollen: Das alte Rosenau-Stadion wird doch immer nobler, je länger es ungenutzt herumsteht. Soll jetzt angeblich sogar unter Denkmalschutz gestellt werden, um es vor der Abrissbirne zu bewahren. Ich weiß übrigens, wie man hineinkommt. Wir müssen also nicht über das Südtorgitter klettern, falls du nach zehn Jahren Absenz noch mal an der Bahn schnuppern magst. Um es kurz zu machen: Unser Doktor Kischel, das Schwatzmäulchen, hat mir verraten, dass er dich damals barfuß fotografiert hat. Wie wäre es, wenn dein Nacktsohlensieg samt dem Heftpflaster, wenn die ganze blutige Chose demnächst bei ‹Addi antwortet› erzählt würde? Die Leserfrage, auf die ich damit antworte, dürftest natürlich du dir ausdenken.»

MoGo dachte an die Mittermeier, für die sie damals den Kopf in den Nacken geworfen und zum Endspurt angesetzt hatte. Ohne ihre einstige Sportlehrerin schien ihr das Geschehen, welches sich Addi Schmuck offenbar heraufzubeschwören zutraute, schmerzlich unvollständig. Nur wenn die Mittermeier zum samstäglichen Frühstück die Allgemeine aufschlüge und in Addis Kolumne, die sie sich als sporthistorisch interessierte Pensionärin vermutlich nicht entgehen ließ, außer dem Namen ihrer einstigen Schülerin auch ihren eigenen lesen dürfte, schien MoGo einer höheren Gerechtigkeit Genüge getan.

«Die Küppers wollte mir gleich den Schnappschuss von damals ausdrucken. Angeblich hat die Allgemeine mittlerweile ihre letzten fünfzig Jahre komplett im Rechner. Die kürzeste Glosse jederzeit abrufbereit. Ein halbes Jahrhundert. Fotos inklusive! Glaubst du, das kann stimmen? Kischel hat mir schon ein paarmal angeboten, meine Wochenendstückchen mit einem Bild aus dem digitalen Archiv aufzupeppen. Man müsse den Text nur ein klitzekleines Bisschen kürzen. Na, bloß um ein Drittel oder so. Wie hat dir denn das Bild zu deinem Trachtenmodenartikel gefallen? Das rüschchengerahmte Dekolleté mit den tausend Sommersprossen. Mir kam der prächtige Busen gleich arg bekannt vor. Die Frau Oberbürgermeister, wie sie leibt und lebt. Ob sie sich geschmeichelt gefühlt hat?»

Während sie an dem Maisfeld entlangrollten, das ihr noch ein bisschen länger, dichter und sogar höher als gestern erschien, als förderte die Wiederbegegnung mit der Monokultur deren bedrängende Eindringlichkeit, kam MoGo noch einmal der Moment in den Sinn, den Schmucks heutige Kolumne heraufbeschwor: Das frisch fertiggestellte Rosenau-Stadion war im Geburtsjahr ihrer Mutter mit einem Leichtathletik-Länderkampf eröffnet worden. Auf einem der Wege, die der internationale Sportaustausch damals, kaum ein Jahrzehnt nach dem großen Krieg, in verblüffend gegenwartsversessener Kühnheit zu beschreiten wagte, war kein geringerer Gegner als die Sowjetunion, die aufstrebende Weltmacht des Sports, eingeladen worden. In der Gesamtwertung hatten zuletzt, Schmucks Kolumne erwähnte dies in einem Nebensatz, wie zu erwarten die favorisierten Russen vorn gelegen. Aber einem deutschen Langstreckler war ein phänomenaler Doppelsieg geglückt. Nach den 5000 Metern des ersten Tages hatte er am darauffolgenden Sonntag auch noch die abschließenden 10 000 Meter gewonnen, so souverän, so scheinbar leichthin, dass er das letzte Stück vor der überdachten Haupttribüne unter dem wogenden Jubel der Zuschauer, mit beiden Armen winkend und Handküsse ins Publikum werfend, zurückgelegt hatte.

Der Mais war zu Ende. MoGo drückte den Blinkerhebel. Ihre Augen hatten sich erneut, wie schon zuhause, wo die heutige Allgemeine ihren Küchentisch lückenlos bedeckt hatte, feucht verschleiert. Angestrengt, fast verbissen hatte sie im Wortlaut der Kolumne nach den Elementen gefahndet, die ihr Gerührtsein bewirkten. Die beiden russischen Europarekordhalter, die sich überraschend geschlagen geben mussten, waren es nicht und ebenso wenig der mit einem einzigen trockenen Satz erwähnte Umstand, dass der deutsche Doppelsieger durch den Weltkrieg um eine große internationale Friedenskarriere gebracht worden sei.

Rückblickend meinte sie, ihr sei erst Tage danach in

einem anderen Zusammenhang klargeworden, welche Passage der Kolumne die entscheidende gewesen sei: Schmuck hatte schlichtweg behauptet, nie mehr in den folgenden Jahren und Jahrzehnten habe sich auch nur annähernd die gleiche Zahl Zuschauer auf den Rängen gedrängt. Allein damals seien die Bewohner ihrer Heimatstadt, nicht zuletzt einige tausend für immer aus ihren Heimaten Vertriebene, schlank und rank genug gewesen, um derart dicht gepackt, Ärmel an Ärmel, Halbschuh an Halbschuh, in der auf angehäuftem Kriegsschutt errichteten Stadionschüssel als ein wahres Publikum, als eine selig gleichschwingende Sehnsuchtsmenge Platz zu finden.

Wenn die Mittermeier, für die sie beherzt auf die zweite Bahn geschwenkt war, um sich, vorbei an einer namenlos gewordenen Favoritin, aus dem Windschatten nach vorne zu kämpfen, noch am Leben und am Zeitunglesen war, hatte sie Schmucks Stück, hatten sie die heutigen zweieinhalbtausend Zeichen gewiss nicht kaltgelassen.

Damals, nachdem der junge Mann, der Jahre später ihr Redakteur werden sollte, sie für die Allgemeine abgelichtet und ihre Erlaubnis zum Abdruck des Bildes erhalten hatte, war ihre Sportlehrerin noch einmal zu ihr herübergekommen, hatte ihr, der frischgebackenen Überraschungssiegerin, kurz die Fingerspitzen auf den verschwitzten Nacken gelegt, um sich nach einem spröden «Merk dir das für später, Mädchen!» sogleich wieder um andere Schülerinnen und um deren noch anstehende Wettkämpfe zu kümmern.

7.

TAUBNESSEL

Die Kette und das Vorhängeschloss, die ihre Einfahrt gestern verhindert hatten, waren verschwunden, und Schmuck
stieg aus, um das Gittertor zur Seite zu schwenken. MoGo
steuerte den Wagen hinein auf eine Kiesfläche, die sich
nach links auf das Gebäude zukrümmte, dessen Fassade
bislang von Bäumen und dichtem Gebüsch verborgen geblieben war. Weil Schmuck keinerlei Beschreibung voraus-
geschickt hatte, war eine vage Erwartung in MoGo angewachsen. Was er, wenn sie sich recht entsann, eine kleine
Fabrik genannt hatte, erwies sich nun als eine bescheidene,
aus Ziegeln gemauerte, unverputzte Halle, deren Front ein

verschachtelter, wintergartenähnlicher Vorbau erweiterte. Offenbar waren hierzu andernorts ausgemusterte Fenster verwendet worden. Die unterschiedlich großen Glasflächen fügten sich in ein an Fachwerk erinnerndes asymmetrisches Balkengerüst, dessen Streben weiß gestrichen waren, so unregelmäßig glänzend oder matt, als wären über einen längeren Zeitraum hinweg verschieden lichtempfindliche weiße Lacke verwendet worden und im Lauf der Jahre unterschiedlich stark verblichen.

Vor einer blechverkleideten Tür standen ein Bistro-Tischchen und drei Gartenstühle aus Leichtmetall, und als MoGo wie Schmuck Platz genommen hatte, sah sie, dass den Kreis der Tischplatte eine Art Mosaik füllte. Glasstücke in Braun- und Grüntönen, vermutlich Scherben von Flaschen, waren, die Rundung nach oben, in irgendeine die Fugen füllende Masse gedrückt worden. Wenn das Ganze etwas Bildliches vorstellen sollte, dann erinnerte es am ehesten an eine Art Spirale, deren Mittel- oder Ausgangsrund ein einziges Stück aus rotem Kunststoff, wahrscheinlich ein altes Fahrradrücklicht, ein sogenanntes Katzenauge, bildete.

Die Klinke der Blechtür klackte, ihre Angeln quarrten, das Blatt schwenkte nach innen, und im hölzernen Rahmen erschien, ein Tablett vor der Brust, auf dem eine Teekanne und drei Tassen standen, von denen jede einem anderen Service entstammte, derjenige, von dem MoGo wusste, dass er zwar laut Schmuck der Auskenner war, aber vor jungen Frauen nicht so genannt werden durfte.

Erst ein ganzes Weilchen später, nachdem sie sich an die Art der Unterhaltung, in die er und Addi Schmuck ohne Rücksicht auf ihre Anwesenheit gefallen waren, gewöhnt hatte, fand sie die richtige Muße, um den Blick – von Kopf bis Fuß, von Schuh bis Haar – über die Erscheinung des Wäldchen- und Hallenbewohners zu lenken.

Die Stiefel, die er trug, waren vermutlich für irgendein Militär gefertigt worden und taugten bestimmt für Märsche durch unwegsames Gelände, aber vermutlich war die Schräge, zu der die klobigen Absätze abgelaufen waren, nicht dem weichen Grund des Wäldchens, das sie drei umgab, sondern den Strecken geschuldet, die der Auskenner auf städtischem Asphalt zurückgelegt hatte. Anstelle von Schnürsenkeln war ein messingfarbener Draht durch die unteren Ösenpaare gezogen. Ab den Knöcheln stand das martialische Schuhwerk offen und zeigte braune, unbehaarte Haut. Offenbar trug der Auskenner keine Strümpfe oder Socken. Auf halber Schienbeinhöhe setzten die Beinröhren einer jener dreiviertellangen Lederhosen ein, über deren die Knie verhüllendes Enden MoGo in ihrem Trachtenmodenartikel ausgiebig zu spotten gewagt hatte.

«Das hat Witz, liebe Monique. Wirklich gelungen, wie Sie die wundersam diverse Wadenformung des männlichen Geschlechts aufs Korn nehmen», hatte Kischel sie gelobt, nachdem er die erste Fassung des Textes auf seinem Rechner durchgesehen hatte.

«Da werden unsere Leserinnen recht einverständig schmunzeln. Aber wir sollten uns, gerade wenn es um den Körper geht, nicht allzu weit über den bodenständigen Humor des Publikums erheben. Will nur sagen: Sind Parabel und Hyperbel in diesem leiblich-modischen Zusammenhang nicht ein wenig elitäre Begriffe? Wir wollen schließlich nicht hochnäsig wirken. Lassen wir es lieber bei Wölbung oder Krümmung bewenden. Nicht poetisch genug? Dann: Wadenschwunglinie. Oder kurz und bündig: Wadenschwung! Das wäre volkstümlich, ohne dass die Präzision der Beschreibung hinter deren Sinnlichkeit zurückstehen müsste. Verstehen Sie mich bitte nicht falsch: Scherz, ja! Erotik, unbedingt! Sexy? Why not. Aber alles im Rahmen des Gutverständlichen. Der Name unseres Blattes ist und bleibt – so insgeheim wie offenkundig – unser Programm. Sie begreifen bestimmt, worauf ich etwas umständlich hinauswill.»

Derart freundlich zwingend war noch der eine oder andere Hinweis über die Lippen ihres Kulturchefs geflossen, und MoGo hatte sich nicht gescheut, dem Rat der Küppers folgend, zwei- oder dreimal mit einem entschiedenen «Ich verstehe genau, was Sie meinen, Herr Doktor Kischel», begleitet von einem energisch zustimmenden Kopfnicken, zu antworten. An ihren Platz zurückgekehrt, hatte sie gleich als Erstes die beanstandeten geometrischen Begriffe durch den empfohlenen, zweifellos gefühligeren Wadenschwung ersetzt.

Schmuck und der Auskenner waren unterdessen immer wieder ins Englische gewechselt – in ein Englisch, das beiden ganz ähnlich, nämlich betulich langsam und komisch überdeutlich artikuliert, aber, soweit MoGo dies beurteilen konnte, recht korrekt über die Lippen kam. Schon als der Auskenner, das Tablett vor der Brust, aus seiner Behausung getreten war, hatte er sie mit einem «It's tea time, friends!» begrüßt. Und Schmuck hatte ihm, ebenfalls in das Weltidiom wechselnd, Moni als «my dear young colleague» vorgestellt.

Seitdem bauten die beiden in einem für MoGo undurchschaubaren Rhythmus englische Einschübe – Wortgrüppchen oder kurze Sätze – in ihre Wechselrede ein, und vorerst blieb ihr dunkel, inwieweit dies scherzhaften Charakter besaß. Womöglich war das Ganze in irgendeiner Komplizenhaftigkeit sogar speziell auf sie gemünzt. Aber ebenso gut konnte es eine humorfrei notorische, längst zwanghaft gewordene Gewohnheit darstellen, die tief, eventuell jahrzehntetief in die Frühzeit dieser gleichgeschlechtlichen Freundschaft hinabwurzelte.

«Please, don't mind our regional accent!», sagte der Auskenner jetzt, während er ihr die Tasse erneut füllte. MoGo suchte nach einer Erwiderung, die ihr Verhältnis zum Dialekt ihrer Heimatstadt auf den Punkt brächte, aber der Auskenner hatte bereits ein «Sag mal, Addi: Wie heißt gleich wieder der Eichelhäher auf Englisch? Hilf mir auf die Sprünge. Das wissen wir doch beide!» folgen lassen.

MoGo wusste es. Aber höflich wartete sie erst einmal ab, ob Schmuck mit einer Antwort dienen konnte. Die Anwesenheit des fraglichen Vogels, das leuchtende Blau am unteren Rand der Flügel war ihr bereits eine Weile aufgefallen, allein schon weil das Tier es an jeder Scheu fehlen ließ und ganz nah in einer Eberesche von Ast zu Ast sprang, als suchte es zwischen den roten Fruchtdolden und den schon herbstgelb verfärbten Blättern eine Stelle, von der aus das Tischchen und die Teetrinkenden besonders gut zu beobachten und ihr Reden zu belauschen war.

«Warum kommst du nicht mit in die Arena? Der Greenkeeper ist bestimmt heilfroh, wenn ich vor dem heutigen Spiel noch mal Flagge zeige. Moni kennt er ja schon, und dich stellen wir einfach als meinen persönlichen Taubenkundler vor. Ach, ich hab's: Jay. Blue jay. Blue jay way! Jetzt ist es mir auf einmal doch noch eingefallen. So heißt der Eichelhäher auf Englisch. Stimmt doch, Moni?»

MoGo nickte und sah den Vogel merkwürdig eifrig auf und ab wippen. Auch er schien mit diesem Namen, der doch bloß den Namen seiner Art vorstellte, einverstanden.

Zumindest riss er den Schnabel auf, allerdings ohne seinen Ruf ertönen zu lassen. Das Tier war zweifelsfrei hübsch. Aber sie hielt sich Vögel, ob groß oder klein, ob papageiig bunt oder spatzenhaft braungrau, wenn es sich einrichten ließ, gern vom Leibe. In ihrem ersten Jahr am Gymnasium hatte sie, um den Schein geläufiger Mädchenhaftigkeit zu wahren, mit einer Klassenkameradin angebandelt und sich dabei der Einfachheit halber für diejenige entschieden, welche als einzige genau den gleichen Schulweg mit dem Bus zurücklegen musste. Ihre Mutter war hiervon sogleich arg angetan gewesen und in der Folge vollends entzückt darüber, dass ihr kluges Kind die ein wenig lernlahme Schulkameradin bald regelmäßig aufsuchte, um ihr bei den Hausaufgaben zu helfen.

Leider hatte sie irgendwann unvorsichtigerweise erwähnt, dass ihre angebliche Freundin einen Wellensittich besaß, und musste, weil sie hierbei in beschreibende Details geraten war, prompt befürchten, dass sie nun zum nächstmöglichen Anlass einen ebensolchen putzig schmucken Exoten samt Käfig und dessen komplettem inwendigen Pipapo geschenkt bekommen würde. Um dem entgegenzuwirken, hatte sie ihrer Mutter vorgeschwindelt, dass sie stets niesen müsse, sobald der zutrauliche Vogel auf ihrer Schulter gelandet war und schnurstracks ihr Ohr ansteuerte, um an dessen Muschel zu knabbern.

Das Tier war in der Lage gewesen, eine Nachahmung seines Namen herauszuschnarren, meist gefolgt von einem halbwegs verständlichen «Bussi». Und während sie jetzt mit erstaunlich frischem Widerwillen an das hellblau gefiederte Kerlchen, an dessen stets leicht rotzige Nasenlöcher, an seine unanständig dicke Zunge und an den pfeffrig scharfen Geruch des Wellensittichatems dachte, fiel ihr plötzlich ein, was sie hätte erwidern können, nachdem der Auskenner sie vorhin gebeten hatte, sich nicht an der mundartlichen Einfärbung ihrer englischen Einschübe zu stoßen. Gerade so, von einer fremden Sprache bis auf ein letztes untergründiges Nachschwingen verschlungen, war ihr der eigene Dialekt, das mütterliche Idiom, in dem man nicht davor zurückschreckte, das bündig harte «Kuss» durch ein schlabbriges «Bussi» zu ersetzen, am ehesten erträglich.

«Einverstanden, weil du es bist, Addi. Auf zum Taubenbegucken. Aber ich nehme das Fahrrad. Rust never sleeps, wie man so schön singt und sagt. Wir treffen uns beim Haupteingang.»

Bevor Addi den Mustang, das Heck voran, durch das Gittertor manövrierte, hatte MoGo noch den Auskenner sein Rad aus der Halle schieben sehen. Er war für die anstehende Fahrt in eine merkwürdig aufgeplusterte Lederjacke geschlüpft, hatte sogar deren üppig fellgefütterten Kragen hochgeschlagen, obwohl er zuvor bloß mit einem engen ärmellosen Herrenunterhemd über dem für sein Alter erstaunlich muskulösen Oberkörper im Freien gesessen hatte.

Vielleicht war es sein Haar gewesen, dessen Anblick verhindert hatte, dass sie sich über die Nacktheit der Arme wundern musste. Dem Auskenner wallte eine erstaunlich lange, dichte und schmuck gewellte, erst in wenigen Strähnen graumelierte, fahlblonde Mähne über die Schultern. Und jetzt, nachdem MoGo die beiden in ihrem kuriosen Kauderwelsch miteinander plauschen gehört hatte, schien ihr diese fast unmännliche Überfülle auf eine ungeklärt triftige Weise mit Addis bis an die Grenze der Kahlheit geschorenem Schädel zu korrespondieren, fast so, als hätten die eigentlich gegensätzlichen Attribute auf eine schwer durchschaubare, irgendwie untergründig verwandtschaftliche Weise miteinander zu tun.

Als der Mustang auf die Parkfläche vor dem Haupteingang der Süd-Arena rollte, war der Auskenner zu MoGos Überraschung schon da. Ihr war nicht aufgefallen, dass Schmuck irgendeinen zeitraubenden Umweg genommen hätte oder noch langsamer als sonst schon gefahren wäre. Es schien da eine nur mit dem Rad benutzbare, verblüffend viel Zeit einsparende Abkürzung, womöglich eine glattgefahrene Treckerspur quer durch das Maisfeld, zu geben.

Der Auskenner war mit einem älteren, beleibten Polizisten zugange, der anscheinend etwas an seinem Fahrrad auszusetzen hatte, denn als Schmuck und sie das letzte Stückchen zu Fuß näher kamen, hob der Auskenner das Vorderrad am Lenker in die Höhe und drehte mit der anderen Hand den Reifen, offenbar um zu beweisen, dass das Rücklicht, über das sich der Uniformierte beugte, vom Dynamo mit hinreichend Strom gespeist, auch am helllichten Mittag erkennbar rot aufglimmte.

«Unsere liebe Polizei, Moni! Wahrscheinlich wurden gleich als Erstes die Bremsen kontrolliert. Armer Auskenner. Es ist die Kombination, die chronisch Ärger auf sich zieht. Die dreiviertellangen Lederhosen und die Army-Stiefel gingen noch als urig durch. Aber die Fliegerjacke. Das Ding hat über sieben Jahrzehnte in den Rindslederporen und sieht, abgesehen von ein bisschen Gilb im Pelz, noch aus wie vor dem ersten Flug. Beste Frühkriegsqualität eben. Das muss einen Ordnungshüter im Gesamtzusammenklang der Erscheinung unweigerlich misstrauisch stimmen. Pass auf: Mit ein bisschen Glück greift jetzt der Jeder-kennt-Addi-Effekt.»

Der Ausweis, den Schmuck zückte, steckte in einer Hülle aus Lederimitat und war der größte, überhaupt der erste zu zwei Innenseiten aufklappbare Presseausweis, den sie bislang gesehen hatte. Schmuck streckte ihn dem Polizisten entgegen, eher bauch- als brusthoch, aber nicht aufdringlich nah, als hätte er ein sicheres Gespür dafür, wie sich Foto und Name am leichtesten von einem aufnehmen ließen, der zum Studium der Zeitung und ähnlich kleingedruckter Schriftwerke eine Lesebrille brauchte.

«Mahlzeit, Herr Wachtmeister! Wir sind von der Allgemeinen. Ressort Sport. Fußball und alle übrigen Leibesübungen. Schmuck mein Name. Addi Schmuck.»

MoGo bezweifelte, dass dies fruchten würde. Und da der Polizist Addis Gruß nicht erwiderte, ja sich nicht einmal zu einem Nicken herabließ, schien ihr Schmucks Vorstoß bereits gescheitert, als der Uniformierte nach einer merkwürdig gedehnten Pause, in der er auf den Presseausweis gestarrt hatte, mit einem abrupten Mienenwechsel doch noch zu erkennen gab, dass die Vorstellung nicht umsonst gewesen war.

Ohne weiteren Umschweif begann er, die heutige Kolumne des Sportreporters zu loben. Ja, er habe die darin beschriebene Stadionszene, die rote Aschenbahn, bretthart gewalzt, und den deutschen Athleten, weiß gewandet bis auf den Brustring mit dem Bundesadler, sogleich vor Augen gehabt. Seine Frau habe ihm alles beim Frühstück, ohne Punkt und Komma, so leiernd, wie es halt leider ihre Art sei, aus der Zeitung vorgelesen. Ihm sei es in aller Herrgottsfrühe eigentlich lieber, wenn bloß das Radio laufe, am besten nur Musik, Musik ohne Worte, ganz leise im Hintergrund, aber in einer Ehe komme es immer, vor allem am Wochenende und erst recht wenn man in dessen Verlauf noch eine Schicht abzuleisten habe, auf einen für beide Seiten leidlichen Kompromiss an.

MoGo war aufgefallen, wie er Schmuck bei diesem Satz zuzwinkerte. Und dann hatte er den Sportreporter mit einem ähnlich diskret unübersehbaren Krümmen und Strecken des rechten Zeigefingers weggelotst, so weit, bis sie außer Hörweite standen.

MoGo und dem Auskenner war erst einmal nichts weiter übrig geblieben, als abzuwarten. Kurz hatte sie es sogar für möglich gehalten, dass Schmuck nun mit dem Polizisten in der Arena verschwinden würde und sie beide in Folge dazu verurteilt wären, bei Drahtesel und Mustang einem erneuten Erscheinen der beiden entgegenzusehen. Aber da fing im Hintergrund, dicht an einer der aufstrebenden Betonrippen der Arena, das Blaulicht eines Notarztwagens ihren Blick. Vorbei an Schmuck, vorbei an dem mit erhobener Hand grüßenden Polizisten rollte das Fahrzeug im Schritttempo auf sie zu.

MoGo, die unwillkürlich zur Seite ausgewichen war, sah den Auskenner, den das Fahrzeug so dicht passierte, dass er dessen weiß lackiertes Blech mit der Hand hätte erreichen können, aus dem Stand in die Höhe hüpfen. Offenbar versuchte er, einen Blick in das Innere des Rettungsfahrzeugs zu werfen. MoGo hatte nur kurz den dunklen Schopf des Sanitäters oder Notarztes erspähen können, der an einem offenbar Abgeholten zugange war. Aber als Schmuck gleich darauf zu ihnen zurückkam, genügte sein Nicken, um sie wissen zu lassen, dass da kein anderer als der Greenkeeper, den aufzusuchen sie vorgehabt hatten, auf dem Weg ins Zentralklinikum an den westlichen Stadtrand war.

Später, eine gute Weile später, nachdem MoGo und Schmuck wieder an der Halle eingetroffen waren, wollte sich deren Bewohner einfach nicht wiedereinstellen. Offenbar dauerte der Rückweg von der Arena mit dem Fahrrad länger als die Hinfahrt. Vielleicht hatte der Auskenner auch, nachdem sein Fahrrad so ungut genau auf allgemeine Verkehrstauglichkeit geprüft worden war, nicht die kürzeste, womöglich polizeilich anfechtbare Route querfeldein gewählt, sondern erst einmal eine garantiert unverdächtige Richtung eingeschlagen. Und so hatten sie erneut an dem Tischchen mit der Altglas-Spirale Platz genommen, und Schmuck verteilte kalt gewordenen Tee auf ihre Tassen.

«Falls du in Gedanken das Klo suchst, Moni, rechts herum! Und bitte nicht erschrecken. Es ist alles Absicht so. Er ist und bleibt halt mother nature's son. Kann man das in unser Deutsch übersetzen, ohne dass es despektierlich oder albern klingt?»

Wie sie die fragliche Örtlichkeit dann vor Augen bekam, war sich MoGo sicher, dass ihre Mutter gewiss etwas pikiert von einem Plumpsklo gesprochen hätte. Allerdings musste sie mit einem forschenden Rundumblick feststellen, dass der Auskenner einen nicht geringen handwerklichen Aufwand getrieben hatte. Das Flüssige und das Feste sollten offenbar streng getrennte Wege gehen. In zwei Eimern standen Sägemehl und Holzasche zum Nachstreuen bereit, und auf einem per Hand beschrifteten Karton an der Innenseite der Tür war in durchnummerierten Sätzen erläutert, wie die Nutzer der Örtlichkeit Schritt für Schritt verfahren sollten. Die Anleitung war Punkt für Punkt auf Deutsch verfasst, ihr Titel allerdings bediente sich des Englischen: LADIES AND GENTLEMEN: CAUTION, PLEASE!!! Und MoGo schloss aus der Wortwahl, aus dem dreifachen Ausrufezeichen und aus der Entscheidung für Großbuchstaben, dass es dem Auskenner mit einer korrekten Benutzung seiner kunstreich gezimmerten Trockentoilette todernst war.

Erst Stunden später, als sie in der Dämmerung des gleichen Tages diese Örtlichkeit erneut in Anspruch nehmen sollte, würde MoGo bemerken, dass es da doch einen Umstand gab, der ihr zwar keinen Ekel, allerdings ein verwandtes, noch ein wenig tiefer gründendes Unbehagen verursachte. Wie sie den tadellos sauberen und kein bisschen unangenehm riechenden Anbau zum zweiten Mal verließ, fiel ihr eine sehr große orangefarbene Nacktschnecke auf, die sich darauf zubewegte. Und als hätte ihr das Vorankriechen dieses besonders prächtigen Exemplars die Augen geöffnet, bemerkte sie, dass das Tier nicht allein unterwegs war.

Über den schattig gewordenen Grund, über die krautig niedrigen Taubnesseln, die das Außenklo umwucherten, schienen eine Vielzahl nackter oder Häuschen schleppender Weichtiere das gleiche Ziel anzustreben, einen Spalt, der ihnen Zugang zu dem ermöglichte, was sie dem Grün rund um die kleine Halle anscheinend als erste abendliche Kost vorzogen.

8.

WEIDE

«Ich glaube, ich kann dir sagen, wo unser Mann abgeblieben ist, Moni. Die nickelige Fahrradkontrolle ist ihm auf den Magen geschlagen, und mit einem flauen Gefühl im Bauch radelt sich's schlecht. Also hat er erstmal die Flughafengaststätte angesteuert. Und weil er weiß, wie gut ich ihn kenne, denkt er sich, dass ich mir ebendies, über kurz oder lang, denken können muss.»

Als sie an der Gaststätte eintrafen, war dort kein Parkplatz mehr frei. Eine erstaunliche Menge Fahrräder verstellte den Streifen zwischen Straße und Gebäude, und Schmuck steuerte den Mustang um die nächste Ecke vor die flachen Bauten, die MoGo bereits bei ihrem ersten Besuch als ein offenbar nicht mehr genutztes Werksgelände aufgefallen waren.

«Hast du sein Rad gesehen, an das Bäumchen mit diesen orangen Beeren gelehnt? Sein Vehikel sticht einem sofort ins Auge. Woran liegt das eigentlich. Guck bei Gelegenheit mal genauer für mich hin, Moni.»

MoGo war sich sicher, woran sie fast mit dem ersten Blick erkannt hatte, welches der Räder das des Auskenners war. Es war schwarz, was unter den abgestellten Drahteseln keine allzu seltene Farbe vorstellte, weder sein Rahmen noch sein Lenker, noch der mit einem Körbchen bestückte Gepäckträger waren in irgendeiner Weise auffällig. Allein das Vorderrad, genauer gesagt dessen Reifen, gab den Ausschlag. Er war dicker als der hintere, als gehöre er eigentlich zu einem anderen Zweirad. Und dazu war der Gummi des Mantels, seine Flanken wie seine Lauffläche, merkwürdig heftpflasterfarben.

Ebendiese Farbe führte dazu, dass sie Schmucks Frage nach der Unverwechselbarkeit des Rades bloß in Gedanken beantwortete. Denn unangenehm jäh erinnerte das Beige des Fahrradreifens sie an die kahlen Stellen im Fell der Katze, die ihrer Mutter noch kurz vor deren Tod zugelaufen war. MoGo hatte das Tier während der wenigen Krankenhaustage, die ihrer Mutter geblieben waren, vorläufig bei deren Nachbarin unterbringen können. Eine Vorläufigkeit, die sich mittlerweile bedenklich lange hinzog und MoGo regelmäßig, vor allem vor dem chronisch schwierigen Einschlafen, ein schlechtes Gewissen machte.

Drinnen, im Gastraum der Flughafengaststätte, war es dann noch voller als erwartet. MoGo blieb Schmuck dicht auf den Fersen, weil der es mit souveräner Entschiedenheit

verstand, sich zügig durch die eng gedrängte, von einer laut-
starken Kerligkeit beschwingte Versammlung zu schieben.
Kurz kam es ihr so vor, als ob jeder, der ein, zwei Fußbreit
zur Seite ruckte, um Schmuck passieren zu lassen, diesem
nun einen ähnlichen Respekt zollte wie der Polizist vor der
Arena, obwohl der Sportreporter sich doch bloß die leere
rechte Hand wie eine Bugkante, die ein Wasser teilte, vor
die Brust hielt.

Inzwischen hatte sie an den dominierenden Farben,
an dem Rot-Grün-Weiß, welches auf Schals, Mützen und
auf den über Pullover oder Jacken gezogenen Trikots zum
Dreiklang zusammenfand, begriffen, dass Fans des einheimischen Erstligaclubs die Gaststätte offenbar als eine Art
Zwischenstation nutzten, um sich hier, in einer vorgängigen
Verdichtung für das anstehende Spiel, in Stimmung zu trinken und zu schwatzen.

Den Auskenner entdeckten sie ganz am Ende der Theke. Für den linken Ellenbogen hatte er noch auf deren Holz
Platz gefunden, und ein mit einer bräunlichen Flüssigkeit
gefülltes Schnapsglas schien MoGo darauf hinzudeuten,
dass es ihm mit der Wahl seines Getränks und vielleicht
auch damit, dass er es ungetrunken vor sich stehen ließ, darauf ankam, eine gewisse Distanz zu stiften und auszuhalten.
Als er sie kommen sah, hob er die Hand. MoGo winkte
über Schmucks Schulter zurück, und im selben Moment
war die ganze Flughafengaststätte, ohne dass irgendein
Startzeichen, etwa das isolierte Einsetzen einer einzelnen
Stimme, MoGo gewarnt hätte, von einem aufbrausenden
Gesang erfüllt, so dröhnend schwankend, dass sie unwillkürlich den Kopf einzog.

Sie wusste, dass es solche einem Verein gewidmete Lieder gab, aber zum ersten Mal wurde sie derart unvermittelt

das Opfer der hiesigen Hymne. Und wie um sich gegen deren wuchtiges Auf und Ab zu wappnen, versuchte sie, den Wortlaut zu erfassen, konnte jedoch nur Bruchstücke ins Verstehen bergen. «Glanz und Gloria», aber auch «Quälen, Rackern und Schinden», ja ein bereits geschehenes oder erst erhofftes «Fußballwunder» wurde beschworen, und im Refrain hatte sich die Farbenfolge Rot, Grün und Weiß stets mit einem «Auf des Fußballgotts Geheiß!» zu reimen.

Schon ein halbes Bier später war das Lokal bis auf sie drei, den Wirt und eine junge Frau, die diesem während des großen Andrangs bedienend beigestanden hatte, wie leer gepustet. Rot-Grün-Weiß war abgezogen, und Schmuck schlug vor, sich an einen der frei gewordenen Tische zu setzen.

Der Auskenner stürzte das, was offensichtlich ein doppelter Magenbitter war, hinunter und orderte mit erhobenem Glas noch einmal das Gleiche. Und dann holten sie nach, was sie vor der Arena unterlassen und sich eigentlich für das Zusammensitzen vor der Halle aufgespart hatten. Schmuck erzählte, was ihm unter vier Augen anvertraut worden war, und der Auskenner rückte, nachdem er auch seine zweite Bestellung auf einen Zug getrunken hatte, mit dem heraus, was ihm, im rechten Moment hochspringend, zu erspähen gelungen war.

MoGo aber musste in stiller Parallelität unentwegt an die Katze denken, die zuletzt noch bei ihrer Mutter gehaust hatte. Wenige Tage nachdem MoGo in ihre erste eigene Wohnung umgezogen war, hatte sich das Tier auf offener Straße an die Fersen ihrer Mutter geheftet, war ihr bis an die Haustür hinterhergetrottet und hatte es irgendwie geschafft, mit hineingelassen und ein erstes Mal gefüttert zu werden.

«Kind, sie ist unglaublich intelligent. Sie versteht praktisch jedes Wort. Sie mag den gleichen Aufschnitt, den du früher so gern gegessen hast: Bierschinken, Kochsalami, Gelbwurst und Lyoner. Am liebsten die Gelbwurst, genau wie du, als du klein warst. Morgen geht's zum Tierarzt, damit sie gegen alles geimpft wird. Der weiß bestimmt auch, was wir gegen ihren Haarausfall unternehmen müssen. Hab' ich dir schon gesagt, dass sie ganz wunderbar blaue Augen hat?»

Als MoGo das Tier in fremde Obhut gegeben hatte, war dies mit dem Versprechen verbunden gewesen, sie werde die Katze abholen, sobald alles, was nun zu regeln anstand, erledigt sei. Auf der Beerdigung hatte sie dieses Versprechen noch einmal erneuert, aber bislang nicht eingelöst, wofür sie sich jetzt, während der Auskenner verblüffend ausführlich beschrieb, was ihm hochhüpfend doch allenfalls den Bruchteil einer Sekunde lang vor Augen gekommen sein konnte, noch heftiger als bislang schon schämte.

«Was ist, Moni? Tut dir unser Greenkeeper so arg leid? Auch wenn Blut geflossen ist, müssen wir doch nicht gleich vom Schlimmsten ausgehen. Blut wird meistens überschätzt. Im Klinikum sind sie mittlerweile bestimmt schon dabei, ihn wieder stimmig zusammenzutackern. Diese plastischen Chirurgen sollen mittlerweile wahre Hexenmeister sein. Womöglich wird er sogar hübscher, als er vorher war. Du wirst dich an seine Nase erinnern. Die kann doch nur schöner werden. Das ist jetzt nicht so herzlos gemeint, wie es sich anhört. Nimm's mir nicht krumm. Oder ist da noch was anderes? Was wurmt dich gerade? Sag's freiheraus. Erzähl mal!»

Ganz gegen ihre Art, eigentlich behielt sie so etwas grundsätzlich für sich, verriet MoGo den beiden, wie sehr ihr der Verbleib der Katze, der letzten Wohngenossin ihrer Mutter, ein schlechtes Gewissen bereitete.

Der Auskenner nickte nur nachdenklich, aber Addi stand sogleich auf, um an der Theke ihre Zeche zu zahlen.

Kaum zehn Minuten später begutachteten sie in Waldy's Zoo-Welt ein halbes Dutzend unterschiedlicher Haustiertransportboxen. Der Tierfachmarkt befand sich gleich hinter den ehemaligen Werkshallen, die sich an die Rückseite der Gaststätte anschlossen, so nah, dass es eigentlich nicht nötig gewesen wäre, für das kurze Wegstück in den Mustang zu steigen. Aber der Auskenner wollte sein Fahrrad nicht vor der Flughafengaststätte stehen lassen. Und als es dann, von zwei strammen Gummispannern gehalten, aus dem Heck von Addis Wagens ragte, hatte MoGo den Mustang auf Addis Geheiß vor den Eingang des Zoogeschäfts gefahren.

Dass die beiden das, was ihr privates, ja familiäres Versäumnis darstellte, umgehend in die Hand genommen hatten, machte MoGo verlegen, aber gleichzeitig entlastete es sie fühlbar, den Auskenner und Schmuck nun über die Vor- und Nachteile der verschiedenen Behältnisse räsonnieren zu hören. Schließlich gab den Ausschlag, dass sich an einer «Happy Bio House» benannten Box nicht nur das Weidenflechtwerk, sondern dazu noch die verstärkenden Haselnusszweige, die Hanfschnüre, die diese aneinanderknoteten, und ein als Bodeneinlage verwendetes Kokosfaservlies als unbestreitbar natürlich würdigen ließen.

«Lass dein Portemonnaie stecken, Moni. Das mobile Häuschen geht auf Kosten der Allgemeinen. Aber so gern ich der Katze deiner Mutter jetzt gleich als Nächstes in die bildschön blauen Augen gucken würde, es ist wahrscheinlich schlauer, zuerst das Klinikum anzusteuern, sonst muss das arme Tier dort noch ewig in meiner Karre warten. Katzen sind ungern im Auto unterwegs.»

So kam es, dass MoGo mit dem Auskenner auf dem Be-
sucherparkplatz des Zentralklinikums im Wagen saß, während Schmuck sich in das Innere des Bauwerks begeben
hatte, um einen bestimmten jungen plastischen Chirurgen
ausfindig zu machen. Mit dessen Vater, der vor Jahr und
Tag die gleiche Profession ausgeübt hatte, war er gut genug
bekannt, um sich nun vor dem Sohn auf ihn berufen zu
können.

Der Auskenner hatte abgelehnt, Schmuck zu begleiten.
Addi solle besser alleine gehen, da drinnen wäre er ihm keine Hilfe. Sie hätten ja gesehen, wie den Uniformierten sein
Anblick schmecke. Auch die Weißkittel machten da leider
keine Ausnahme von der Regel.

Auch MoGo war froh, nicht mitgehen zu müssen.
Schon während sie sich dem Klinikum genähert hatten,
dessen drei gewaltig hohe Flügel die umgebende Bebauung weit überragten, hatte sie sich geschworen, dass sie die
Schwelle dieses Baus, in dem sie ihre Mutter wie eine über-
große Puppe auf ihrem letzten Bett hatte liegen sehen, erst
dann erneut überqueren würde, wenn sie eines Tages ver-
gleichbar hilf- und wehrlos geworden war.

Als Schmuck zurückkam, hatte MoGo schon eine
Weile den Motor laufen lassen, denn im Blechgehäuse des
Mustangs war es schnell kühl geworden. Der sonnig blanke
Herbsthimmel, der sich bis in den Nachmittag hinein trügerisch generös gegeben hatte, war mittlerweile dabei, sich die
gespendete Wärme, gnadenlos abrechnend, rückerstatten
zu lassen. Der Auskenner hatte schließlich, unübersehbar
fröstelnd, den breiten Kragen seiner pelzgefütterten Jacke
an die Schläfen hochgeschlagen und seine Hände bis an die
Fingerspitzen in die voluminösen Ärmel gezogen.

«Fehlanzeige: Bin leider nicht weit vorgedrungen. Der

Sohn meines alten Freundes hat das Wochenende frei. Und die Karte ‹Addi Schmuck› hat bei denen, die ich an ihren Berufsklamottenzipfeln zu fassen bekommen habe, leider kein einziges Mal gestochen. Woran liegt es eigentlich, dass sich immer noch so wenig Frauen für Fußball begeistern können? Time to take care of the blue-eyed cat! Moni, ich denke, du findest den kürzesten Weg.»

Die Strecke zwischen dem Zentralklinikum und der Wohnung, die mehr als zwei Jahrzehnte auch die ihre gewesen war, hatte sie zuerst mit ihrem Motorroller, dann mit dem Wagen ihrer Mutter zurückgelegt. Bei der vorletzten Tour hatte sie noch einmal Wäsche ins Krankenhaus gebracht. Ansonsten war sie nur an die verwaiste Wohnung gefahren, um die Katze zu füttern, bis sie das Tier vorläufig in die Fürsorge der Nachbarin übergeben hatte.

Diese trafen sie nun glücklicherweise an, und sie machte MoGo keinen Vorwurf, dass sie sich so lange nicht gemeldet hatte. Vielleicht half, dass sie nun mit gleich zwei älteren Männern vor ihrer Tür stand, und womöglich machte auch das «Happy Bio House», das der Auskenner vor der Brust trug, mit seiner auf den ersten Blick bestechenden Natürlichkeit Eindruck.

Die Katze zeigte keine Scheu, sondern begann sofort, den Kopf an den Stiefeln des Auskenners zu reiben. Sie hielt die Augen dabei geschlossen, als wollte sie deren Schönheit fürs Erste noch verbergen, und wie Schmuck sich bückte und sie, das Schnäuzchen voran, begleitet von einem «Your mobile home is your mobile castle», in die Transportbox schob, leistete sie nicht den geringsten Widerstand.

Als sie wieder im Mustang saßen, rechnete MoGo damit, dass Schmuck sie nun nach Hause kutschieren würde. Denn allein ihre Wohnung schien ihr als nächste Unterkunft der Katze in Frage zu kommen. Und die Erleichterung, die sie erfasst hatte, weil das Tier endlich, wie versprochen, abgeholt war, hatte bereits dem Unbehagen Platz gemacht, das sich unweigerlich mit der Vorstellung verknüpfte, ihr Appartement nun ab sofort mit der letzten Wohngenossin ihrer Mutter teilen zu müssen.

«Mach dir keine unnötigen Sorgen, Moni. Ich kann mir vorstellen, wie eng es bei dir zugeht. Das sind doch bloß Schuhkartons mit Dusch- und Kochgelegenheit bei dir im Haus. So etwas kann man wissentlich höchstens einem Zweibeiner zumuten. Da gibt es eine bessere Lösung. Du hast doch gerade gesehen, wer wen auf Anhieb gut riechen konnte.»

Schmucks rechter Zeigefinger wies auf den Rückspiegel. Und aus dem Weg, den er einschlug, wurde klar, dass es nicht Richtung Zentrum, sondern zurück an den südlichen Stadtrand ging. Hiermit war MoGo zweifellos zum zweiten Mal geholfen, aber wie sie den Rücken fest gegen das Leder des Beifahrersitzes drückte und sogar die Augen schloss, musste sie sich eingestehen, dass unter den Katzensorgen noch ein andersartig unangenehmes Bild darauf gelauert hatte, erneut in Erscheinung zu treten.

Während sie mit dem Auskenner auf dem Parkplatz des Klinikums gewartet hatte, war ihr aufgefallen, dass vor einem Hintereingang in kurzen Abständen weiß gekleidetes Personal auftauchte, um allein, gelegentlich zu zweit, manchmal auch als Dreiergrüppchen zu rauchen. Offenbar war dies einem dort positionierten Standaschenbecher geschuldet. Ganz zuletzt, als Schmuck den Wagen zurücksetzte, um Richtung Ausfahrt zu wenden, waren noch einmal zwei aus der Tür ins Freie getreten.

Die Distanz war zu gering, um sich zu täuschen. Derjenige, der dort drüben einer gewagt kurzbekittelten, kindhaft stupsnasigen Krankenschwester Feuer gab, ohne sich selbst eine Zigarette anzustecken, war kein anderer als ihr ungemein wetterkundiger und fußreflexzonenversierter Wohnungsnachbar Doktor – Benedikt! – Feinmiller.

9.

TOPINAMBUR

Als MoGo kurz nach Mitternacht ihre Wohnungstür auf-
geschlossen hatte, sah sie, schon bevor ihre Hand an die
Wand griff, um den Lichtschalter zu drücken, dass es auf
dem Schuhschränkchen rot blinkte. Auf dem Anrufbeantworter des Festnetztelefons war eine Nachricht gespeichert,
was, seitdem das alte Gerät ihrer Mutter dort seinen neuen
Standort, eine Art Gnadenplatz, gefunden hatte, noch kein
einziges Mal vorgekommen war.

«Ich bin es, Süße. Eben kam mir wieder in den Sinn,
dass Schmuck dich übers Wochenende für sich gebucht hat.
Er hat mir übrigens mit keinem Wörtchen verraten, womit

er zugange ist. Na, du hast mittlerweile selber gemerkt, unser Addi ist, wie er ist. Aber egal, wozu er dich einspannt, falls es irgendwie heikel werden sollte: Ich geb' dir mal durch, wie du mich mobil erreichen kannst. Unter dieser Nummer kriegst du mich Samstag wie Sonntag rund um die Uhr!»

Die Redaktionssekretärin hatte eine ungemein angenehme Telefonstimme, sogar die Zahlenfolge, die sie gleich zweimal aufs Band gesprochen hatte, erklang fraulich warm, und kurz hielt MoGo für möglich, dies habe mit dem Apparat zu tun, der die Worte reproduzierte. Als sie das Telefon angeschlossen hatte, war noch ihr letzter eigener Anruf gespeichert gewesen. MoGo hatte sich, bevor sie die alte Nachricht löschte, angehört, wie sie sich dereinst nach dem Befinden ihrer Mutter erkundigt hatte, und war darüber erschrocken, wie spröde und kühl, wie aus einer unguten Binnenferne ihr dieses Nachfragen entgegengeklungen war.

«Wenn es Probleme geben sollte, schnurstracks zu mir damit, Schätzchen!», hatte ihr die Küppers am Donnerstag noch leibhaftig mit auf den Weg gegeben. «Ich kenne die Kerle aus dem Effeff. Wozu halte ich hier seit fast dreißig Jahren die Stellung. Regel Nummer eins: Genier dich nie für das, wofür sich eigentlich einer von denen genieren müsste. Dein Trachtenmodenartikel war Spitzenklasse, auch wenn unser lieber Doktor Kischel wahrscheinlich recht kleinlich dran herumgenörgelt hat. In einem Jahr schreibst du hier alle an die Wand. Mit links. Falls sie dich lassen. Letztlich sind es immer die gleichen Tricks, mit denen die Jungen traktiert und kleingehalten werden. Melde dich gleich bei mir, wenn du das Gefühl hast, man will dir einen Knüppel zwischen die Beine werfen. Du weißt, was ich damit meine, Kleines!» Dabei hatte die Küppers nach ihrer Hand gegriffen, um diese kurz, aber kräftig zu drücken. Und MoGo war aufgefallen, dass ihre Fingernägel lackiert waren, im gleichen hochglänzenden, fast feucht schimmernden Rosa, welches auch ihre wirklich apart geschwungenen, allenfalls etwas schmalen Lippen zierte.

Als sie mit der Katze ihrer Mutter an der Halle eingetroffen waren, hatte es schon zu dämmern begonnen. Den Schlüssel zu seiner Behausung zog der Auskenner aus einem Spalt zwischen dem Türstock und dem Rahmen eines angrenzenden Fensters. Drinnen ließ er die Katze aus der Transportbox und machte Feuer in einem gewaltigen alten Küchenherd. Unter dem Gusseisen der türblattgroßen Platte begann das Holz so heftig zu knacken, als sprächen die brennenden Scheite zueinander. Der Auskenner zog einen hohen Topf über die Ringe, durch deren Spalte die Flammen leuchteten, dann setzte er sich zu ihnen, in den dritten der zierlich kleinen Sessel, die einen Couchtisch umstanden. Der Raum schien Küche und Wohnbereich zugleich zu sein. Was noch dahinter lag, im bestimmt doppelt so tiefen rückwärtigen Teil des Gebäudes, war von zelttuchartig festen grauen Planen verhängt. Dort hatte sich die Katze niedergelassen, das Schnäuzchen dicht vor einem Spalt, den zwei Bahnen der Abtrennung in Bodennähe aufklaffen ließen.

Als einen hellen Fleck auf ihrem Kopf konnte MoGo die auffälligste der kahlen Stellen in ihrem Fell erkennen. Wie eine zwischen die Ohren rasierte Tonsur sah es aus. Und nicht zum ersten Mal kam ihr mysteriös vor, dass ihre Mutter mit ihrem notorischen Hang zum Adretten und Akkuraten ausgerechnet ein Tier bei sich aufgenommen hatte, dessen Körper einen derart auffälligen, offenbar chronischen Makel zur Schau trug.

In der Flughafengaststätte hatte ihnen Schmuck erzählt, dass die Polizei noch vor dem Rettungswagen an der Arena eingetroffen war und den Greenkeeper trotz seiner Verletzungen bei Bewusstsein vorgefunden hatte. Einer Hilfskraft, von der er auf dem Spielfeld entdeckt worden war, hatte er auf die Frage, ob er überfallen worden sei, noch mit einem Ja antworten können. Aber wie dann die Polizisten etwas von ihm zu erfahren versuchten, sei ihm kein Wort mehr über die blutverschmierten Lippen gekommen. Außer der Mundpartie hätten auch die Wangen, die Stirn und der Nasenrücken Kratzer oder kleine Wunden aufgewiesen. Ein Glück noch, dass seine Augen unversehrt geblieben waren.

Diese Augen seien, hierin war sich nun der Auskenner erneut völlig sicher, noch im Rettungswagen angstvoll geweitet gewesen, obwohl man dem Verletzten wahrscheinlich schon etwas Sedierendes verabreicht hatte. Ja, der im Fahrzeug Liegende habe ihn, den Hochgesprungenen, zweifellos angesehen, so eindringlich, dass ihre Blicke ineinanderflossen. Und vom Sog des Zurückschauens sei er, bevor die Schwerkraft ihn an den Stiefelhacken wieder nach unten zog, einen Moment lang auf dem Scheitelpunkt seines Hochhüpfens in der Schwebe gehalten worden.

MoGo sah Addi Schmuck hierzu nicken, dann den Kopf schütteln, dann wieder nicken. Und es schien ihr ratsam, sich nicht anmerken zu lassen, wie fragwürdig ihr die Imaginationen des Auskenners vorkamen.

«Der Eintopf müsste heiß sein. Deck den Tisch, Addi. Ich schmecke noch ab. Darf doch scharf sein? Schwarze Bohnen, dunkelrote Zwiebeln, blutrote Paprika, Tomatenmark, dreifach konzentriert, knochenbleicher Knoblauch, that comes all the way from China, aber dafür ist das Gehackte von hiesigen, angeblich bis zuletzt nichts Schlimmes ahnenden Rindern. Die jungen Bullen sollen gar nicht weit von hier geweidet haben. Behauptet der Metzger. Auf der großen Wiese hinter dem Maisfeld. Ich hoffe, es ist nichts dabei, was euch unter den gegenwärtigen Umständen schwer verdaulich vorkommt. Und vom Magen mal abgesehen: Everybody's got a hungry heart. Und was kriegt unser weibliches Mönchlein. Hat sie eigentlich einen Namen. Nein? Wirklich nicht? Mal gucken, ob ich etwas für unsere Namenlose finde.»

Das Tier schien begriffen zu haben, dass von ihm die Rede ging, denn als der Auskenner vor dem Kühlschrank in die Knie sank, stand die Katze schon neben ihm. Vielleicht erkannte sie die Art des Möbels am Weiß der Tür, und die kühle Luft und das Licht, die seiner Tiefe entströmten, bedeuteten ihr nun ein Versprechen.

Während sie den höllisch scharfen Bohneneintopf löffelten, musste sich die Katze gedulden. Der Inhalt einer Thunfischdose war in einem Sieb sorgfältig abgespült worden, um den salzigen Sud so weit wie möglich zu entfernen, und dann blieb das Schälchen, in welches das helle Fischfleisch umgefüllt worden war, noch eine Weile am Rand der Ofenplatte stehen, bis sich die Kälte seines Inhalts in die warme Luft verflüchtigt hatte.

Später, wieder zuhause angekommen, schaute MoGo in den eigenen Kühlschrank, obwohl sie ziemlich sicher war, dass der bis auf einen welken Endiviensalat, die Kaffeepackung und eine angebrochene Flasche Weißwein leer sein musste. Sie war das Gegenteil einer anspruchsvollen Esserin, und ihre Mutter hatte irgendwann in der Zeit ihres Zusammenlebens aufgegeben, ihr das Kochen beibringen zu wollen. Von Doktor Kischel war bald bemerkt worden, dass MoGo während ihrer Redaktionsstunden nichts aß außer zwei, drei Keksen aus der Gratis-Dose neben dem Kaffeeautomaten, und er hatte ihr deshalb gleich in ihrer ersten Woche etwas beim Lieferdienst eines vegetarischen Imbisses mitbestellt.

«Erlauben Sie mir, dass ich Sie auf etwas Gesundes einlade! Ich war so frei und habe einfach doppelt geordert, was mir zurzeit am besten mundet. Es heißt Unsere-Welt-Salat, und die Zutaten variieren Tag für Tag gerade so stark, dass keine öde Gewöhnung aufkommen kann. Schauen Sie: immer verschiedene Keimlinge. Das hier müssen Rettichsamen sein. Sehr appetitlich, der hauchdünn geraspelte Topinambur. Diese winzigen gelben Tomaten, bestimmt eine alte Sorte. Und als körnige Basis: gestern Linsen, jetzt Buchweizen, morgen vielleicht wieder Quinoa, das Wundergetreide der Azteken. Nicht nur die Augen essen mit, auch unser Wissen will sich in dem wiederfinden, was wir uns einverleiben. Prüfen wir das heutige Dressing: Limone, Hanf-Öl und ein Klacks Honig! Behauptet zumindest meine Zunge. Manchmal ist mir diese Kombination doch einen Hauch zu süß. Aber als Frau, als junge Frau, sehen Sie das möglicherweise anders.»

Ihr Smartphone lag hinter dem Endiviensalat. Sie musste es gestern zusammen mit dem Kaffee in den Kühlschrank geschoben haben. Und heute Morgen war ihre Wahrnehmung offenbar noch so gehandicapt gewesen, dass sie die Kaffeepackung herausgenommen und zurückgetan hatte, ohne das durch das Weiß von Rahmung und Rückseite getarnte Mobiltelefon zu bemerken. Weil dessen Akku leer war, begann MoGo, sich im Tohuwabohu des Appartements nach dem Ladegerät umzusehen, und ärgerte sich darüber, wie fatal dies ihrer gestrigen Suche nach dem

Smartphone glich. Also holte sie sich den Rest Wein an das Küchentischchen, um erst einmal in aller Ruhe über alles nachzudenken. Aber kaum dass sie sich eingeschenkt hatte, hörte sie Stimmen aus der Nachbarwohnung.

Schon stand sie an der Wand, in einer Lücke, welche die Sachen ihrer Mutter dort ließen, und drückte das Ohr an die Raufasertapete. Sie konnte zwei Stimmen unterscheiden, allerdings durch kaum mehr als durch die Art, wie sich die beiden schnell und heftig Redenden ins Wort fielen und ihr Sprechen sich hierbei überlappte. Die Wand drängte die Tonlagen derart auf mittlerer Höhe zusammen, dass MoGo nicht einmal völlig sicher war, ob das eine Organ einer weiblichen und das andere einer männlichen Person gehörte. Dies hinderte sie allerdings nicht daran, sich vorzustellen, dort drüben stritte ihr Doktor Benedikt Feinmiller mit ebenjener knapp Bekittelten, die sie vor ein paar Stunden am Klinikum neben ihm hatte rauchen sehen. Und als der Wortwechsel abriss und sie die Tür der Nachbarwohnung schlagen hörte, spürte sie, wie eindeutig schadenfroh sich eine unverkennbar geschlechtliche Instanz in ihr wünschte, es möge sich gerade um einen unversöhnlich endgültigen Abgang gehandelt haben.

In der Halle des Auskenners war Addi Schmuck das Abschiednehmen sichtlich schwergefallen. Nach dem dritten Teller Eintopf hatte er zu rauchen begonnen. MoGo griff ungeniert zu, sobald er ihr eine Zigarette anbot, während der Auskenner, der einen ersten Glimmstängel lang mitgehalten hatte, jedes Mal sichtlich unwillig den Kopf schüttelte, sobald ihm der Sportreporter erneut die blaue Packung unter die Nase hielt.

Schmuck fragte ihn, ob er die heutige Kolumne gelesen habe, und bekam als Antwort, leider sei darin nicht erwähnt worden, wie man die Schüssel des Rosenau-Stadions aus den Kriegstrümmern der zerbombten Altstadt aufgeschüttet habe. Zumindest die schmalen Schienen, die eigens hierfür Richtung Süden gelegt worden waren und auf denen eine kleine Dampflok den mittelalterlichen und frühneuzeitlichen Edelschutt herangezogen hatte, wären doch eine Erwähnung, einen einzigen beschreibenden Satz wert gewesen.

«Kolumne, mein Lieber! Ich schreibe doch keinen Fortsetzungsroman. Die Ziegelsteine mussten reichen. Für deine schnuckelige Eisenbahn war schlicht kein Platz. In den kleinen Formaten ist der Erzählraum chronisch knapp. Man muss auch die nötigen Lücken aufspreizen, in die das Zufallswissen wie das Mitfühlen notwendig einschießt. Sei's drum: In vierzehn Tagen ist wieder ein Tor dran. Ich hab' da eines vor dem inneren Auge, das noch ziemlich frisch ist. Vorvorletzte Saison, Abstiegskampf. Versucht euch mal folgende Strafraumsituation vorzustellen …»

Addi Schmuck legte seine Zigarettenschachtel, das Feuerzeug und seine Schlüssel auf den Tisch, und auch der Aschenbecher, eine Zuckerdose und ein liegengebliebener Löffel mussten nun etwas bedeuten. MoGo aber ließ den Strafraum einfach Strafraum sein, stellte sich nicht, wie verlangt, die weißen Linien vor, die ihn begrenzten, sondern beobachtete lieber das Tier, das für sie immer noch die Katze ihrer Mutter war. Den Fisch hatte sie langsam und bis auf den kleinsten Rest verzehrt und war dann wieder an die Planen zurückgetrottet, um sich erneut vor den Spalt zu legen, durch den sie schon vorhin gelugt hatte.

«Kind, dieser Tierarzt! Ich war doch ziemlich enttäuscht. Von allem Möglichen sollen die kahlen Stellen kommen können. Von allem Möglichen! Das ist doch keine

Diagnose. Eine Stelle auf dem Kopf, genau mittig zwischen den Öhrchen, und zwei auf dem Bäuchlein. Alle drei so groß wie das alte Fünfmarkstück. Kreise wie mit dem Zirkel gezogen. Das muss etwas Bestimmtes bedeuten. Ansonsten ist das Fell überall picobello. Die weißen Pfötchen so hübsch wie die weißen Söckchen, die dir immer so gut zu den sommerbraunen Beinen gestanden haben. Und das restliche Fell mokkafarben, ganz fein abgestuft. Kaffeetöne, die schönsten, die man sich nur vorstellen kann. Bloß der Schwanz pechschwarz. Wenn ihr etwas nicht passt, stellt sie den buschig dichten Schweif schief nach oben. Die Spitze nach rechts oder nach links gekrümmt. Je nachdem, wie ihr eine Sache jeweils gegen den Strich geht. Was wollte ich gleich wieder sagen? Ach so: Es könnte ein Vitamin- oder Mineralstoffmangel sein, meint der Onkel Doktor und hat uns etwas aufgeschrieben. Ein Kombipräparat. Zumindest teuer ist es. Aber wenn etwas helfen soll, darf man nicht geizen, Kind!»

Nachdem die Wohnungstür von Dr. Feinmiller ins Schloss geworfen worden war, hatte MoGo, ans Fenster ihrer Küche geeilt, im Vorübergehen auf den Lichtschalter gedrückt, um als Beobachterin unbemerkt zu bleiben. Sie wartete. Und bald befürchtete sie, jene effektvoll abgegangene Besucherin ihres Nachbarn wohne ebenfalls im Haus, und folglich sei es aussichtslos, ihr Erscheinen am Fenster abzupassen. Aber dann fiel Licht aus der Einfahrt der Tiefgarage. Ein Wagen kam so schwungvoll heraufgeschossen, dass seine Reifen quietschten. Es war ein recht großes Automobil, das MoGo, vielleicht weil es tief in die Federn wippte, irgendwie ausländisch vorkam.

Von der Frau am Steuer hatte sie nur wenig erkennen können, eine Hand auf dem Lenkrad, einen Mantelärmel und eine Kurzhaarfrisur – vielleicht so brav, wie die ihrer Mutter immer gewesen war, vielleicht aber auch auf eine Weise modisch raffiniert geschnitten, die im verwischten Halbdunkel des Moments zwangsläufig unbestimmbar blieb.

«Zeit, sich auf den Heimweg zu machen, Moni. Es geht bestimmt schon auf Mitternacht zu. Guck mal auf dein goldenes Ührchen. Ist ein Erbstück, oder? Darf ich mal sehen?»

MoGo hatte die Uhr von ihrem Handgelenk gelöst und Schmuck gegeben, der sie nach kurzer Begutachtung an den Auskenner weiterreichte, denn auch der schien sich für das altmodische Teil zu interessieren, für dessen Spangenverschluss oder sein kleines Ziffernblatt, welches außer einer winzigen Zwölf keine weitere Zahl, sondern nur noch drei Strichlein aufwies.

«Ich denke, unser Katzenfreund wird sich mit seiner neuen Mitwohnerin noch ein Filmchen gönnen wollen. Nachtvorstellung! Aber bitte nichts Schauriges, Bruder. Das Tier muss sich erst langsam eingewöhnen. Wie wär's mit einer romantischen Komödie – soll ich noch schnell etwas für euch aussuchen? Was haben wir denn Schönes im Angebot. Moni, vielleicht fällt dir auf Anhieb etwas ein. Was hätte deine Mutter zu so später Stunde noch gucken wollen? Schau, hier finden wir praktisch alles, alles nur Mögliche, wie man leichthin so sagt, penibel alphabetisch nach Titeln geordnet.»

Schmuck war vor ein hohes Regal getreten, er legte den Kopf schräg und ließ die Fingerspitzen über die Schmalseiten der Videokassetten gleiten, welche die Reihen lückenlos füllten. Es mussten weit über hundert Filme sein. Der Recorder ihrer Mutter hatte zu den Geräten gehört, die MoGo in der Tiefe jenes Umzugskartons verstaut hatte, der dann versehentlich nicht abtransportiert worden war. Letztes Wochenende hatte sie den schwarzen Kunststoffkasten in der Tiefgarage neben die Mülltonnen gestellt und einen Zettel mit «Voll funktionsfähig» darauf platziert. Aber dann hatte sie das obsolete Abspielgerät bei ihrem nächsten Gang an die Tonnen törichterweise doch wieder nach oben mitgenommen, obwohl sie in der Wohnung ihrer Mutter nicht eine einzige der früheren Kassetten vorgefunden hatte.

Während Schmuck einen Film nach dem anderen vorschlug und der Auskenner, ohne ein einziges Mal überlegen zu müssen, ausnahmslos umgehend den Kopf schüttelte, hatte MoGo begonnen, sich in seiner Behausung nach den erforderlichen Gerätschaften umzugucken. Der Fernseher, dem sich die Bild- und Tonsignale zuspielen ließen, musste doch irgendwo zu entdecken sein. Womöglich handelte es sich aus Gründen technischer Verträglichkeit sogar noch um ein hecklastiges Bildröhrengerät. Nirgends jedoch war ein einschlägiger Apparat zu sehen. Beides, der Recorder wie der Fernseher, mussten sich im sorgfältig verhängten hinteren Teil der kleinen Halle befinden.

«Lass gut sein, Addi. Bilder gab's heute wahrlich zur Genüge. Mit und ohne Ton. Auch unser blauäugiges Schwesterchen hat sich fürs Erste mehr als genug Neues Blick für Blick einverleiben müssen. Wenn ich mir noch mal alles durch den Kopf gehen lasse, dann würde ich Moni und dir, bevor ihr gleich mit dem Mustang abfliegt, gern noch eins mit auf den Weg geben: Also, die Tauben, unsere dummen, immergeilen Stadt- oder Felsentäubchen, trifft an der leidigen Angelegenheit, an der Sache im Stadion, höchstwahrscheinlich keine Schuld.»

Der Auskenner hatte, während er dies sagte, beide Hände in den Nacken gelegt, er reckte den Rumpf und drückte die Ellenbogen so weit nach hinten, dass sie seine Wirbelsäule knacken hörten. Seine Arme schienen MoGo hier, im künstlichen Licht seiner Behausung, noch kräftiger, als sie ihr am Nachmittag im Sonnenschein vorgekommen waren. Erneut fiel ihr die mehr als handlange Narbe an der Innenseite seines linken Oberarms auf. Sie war deutlich heller als die umgebende Haut, und ihr rosig glänzender Wulst war so unregelmäßig, als hätte man die Wunde, die ihr vorausgegangen war, nicht angemessen sorgsam, sondern nur provisorisch mit wenigen Stichen zusammengezogen, ohne sich über den zukünftigen Anblick, über das Aussehen des verheilten Gewebes, Gedanken zu machen.

10.

KIEFER

MoGo wusste, dass sie in manchen Nächten keine einzige Spanne vollgültig, also tief und traumverloren schlief. Irgendwann in ihrer Jugend war sie zum ersten Mal, als ihre Mutter begann, an ihren Schultern zu rütteln, nicht aus einem einschlägigen Alb, sondern aus einer eigentümlich dichten, feinverfilzten Form des Nachdenkens gerissen worden, mit dem sie bereits unbestimmbar nachtlang zugange gewesen war. Fasern dieses viertelwachen Grübelns pflegten ihr dann noch in den Folgestunden nachzuhängen, bildlos transparent, zu graufarbenen Wortgruppen gefügt. Stets waren es nie mehr als zwei, drei ominös wichtigtuende

Restsätze gewesen, die sich nach und nach zu schwächeren, wirren Varianten ihrer selbst verformten, um während der vormittäglichen Schulstunden in Teilstücke zu zerbrechen und schließlich als sinnlose Kürzel vollends zu verblassen.

Am zurückliegenden Abend hatte es einen törichten Fehler bedeutet, mindestens fünf, vielleicht sogar sechs von Addi Schmucks nikotinsatten Zigaretten zu rauchen. Sie hätte dem Beispiel des Auskenners folgen und es bei einem einzigen Glimmstängel nach ihrem Teller Eintopf bewenden lassen sollen. Auch dessen Salzigkeit wirkte noch ungut nach, zweimal war sie schon aufgestanden, um im Dunkeln aus dem Wasserhahn der Küchenspüle zu trinken, und zuletzt hatte sie sich das größte greifbare Glas, es stammte aus dem Kram ihrer Mutter, ans Bett mitgenommen.

Am meisten jedoch trug der Zwang zu lauschen dazu bei, dass MoGo, obschon todmüde, nicht schläfrig wurde. Versuchsweise hatte sie den Kopf unter das Kissen gesteckt und es sich mit der Hand gegen das Ohr gepresst, aber der Wunsch, noch irgendeinen Laut aus Feinmillers Appartement herüberdringen zu hören, erwies sich als stärker. Bestimmt hatte er vorhin mit seinem wahrscheinlich weiblichen Gast ähnlich viel Wein genossen wie letzte Nacht mit ihr und war mittlerweile in einen entsprechend dumpfen Schlummer gesunken.

Andererseits sah sie, bildlich wünschend, Feinmiller so aufgekratzt hellwach, wie er gestern um die gleiche Zeit gewesen war, in einem weiten, völlig leergeräumten Raum – sogar das Sofa war nun daraus verschwunden! – hin und her schlurfen, auf jenen dicken Wollsocken, die es nun dort drüben mit einer in ihre Maschen verstrickten Raffinesse verstanden, jedwedes Schrittgeräusch zu schlucken.

Falls gleich ihr Türsummer ertönen sollte, stünde sie

vor der Wahl, ihm so zu öffnen, wie sie unter ihre Decke gekrochen war, oder sich schnell noch etwas, am besten ihren extraweiten beigen Pullover, über das zu ziehen, was erst unlängst zu ihrer neuen Schlafkluft geworden war. Als Kind hatte sie sich eine schiere Ewigkeit lang kein bisschen darüber gewundert, dass ihre Mutter sommers wie winters wie in eine nächtliche Uniform in Kittel und Hose eines deutlich zu großen, blauschwarz längsgestreiften Flanell-pyjamas geschlüpft war, dessen Ärmel und Hosenbeine stets bereits beim Bügeln akkurat umgeschlagen wurden.

Erst als ihre Klassenkameradin, die Wellensittich-Besitzerin, die lang hierauf gedrängt hatte, an einem Wochenende bei ihnen übernachten durfte, war dieser Aufzug von einem Augenblick auf den anderen fragwürdig geworden. Denn während die Besucherin schon auf einer Luftmatratze neben ihrem Bett im Kinderzimmer lag, hatte Monis Mutter noch einmal hereingeschaut, um ihnen eine gute Nacht zu wünschen. So wie sie dabei in der offenen Tür stand, hatte ihr Töchterchen aus einem helllichten Nichts begriffen, dass auf jeden Dritten diese unübersehbar zu weite, männlich dunkle Kluft befremdlich wirken musste, und prompt hatte ihre Klassenkameradin sich damals nicht auf ein stilles Staunen beschränkt, sondern, kaum war die Tür geschlossen, flüsternd gefragt, warum Monis Mutter einen Schlafanzug von Monis Papa angehabt habe. Und dies, obwohl die dumme Gans längst wusste, dass es bei den Gottliebs überhaupt keinen Papa gab.

Der Auskenner war gestern, nachdem er mit ihnen sein Domizil betreten hatte, noch bevor er ans Feuermachen ging, auf einen Hocker neben der Tür gesunken, um aus seinen martialischen Stiefeln zu steigen. Die merkwürdige Verdrahtung, die deren untere Ösen zusammenhielt, musste er hierzu nicht lockern, und Schmuck hatte, häuslich kundig, unter den niedrigen Tisch gegriffen, zwei braungelb karierte Filzschlappen hervorgehoben und sie ihm vor die nackten Füße gestellt.

«Tausend Dank, Addi. These boots are made for walking. Aber kaum bin in meinen vier Wänden, hängen mir ihre Schäfte wie Bleimanschetten um die Knöchel. Also sterben möchte ich in meinen Stiefeln nicht. Stell' ich mir ausgesprochen ungemütlich vor. Sag mal, was kriegt unsereiner eigentlich für die finale Kiste über die Füße gezogen. Halbschuhe? Schwarze Halbschuhe, vermute ich. Weißt du das zufällig? Wahrscheinlich muss man sich beizeiten drum kümmern. Langsam kommen wir beide doch in ein arg abschüssiges Alter. Also ich verlass mich im Fall der Fälle auf dich. Bitte ohne Socken, einfach barfuß in genau den Schlappen hier. Du musst das regeln, egal, ob mich der allmächtige Kartenmischer in freier Wildbahn oder hier in der Halle aus seinem Spiel schnipst. Und was das allerletzte Gehäuse angeht: keine Eiche! Die hält nämlich ewig, wenn der Grund die richtige Feuchte hat. Besser Fichte, am besten Kiefer. Isn't it good, Norwegian wood! Entschuldige, Moni. Denk dir nichts dabei. Sind halt so unsere Späße, dem originalen Singsang hinterhergebrummelt. Jetzt glotzt mir bitte nicht beide unentwegt auf meine hornigen Hacken. Guckt lieber, wie die weißen Pfötchen unserer Freundin hier, im Halbdunkel, leuchten. Das nenn' ich allerorten schön zu Fuß.»

MoGo hatte die Schuhe ihrer Mutter, es waren gerade mal ein gutes Dutzend Paar gewesen, zusammen mit der übrigen Kleidung und dem Mobiliar entsorgt. Von der Nachbarin, die bereit gewesen war, sich vorerst um die Katze zu kümmern, hatte sie den Tipp bekommen, der Einfachheit halber alles dem Sozialkaufhaus «Kram und Krempel» zu spenden. Ein Anruf hatte genügt. Erst ganz zuletzt, während die letzten Dinge in den großen Transporter verladen worden waren, hatte MoGo die Schlafanzüge ihrer Mutter, es waren drei, von dem Karton gehoben, der die bescheidene Schuhsammlung enthielt, und beiseitegelegt. Und schon am Abend desselben Tages durfte der schmale, aber hinreichend hohe Flurspiegel ihres Appartements ihre Gestalt zum ersten Mal vom Hals bis an die Füße in blaue und schwarze Streifen gewandet zeigen.

Da war doch ein Rauschen! Schon stand sie auf nackten Sohlen und schlich, weil sie ihrem Nachbarn ein überdurchschnittlich gut entwickeltes Hörvermögen zutraute, auf Zehenspitzen ins Bad. Dort war kein Zweifel mehr möglich: Doktor Benedikt Feinmiller duschte. Mitten in der Nacht war er dabei, sich irgendetwas, das nicht bis Sonntagmorgen auf ihm haften durfte, vom Leibe zu spülen.

MoGo legte das Ohr über der obersten Kachelreihe an die Wand und schloss die Augen, um ihren Nachbarn, gestört von keinem anderen Bild, zu betrachten. Er war arg schlank, aber die kräftigen Oberschenkel schienen von dieser Magerkeit ausgenommen. Dass seine Brust mittig stark behaart war, überraschte sie nicht. Der Bauch war flach und glatt. Erst unter dem Nabel setzte der dunkle Bewuchs erneut ein und kräuselte sich zu Löckchen, in denen sich der abfließende Schaum des Duschmittels staute. Jetzt wandte er sich um und reckte die Arme. Auch die Schulter- und Armmuskeln waren gut entwickelt. Bestimmt trieb er irgendeinen rundum formspendenden Sport. Und der Rücken war, Wirbel über Wirbel, so tadellos gerade, wie es ihrer Mutter gefallen hätte.

«Kind, such dir bitte keinen Buckligen! Von mir aus

kann es ein putzig Kleiner oder ein Baumlanger sein, ein Rothaariger, tausend Sommersprossen im Gesicht, oder ein Mokkabrauner mit rabenschwarzem Krauskopf. Sogar ein bisschen füllig darf ein Mann sein. So ein knuffeliges Moppelchen. Warum nicht. Aber komm bitte nicht mit einem rundrückigen Bürohocker bei mir an. Ein Mann muss Haltung haben. Meinst du doch auch! Also tu deiner Mutter den kleinen Gefallen.»

Auch in diesem Moment, während sie ihren Nachbarn durch fest aufeinandergepresste Lider beim Duschen beobachtete, war sich MoGo sicher, dass ihre Mutter während der zweieinhalb Jahrzehnte, die sie zusammengewohnt hatten, nie mit einem Mann unter ihre Bettdecke geschlüpft war. Das einzige Gesicht, das ihre stets ungeschminkten Witwenlippen auf Stirn, auf Wangen und nur einmal im Jahr, am Geburtstag, verzweifelt innig, auf den Mund geküsst hatten, war dasjenige ihres Kindes geblieben.

Doktor Benedikt Feinmiller drehte sich wieder zu ihr um, und MoGo bemerkte, dass sein Penis an Volumen zugenommen hatte und das schaumige Wasser nun wie Regenwasser über einen architektonischen Vorsprung von seinem Rumpf abfloss. Offenbar war dieses Glied in der Lage, ihren Blick durch die Wand, durch deren beidseitige Verkachelung und durch den dampfig beschlagenen Kunststoff der Kabine als eine Art Zugriff wahrzunehmen. Und mit seinem nicht allzu starken Anschwellen gab es ihr nun, ohne dass Feinmiller, benommen von der Hitze des Duschstrahls, wohl selbst etwas davon bemerkte, ein komplizenhaft diskretes Zeichen.

Während der drei Jahre, in denen sie als Studentin mit dem Regionalexpress fünfmal die Woche in die nahe Landeshauptstadt gependelt war, hatte ihre Mutter sie regelmäßig mit jenen netten jungen Männern geneckt, die es dort drüben an der Universität in rauen Mengen geben müsse und von denen natürlich längst mindestens jeder zweite ein Auge auf ihre hübsche Moni geworfen habe. Und wenn sie dann am Wochenende im hiesigen Seniorenstift St. Georgen als Nachtbereitschaft jobbte, hatte ihre Mutter einen jungen Altenpfleger, den Moni unvorsichtigerweise ein einziges Mal gutaussehend genannt hatte, immer aufs Neue im Verdacht, einer derjenigen zu sein, die sich um die Gunst ihrer Tochter bemühten.

«Schnapp dir doch diesen hübschen Burschen, Moni. Deinen Kollegen, von dem du mir so nett erzählt hast. Wie heißt er gleich wieder? Bring ihn einfach mit nach Hause. Am besten sofort nach eurer Nachtschicht in diesem Gruselheim. Du kannst dich auf deine Mama verlassen. Mir ist nichts Menschliches fremd. Und ich weiß auch, wann ich mir die Zeigefingerspitzen in die Ohren stecken und mich unsichtbar machen muss.»

Das Duschgeräusch hatte, während MoGo Doktor Feinmiller betrachtete, an Lautstärke zugenommen, der Strahl schoss ihm mittlerweile, als wäre der Leitungsdruck angestiegen, so heftig auf Kopf und Schultern, dass die Tropfen in alle Richtungen sprühten. Das Wasser prasselte auf das Acryl der Duschwanne. MoGo hatte, warum auch immer, versäumt, dorthin zu blicken, aber jetzt entdeckte sie doch noch, was ihrer Wahrnehmung bislang zu entgehen gelungen war: Ihr Nachbar stand nicht völlig nackt unter der Dusche. Jene grob gestrickten Socken, in denen sie ihn vor vierundzwanzig Stunden kennengelernt hatte und von denen es dann eine – die linke war es gewesen – bis auf ihren Schoß geschafft hatte, waren fast kniestrumpflang, so hoch es eben ging, über die Schienbeine hinaufgezerrt wor-

den, und ihr derart gedehntes Gewebe war schon die ganze
Zeit dabei, sich, wie es nur echte Schafwolle vermochte, von
den Bündchen bis in die Spitzen, in denen sich die Zehen
krümmten, voll Schaum und Wasser zu saugen.

11.

WEISSDORN

«Moni, bist du schon wach? Ich hoffe, die Nacht war lang
genug. Hast du das Telefon so eingestellt, dass du jetzt mithören kannst? Stell dir vor: Mein Mustang mag nicht. Die
Batterie schwächelt. Kann ich ihr schlecht übelnehmen. Sie
hat bestimmt ein Dutzend Jährchen auf dem Buckel. Das
ist, wie wenn unsereiner die Hundert vollkriegt. Außerdem
war's heute Nacht arg kalt. All things must pass. Wie der
Auskenner so gern sagt. Gleich kommt eine gute Freundin
vorbei, um mir Starthilfe zu geben. Nimm du dir auf Kosten unserer Allgemeinen ein Taxi und lass dich schon mal
an die Halle chauffieren. Flughafenstraße 11b. Angeblich

finden diese Satellitendinger jeden Maulwurfshaufen, vorausgesetzt, dass man sie mit dem Namen der Straße und der Hausnummer füttert. Na, wird schon klappen. Gruß an das Katzenherrchen. Addi Schmuck kommt demnächst nach.»

MoGo hatte den Taxifahrer gebeten, dort zu halten, wo der Weg Richtung Halle abzweigte. Und als er, während er ihr einen Beleg über eine Stadtfahrt ausstellte, fragte, was es denn da drinnen, in diesem kleinen Urwald, der ihm übrigens zum ersten Mal auffalle, an einem Sonntagvormittag zu besuchen gebe, erteilte sie ihm, ohne hierzu überlegen zu müssen, die Auskunft, da hinten, hinter den Bäumen, habe ein bildender Künstler sein Atelier, und heute sei dort Tag der offenen Tür.

Auf dem letzten, zum ersten Mal zu Fuß zurückgelegten Wegstück, durch den noch vorwiegend grünen, nur ab und an schon herbstlich bunt gescheckten Tunnel, kam ihr ein rhythmisches Klopfen entgegen, und nachdem sie das offenstehende Drahttor passiert hatte, sah sie den Auskenner im Freien an der Arbeit. Über zwei hüfthohe Böcke war ein altes Türblatt gelegt, und auf diesem ruhte ein großes hölzernes Werkstück, etwas Kastenartiges, das MoGo nicht als ein irgendwie zweckhaftes Gehäuse bestimmen konnte.

Er wandte ihr den Rücken zu und hörte sie, einen Nagel einschlagend, nicht kommen. Erneut trug er zu seinen dreiviertellangen Hosen bloß ein altmodisch geripptes weißes Männerunterhemd, offenbar wurde ihm, wenn er tätig war, schnell warm. Auf dem Bistrotischchen lag die dicke Jacke, die Schmuck eine Fliegerjacke genannt hatte, und mitten auf dem schwarz gelackten Leder hatte sich die Katze platziert und war dabei, sich auf der Leibhülle irgendeines vor mehr als einem Dreivierteljahrhundert geschlachteten Paarhufers das Fell zu lecken.

«Ah, du bist es, Moni. Ich habe Addis Karre gar nicht kommen hören. Warum habt ihr den Wagen nicht reingefahren? Das Tor ist doch offen. Oder hab' ich mir nur eingebildet, es für euch aufzumachen. Was, der Mustang streikt? Gut, dass du dich vorne an der Straße hast absetzen lassen. Bin froh um jeden, der mir nicht allzu dicht auf den Pelz rückt. Manchmal verirren sich die Wochenendradler auf dem Weg in den Siebentischwald in meine Einfahrt, obwohl das Sackgassenzeichen ihnen, so verblichen es auch ist, signalisieren müsste, dass sie hier bei mir nicht weiterkommen. Und wenn so ein Freizeitler, weil ich abzusperren vergessen habe, erstmal vor der Halle gestrandet ist und ihm meine Seltsamkeit vor Augen kommt, will er partout irgendwas wissen. Ob ich hier wirklich wohne oder so. People are strange when you're a stranger. Aber wir wollen nicht larmoyant werden. Loben wir lieber dein tüchtiges Schwesterchen: Sie war die ganze Nacht an der frischen Luft. Ich hab' ihr die Tür einen Spalt weit offen gelassen. Prompt hat sie mir heute früh ihre erste hiesige Beute als Präsent vors Bett gelegt.»

Der Auskenner wies auf einen Weißdorn, und MoGo sah an dessen knorrigem Stämmchen eine recht große Wanderratte liegen. Das samtig schimmernde silbergraue Fell war im Nacken dunkel blutverklebt, die Augen waren geschlossen, als hätte ihr jemand in einer Pietät, deren generöse Praxis auch Nagetiere einschloss, die Lider zugedrückt.

«Nein, beerdigen müssen wir sie nicht. Leichen bleiben hier nie lange liegen. Irgendwann haben die Krähen den Happen entdeckt. Auch der Fuchs hat sein Schlupfloch im Zaun. Die Aasvertilger mögen es, wenn sich das Fleisch nach der Starre entkrampft und schön schlapp und mürbe wird. Hab' ewig lang keine Katze gehabt, obwohl regelmäßig welche an meinem Tor vorbeigeschaut haben. Wenn man sie nicht füttert, verziehen sie sich und suchen weiter nach einem Zweibeiner, der sich mit Erfolg anbetteln lässt. Jetzt werd' ich im Frühsommer wieder aushalten müssen, wie so ein Stubentiger unter den Jungvögeln wütet.

Sag mal: Sie hat wirklich keinen Namen? Vielleicht sollte ich doch versuchen, mich und sie an einen zu gewöhnen. Selbst wenn es gegen die Natur ist. Fiele dir auf Anhieb einer ein, der zu ihr und auch zu mir, also zu uns beiden passt, sobald ich damit nach ihr rufe? Kaum zu glauben, dass deine Mutter immer nur Du zu ihr gesagt haben soll. Wer macht denn so was!»

Ein Telefon klingelte. So hellschwingend blechig und seltsam freischwebend nah, dass sich MoGo unwillkürlich umsah, als könnte irgendwo zwischen den Bäumen einer stehen, dessen Smartphone auf dieses Signal, auf die Simulation eines historischen Anläutens, eingestellt war.

Der Auskenner hatte einen Zeigefinger gehoben, MoGo sah am Zucken seiner Unterlippe, wie er stumm mitzählte. Und dann warf er den Hammer auf die Platte und verschwand in der Tür seiner Behausung.

Allein gelassen, schaute MoGo sich an, woran er gearbeitet hatte. Aber was da aus säuberlich zurechtgesägten Latten und Brettchen zusammengenagelt worden war, verstand sie erst, als sie das Blatt mit der Bauanleitung entdeckte. Gestern Abend hatte sie drinnen, im Vorraum seiner Halle, genug Zeit gehabt, sich unauffällig umzusehen. So wenig wie ein Fernseher oder ein Videorecorder war ein Telefon zu entdecken gewesen. Und nirgends hatten Exemplare jener Geräte gestanden, mit denen der Bauplan, dies verriet seine Kopf- wie seine Fußzeile, aus dem weltweiten Netz gezogen und ausgedruckt worden war.

«Natürlich ist unser Addi mittlerweile ziemlich von gestern, Süße. Ein Oldtimer eben. Aber das heißt nicht, dass ihm jedes Hier und Heute am Gemüt vorbeischlüpft. Wofür lieben ihn seine Fans: Wehmut plus Sehnsucht plus X! Die Mischung macht's. Ungefähr so wie bei einem Cocktail, an dem du nippst und erstmal nicht sagen kannst, woraus er gemixt ist, obwohl er dir als Ganzes süffig und unheimlich bekannt die Kehle hinunterflutscht. Was ist nur drin? Was steckt dahinter? Mich lässt er schön regelmäßig rätseln. Wenn du wüsstest, was er sich manchmal von mir im Internet suchen und auf Papier dingfest machen lässt. Na, Diskretion ist meine Stärke. Aber unter uns: Zuletzt eine Bauanleitung. Rat mal, wofür! Wetten, dass der alte Textfummler nicht einmal weiß, wie man einen Hammer richtig hält. Aber er schreibt auch wie kein Zweiter über Fußball, obwohl er selber – das hat er mir gestanden – nie in einer Mannschaft mitgespielt hat. Sehnsucht plus Wehmut plus X. Die Formel stammt von Doktor Kischel. Ich glaube, er hat gesagt, X stünde für Gegenwart. Oder für Gegenwärtigkeit? Kischel ist und bleibt unser Übersetzer ins Gängige. Aber das weißt du ja längst, Schätzchen.»

Zumindest was diesen hölzernen Eulenbrutkasten anging, war die Küppers also vorgestern bereits im Bilde gewesen. Als der Auskenner aus der Halle zurückkam und ihr sagte, Addi sei im Anflug, sie sollten schon mal Kaffee machen, er bringe Kuchen mit, beschloss MoGo, dem Sportreporter gleich nachher – Diskretion hin, Diskretion her – mitzuteilen, dass die Küppers wieder damit begonnen hatte, ihre Fingernägel rosa zu lackieren, im gleichen Rosa, welches eine Weile, Schmuck wusste bestimmt, wie lange, bloß noch ihre schmalen, aber aufreizend schön geschwungenen Lippen hatte zieren dürfen.

Der Auskenner bat MoGo, ihm noch schnell mit dem Gehäuse zu helfen. Manchmal seien zwei Hände doch zwei Hände zu wenig. Es fehle nur noch ein letztes Brettchen, hier unter dem Flugloch. Wenn sie es mit allen zehn Fingern fest in diese Fuge drücke, sei mit drei kleinen Nägeln das finale Stück an Ort und Stelle. Hierfür den wackeren Addi zu fragen, komme nicht in Frage. Dem mache ein Hammer, der in der Nähe seiner Hände aufschlage, eine Heidenangst, egal wer das Werkzeug schwinge. Moni hingegen fürchte sich doch vor dergleichen gewiss kein bisschen.

Dies stimmte leider nicht. Und MoGo guckte lieber nicht hin, sondern auf die ungescheitelte graublonde Lockenfülle des Auskenners, während der Hammerkopf dicht unter ihren Fingerspitzen das erste, das zweite und dann ein drittes Nägelchen ins Holz trieb.

Als sie Räder über den Kies vor die Halle rollen hörten, zeigte ihr der Auskenner gerade, an welcher Stelle er den neuen Eulenkasten anbringen wollte, an der fensterlosen Rückwand seiner Halle, ganz oben, wo bereits ein altes, sichtlich von Wind und Wetter mitgenommenes Gehäuse ähnlicher Machart hing. Sie gingen wieder nach vorne und sahen Addi Schmuck vor der Motorhaube einer großen silbernen Limousine stehen.

Den Auskenner schien der Wagen nicht zu überraschen. Aber MoGo war wohl ein Sich-Wundern an der Miene abzulesen, und für sie meinte Schmuck, dass dies doch wahrlich kein übler Schlitten sei. Ungefähr halb so alt wie der Mustang und auf eine besondere, eine noble britische Weise von gestern. Baby, you can ride my car. Eine Freundin sei so nett gewesen, ihm ihr Automobil für den Rest des Sonntags zu borgen.

Die Katze hatte den Kopf gehoben. Und kurz hielt MoGo es für möglich, dass das Tier in der Kühlerfigur des Wagens eine Gestalt- und damit eine Artverwandtschaft erkannte. Ganz zuletzt, als ihre Mutter nur für Momente aus dem Dämmer, den die schmerzdämpfenden Medikamente spendeten, erwacht war, hatte sie noch an ihre vierbeinige Mitwohnerin gedacht und ihre Tochter eindringlich flüsternd gebeten, sich angemessen gut um sie zu kümmern:

«Kind, füttern reicht nicht. Sie ist so intelligent und wach und so bewegungslustig. Sie braucht Ansprache wie du und ich. Vor allem: Spiel mit ihr! In ihrem Korb liegt eine Gummi-Maus. Du ziehst das falsche Mäuschen an der Schnur über den Boden und piepst dazu. Pieps einfach, wie du dir das Piepsen von Mäusen denkst. Davon kriegt sie nie genug. Du musst sie springen sehen: Sie duckt sich, sie ballt sich, und dann fliegt sie über den Teppichboden und krallt sich die Beute, dass es eine Pracht ist.»

Auch die Kühlerfigur des Autos sprang. Sie war mitten in einem flachen Satz befangen, als flöge die handlange silbrige Raubkatze unentwegt den Rädern voraus, auch jetzt, wo diese unbewegt vor der Halle des Auskenners verharrten. MoGo hatte den Wagen wiedererkannt, obwohl der Blickweg von ihrem Küchenfenster an die Ausfahrt der Tiefgarage zu lang gewesen war, um die Figur auf der Motorhaube ausmachen zu können.

«Kaffee fertig? Geht alles Hand in Hand bei euch beiden? Did you get by with a little help from your friend? Wir bleiben hier draußen in der Sonne. Soll heute noch mal warm werden. Magst du überhaupt schon was Süßes um diese Tageszeit, Moni? Ist von unserem Lieblingsbäcker. Sechs verschiedene Schnittchen. Du hast die freie Wahl. Wir zwei essen nämlich alles. Wenn es der richtige Bäcker gebacken hat, sind wir nicht weiter wählerisch. Bloß frisch muss der Kuchen sein. Also quasi lebendig.»

Der Bäcker backt. Sein Teig ist nicht tot. An mehr konnte sich MoGo nicht erinnern. Über irgendeinen untoten Brotteig, vielleicht auch einen untoten Kuchenteig war sie vor zwei, drei Stunden, vordergründig schlafend, am Grübeln gewesen, so verbissen scharfsinnig, so innig verworren und gänzlich bildlos, wie ihr dies manchmal widerfuhr. Dann hatte sich Schmucks Stimme, die der Anrufbeantworter aufzuzeichnen anhob, vor das Murmeln ihrer inwendigen Sätze geschoben.

Der Bäcker backt. Der Auskenner brachte den Kaffee. Die Katze sprang von der Fliegerjacke. Schmuck hängte das schwarze Ding über die Lehne eines Stuhls und zerriss das dünne, glänzend glatte Papier, das um den Kuchen geschlagen war. Der Teig ist nicht tot. Und die beiden sichtlich kuchenlüsternen alten Knaben konnten unmöglich wissen, dass MoGo, die sie onkelhaft zutraulich Moni nannten, insgeheim, weit jenseits ihrer brüderlich gedoppelten Kenntnisse, eine Bäckerstochter war.

12.

ZWETSCHGE

Der Auskenner hatte einen vierten Stuhl nach draußen geholt, denn die Katze war nach einem kleinen Abstecher an den Weißdorn, vor dessen Stämmchen ihr nächtlicher Fang in einem fort metallisch schillernde Fliegen auf sein getrocknetes Blut lockte, an den Tisch zurückgekommen und wieder auf die Sitzfläche des Stuhls gesprungen, über dessen Lehne seine Jacke jetzt hing.

Der Kaffee erwies sich als so stark, wie MoGo dies gehofft hatte, und erst als ihr nachgeschenkt wurde, entschied sie sich für ein Stück Zwetschgenkuchen, weil die halbierten, schräg in den Teig gesteckten Früchte ähnlich verschwenderisch wie früher bei ihrer Mutter mit Zimt und Zucker bestreut waren und diese Mischung im heißen Backsaft über dem goldgelben Fruchtfleisch bräunlich glitzernd karamellisiert war.

Schmuck erzählte, dass dem hiesigen Team gestern Nachmittag in der Süd-Arena ein überraschend deutlicher Heimsieg gelungen war. Er habe die Tore, eines schöner als das andere, noch kurz vor Mitternacht im Fernsehen gesehen. Und nach dem dritten, einem wahren Bilderbuchtreffer, habe ihn sein einstiger Kontaktmann, der Chirurg im Ruhestand, angerufen und ihm annonciert, er werde im Laufe des Sonntags herausbekommen und dann sogleich an ihn weitergeben, wie es diesem Greenkeeper mittlerweile gehe. Sein Sohn sei nämlich vorhin aus dem freien Wochenende, aus der häuslichen Muße mit Frau, Tochter und ihm, dem alten Vater, zu einer kniffelig langwierigen Handoperation ins Klinikum gerufen worden.

Kein Wunder, Heimsieg gegen den Tabellenzweiten! Nach einem solchen Triumph stürzten zwangsläufig ein, zwei Betrunkene mehr mit den Fingern voran in die Scherben einer zerdepperten Flasche. Daran habe sich seit seiner aktiven Zeit so gut wie nichts geändert. Ob Addi die Tore mittlerweile im Fernsehen gesehen habe? Vor allem das dritte, der Flugkopfball dieses Koreaners, sei doch schon fast ein Kunstwerk gewesen. Sportfromm müsse man werden, wenn man so etwas in Zeitlupe und dazu noch aus verschiedenen Blickwinkeln dargeboten bekomme. Er erwartete gleich seinem Sohn mit Spannung, aber natürlich mit der gebotenen Geduld, eine diesbezügliche Kolumne.

MoGo war hellhörig geworden, als Schmuck begonnen hatte, sein Telefonat mit dem pensionierten Chirurgen wiederzugeben. Denn der Sportreporter war schon nach wenigen einleitenden Sätzen in die Simulation einer direkten Rede gefallen, hatte mit einer künstlich dünnen, verkünstelt zittrigen Stimme angehoben, den Duktus des alten Herrn nachzuahmen, ja fast zu karikieren. Offenbar war der Altersabstand zwischen ihnen so groß, dass Schmuck glaubte, sich dies als der noch eine Spanne Jüngere herausnehmen zu können. Vor allem wie er dabei den greisen Mann hochtönend flötend «mein lieber Addi» sagen ließ, berührte sie ungut, und sie war froh, als der Auskenner Schmuck ins Wort fiel.

«Mach dich nicht zum Affen, indem du einen Affen aus ihm machst, Addi. Das hat der alte Herr nicht verdient. Auch wenn er mittlerweile arg schusselig geworden ist, sollten wir beide nie vergessen, dass er – nein, pardon, es ist ja sein Sohn gewesen! – meinen Arm zusammengeflickt hat, nachdem ich Faust voran durch die Scheibe gestürzt bin. Damals, wie du mir mit deinen beiden linken Händen partout beim Einbauen des Fensters helfen wolltest. So viel Blut haben wir in all den Jahren zuvor nicht gesehen, und derart viel roter Saft ist uns zum Glück auch danach, im ganzen Jahr danach, nie wieder vor Augen gekommen.»

Der Auskenner war aufgestanden und klopfte mit der Kuchengabel gegen eins der Fenster, aus denen der wintergartenähnliche Vorbau der Halle zusammengesetzt war. Und dann hob er den linken Arm und tippte mit den drei Zinken der Gabel an die ungut rosafarbene Narbe, deren wulstige Linie sich von der Innenseite des Ellenbogens bis an die Behaarung der Achselhöhle zog. Schmuck nickte, schnitt eine reumütig schmerzliche Grimasse und hielt die Hände zu einer entschuldigenden Geste erhoben, bis sich der Auskenner wieder zu ihnen gesetzt hatte.

MoGo war recht, dass nun keiner der beiden Anstalten machte, ihr zu erklären, wann und wie es genau zu jenem Glasunfall gekommen war. Sie holte sich als zweites Stück eine schwarz glänzende Mohnschnitte auf ihren Teller und verspürte die Versuchung, nach dem Namen des Chirurgen zu fragen, der angerufen hatte. Aber letzten Endes war dies gar nicht nötig. Schmuck hatte ihn, alles in allem, leidlich gut imitiert. Und jener Satz von den Sturzbetrunkenen, die Freitag- oder Samstagnacht mit den Fingern voran in zerschlagene Flaschen und Gläser zu fallen pflegten, war auch ihr unweigerlich zu Ohren gekommen, wenn der vereinsamte, nie von irgendjemand besuchte Alte im Stift nach der Bereitschaft geklingelt hatte, um sich ein bisschen Gesellschaft in seine Schlaflosigkeit zu holen.

Gleich eingangs pflegte der Greis zu fragen, ob sie den Helikopter gehört habe. MoGo wusste, dass er hiermit den Hubschrauber meinte, mit dem die wirklich schlimm Verunglückten, die mit großem Blutverlust und offensichtlichem Operationsbedarf, ins Klinikum geflogen wurden. Stets hatte sie ihm versichert, dass dies nicht der Fall gewesen sei. Er könne sich ganz auf ihre jungen Ohren verlassen. Er müsse sich nicht anziehen, er dürfe im Bett bleiben und einfach wieder wegdösen. Falls sie das Schnattern der Rotorblätter, den Anflug der Rotkreuzmaschine, doch noch hören sollte, wäre sie sofort zur Stelle, um ihm in die Hosen und in die Schuhe zu helfen.

Nein, sie habe keineswegs vergessen, dass er Bereitschaft habe. Sein Pager stecke wie immer hier in ihrer rechten Kitteltasche, und sie gebe sofort Bescheid, falls ihn dessen Piepsen in die Klinik rufen sollte. Und selbstverständlich werde sie dann darauf achten, dass seine Zähne mit hinreichend Haftcreme in den Mund kämen und er seine Brille nicht auf dem Nachtkästchen vergäße. Versprochen sei versprochen, die Brille komme mit, obwohl sie natürlich wisse, dass er sich das meiste, nämlich Scherbe um Scherblein, Splitter um Splitterchen aus einem Daumenballen oder einem Handgelenk zu zupfen, immer noch auch ohne Sehhilfe, quasi wie im Schlaf, wie in einem hellsichtigen Traum zutraue.

Der Mohn war, obwohl perfekt klebrig verbacken, noch ganz leicht körnig, gewissermaßen sandig süß. Der Lieblingsbäcker der beiden verstand sein Geschäft. MoGo jedoch musste, während ihr die Zunge über die Schneidezähne fuhr, an ihren Rollerunfall denken. Bis auf den heutigen Tag fehlte ihrem Gedächtnis das entscheidende Stück, jener spektakuläre Moment, in dem sie auf der Heimfahrt von der Redaktion, vor dem allerletzten Abbiegen, über den Lenker geflogen war, weil der Vorderreifen abrupt seine Luft verloren hatte und sie, Helm voran, auf die abendliche Fahrbahn geknallt war, um dann noch ein unerinnerbares Stückchen weit über den Asphalt zu rutschen oder zu rollen.

Zu sich gekommen, hatte sie, am Randstein liegend, erst einmal den Dreck, der auf ihre Lippen geraten war, ausgespuckt. Dann hatte sie sich aufgesetzt und sich, warum auch immer, nach einem Zeugen umgesehen. Doch ringsum war niemand zu entdecken. Schließlich hatte sie sich aufgerappelt, den Roller hochgezogen und ihn das letzte Stück auf dem Gehsteig nach Hause geschoben. Die ganze Nacht war sie mit brummendem Schädel wach gelegen und hatte immer aufs Neue mit der Zungenspitze und den Fingerkuppen im Mund herumgefühlt, weil ihr das Zahnfleisch rund um die oberen Schneidezähne angeschwollen schien.

Am nächsten Morgen hatte sie auf dem Weg zur Straßenbahnhaltestelle das fragliche Fahrbahnstück begutachtet, aber genauso wenig wie gestern etwas entdeckt, das Ursache ihres Sturzes gewesen sein könnte.

«Über den Lenker geflogen! Und du warst nicht im Krankenhaus? Setz dich hier auf meinen Stuhl, Schätzchen, und erzähl genau. Nein, mach erstmal den Mund auf. Zieh mal die Oberlippe hoch. Tut das weh? Du hättest dir deine bildschöne Nase demolieren können. Kopfweh? Sag ehrlich. Spiel mir jetzt bitte nicht die Heroine! Evi Küppers macht so leicht niemand etwas vor. Dreh mal langsam den Nacken. Kinn hoch. Kinn nach unten. Und jetzt vorsichtig gähnen. Das hat doch geknackst! Ist dir übel? Hast du deinen Kaffee behalten. Ehrenwort? Trotzdem möglich, dass du eine Gehirnerschütterung hast.»

Mit beiden Händen war die Redaktionssekretärin damals an ihr zugange gewesen. MoGo hatte ihre langen Fingernägel auf den Wangen und auf der Kopfhaut gespürt. Und schließlich war es bei einer finalen, bestimmt tröstlich gemeinten Umarmung, begleitet von einem glaubwürdig mütterlichen Seufzen, sogar dazu gekommen, dass ihre Nase, die sie sich erfreulicherweise nicht gebrochen hatte, gegen den voluminösen, weichen Busen der Küppers gedrückt wurde, genau mittig und so tief, dass MoGo nicht umhinkonnte, erstmals eine auch für ihre oft arg beschränkten Riechmöglichkeiten merkliche Dosis des Parfüms, eines schweren, irgendwie orientalisch anmutenden Duftes, durch den unwillkürlich japsenden Mund zu inhalieren.

MoGo spießte den Rest Mohnkuchen auf ihre Kuchengabel, roch, bevor sie ihn zwischen die Lippen schob, so unauffällig daran, wie sie dies zustande brachte, und glaubte wirklich ein flüchtig feines Aroma wahrzunehmen, welches dann auch aus der fruchtig angesäuerten Süße, die ihren Mund erfüllte, in den Rachen zu steigen schien.

Dem Unfallarzt, mit dessen Praxis die Küppers damals noch für den Vormittag einen Termin für sie vereinbart hatte, war, während er ihren Kopf untersuchte, natürlich die Röte der Nasenspitze und die Schwellung der Schleimhäute aufgefallen. Sie erklärte ihm, dass dies chronisch sei, seit ihrer Jugend reagiere sie auf wechselnde Feinstoffe unterschiedlich stark allergisch. Zurzeit mache ihr etwas an ihrem Arbeitsplatz zu schaffen. Sie habe den unlängst verlegten neuen Fußboden des Großraumbüros, einen sogenannten falschen Sisal, in Verdacht. Bis sich irgendein inwendiger Automatismus hierauf eingestellt habe, müsse sie, wie schon so oft, erst einmal mit den lästigen, aber mittlerweile auch gewohnten kleinen Handicaps, dem Niesen und dem Schnaufen durch den Mund, über die Runden kommen.

Der Arzt hatte MoGo die Form ihres Helms beschreiben lassen und ihr zu einem anderen Modell geraten, welches im Fall der Fälle nicht bloß Kinn und Stirn, sondern auch die Nase verlässlich schütze. Nachdem, um auf Nummer sicher zu gehen, noch ihr Nacken geröntgt worden war, hatte er ihr ernstlich nahegelegt, ihrem erschütterten Kopf fünf freie Tage zu gönnen und an diesen einfach nichts zu tun. Mit nichts, mit schlechterdings nichts meine er allerdings wirklich: nichts. Am besten bloß Bett oder Sofa. Sie solle bitte keinesfalls auf die Idee kommen, die müßigen Tage zu einem herbstlichen Fensterputzen zu nutzen. Bei Haushaltsunfällen verunglückten alljährlich mehr Frauen tödlich als im Straßenverkehr.

Also war MoGo nach einem Telefonat mit der Küppers, die sie lustigerweise ähnlich eindringlich vor dem Drang, nun die Fenster zu putzen, gewarnt hatte, damals nichts anderes übriggeblieben, als sich auf den Heimweg zu machen.

Als sie, nach Kuchen und reichlich Kaffee, im schönsten Herbstmittagslicht zu dritt aufbrachen, lief ihnen die Katze noch bis zum Gittertor nach. Aber dann schien dem Tier klar zu sein, dass dort endete, was nun sein neues Territorium darstellte. Während der Auskenner die Kette einfädelte, war die letzte Mitwohnerin ihrer Mutter bereits umgedreht, um auf ihren weißen Pfötchen zurückzutrotten. Vielleicht hatte sie auch die Fahrräder einzuschätzen gewusst und vorausgesehen, dass es, sobald die Zweibeiner sich auf deren Sättel schwängen, im Nu mit jedem katzengemäßen Dabeibleiben vorbei sein würde.

Der Vorschlag, den Wagen stehen zu lassen, war von Addi gekommen. Dem Auskenner war dies sogleich recht gewesen. Im Zweifelsfall ziehe er das Fahrrad immer vor. Er besitze, dies werde Moni womöglich wundern, deren drei. Allesamt betagte Exemplare, aber ein jedes voll verkehrstauglich, von den Bremsen bis hin zur Beleuchtung. Und während der Auskenner den Sattel des Damenfahrrads, das MoGo zugedacht war, ein Stück gesenkt hatte, war die Katze ein letztes Mal ganz nah gekommen, das Köpfchen so aufmerksam erhoben, als wollte sie sich die Handgriffe des Auskenners einprägen.

Wenn MoGo sie während der Krankenhaustage ihrer Mutter gefüttert hatte, war nicht viel zwischen ihnen geschehen. Das Tier hatte stets sehr langsam gegessen, scheinbar bedächtig, Häppchen für Häppchen, MoGo jedoch hatte sich nicht einmal einen Stuhl genommen, sondern war, an den Herd der Küchenzeile gelehnt, damit beschäftigt gewesen, möglichst wenig von dem wahrzunehmen, was da rundum in einer Art Schwebe noch immer, bedrückend nachhaltig und dennoch schon nicht mehr lückenlos gültig, das häusliche Reich ihrer Mutter vorstellte.

Als MoGo das erste Mal die angebrochene Katzenfutterdose aus dem Kühlschrank geholt hatte, war sie auf
einen frischen, noch nicht angeschnittenen Käsekuchen
gestoßen. Ihre Mutter war eine Tag für Tag verlässlich gute
Köchin gewesen und hatte zudem fast jedes Wochenende
gebacken. Aber wenn der jeweilige Kuchen am Samstag-
oder Sonntagnachmittag auf den Tisch kam, fand sie stets
selbst etwas an ihm auszusetzen. Und obwohl ihr auf die
dann unweigerlich gestellte Frage umgehend versichert
wurde, dass das Backwerk erneut perfekt gelungen sei,
hatte ihre Mutter das, was sie zwischen die Lippen führte, immer einige Male im Mund hin und her bewegt, als
fahnde ihr Schmecken nach einem Mangel.

Nachdem MoGo die Praxis des Unfallarztes, zu dem
sie von der Küppers geschickt worden war, verlassen hatte,
war sie, weil ihr das Arbeiten in der Redaktion für diesen
und für die folgenden Tage quasi untersagt worden war,
unschlüssig durch die Fußgängerzone geschlendert. Nach
Hause wollte sie noch nicht, und als sie ihren ehemaligen
Nachtschichtkollegen, jenen Pfleger, mit dem ihre Mutter
sie so gern liiert gesehen hätte, vor einem Café in der Sonne
sitzen sah, kam ihr dies nicht ungelegen.

Sie nahm bei ihm Platz, erzählte ihm kurz von Rollersturz und Arztbesuch, er hatte hierauf den in mancher
Hinsicht vergleichbaren, ähnlich glimpflich ausgegangenen
Motorradunfall eines Freundes zu bieten. Dann plauderten sie noch ein Weilchen über die Arbeit im St.-Georgen-
Stift. Und obwohl MoGo sich geschworen hatte, dass der
zuletzt absolvierten Nachtschicht niemals, nie in diesem
Leben, eine weitere folgen sollte, ließ sie hiervon im Gespräch nichts durchklingen, sondern erkundigte sich, ein
überhängendes Interesse vortäuschend, nach den Kollegen

und nach dem einen oder anderen der Klienten, die sie nächtens auf Trab gehalten hatten.

Sie erfuhr, dass der Nachtdienst, was das Sterben anging, bald nach ihrem Ausscheiden eine einmalige Glückssträhne erlebt hatte. Wochenlang sei von denen, die sich auf den Weg in die ewigen Jagdgründe machten, hierfür ausnahmslos der Beginn der Frühschicht abgewartet worden. Das Ende dieser Serie habe dann erst der Helikopter-Chirurg gesetzt. Um Mitternacht hatte er noch einmal geklingelt und sich dann nicht bloß, wie gewohnt, nach den einfliegenden Hubschraubern erkundigt, sondern auch ausdrücklich und zum allerletzten Mal nach ihr, nach seiner lieben Schwester Moni, gefragt.

Erstaunlich, wie nachhaltig sie dem ansonsten doch gründlich vergesslichen alten Herrn glaubhaft gemacht hatte, dass sie seinen Notfall-Pager in der Kitteltasche spazieren trage und ihm ohne Verzug beispringen werde, sobald das Piepsen des Geräts ihn, den Mann fürs Feine, für Hand und Gesicht, aus seiner rund um die Uhr währenden Bereitschaft zu einer wunderbar aufwendigen Operation in das nächtliche Klinikum rufen würde.

13.

NEKTARINE

Das alte Rosenau-Stadion war inwendig schön. Und weil Schmuck und der Auskenner, seitdem sie in die Schale des Bauwerks vorgedrungen waren, einträchtig schwiegen, vermutete MoGo, dass die beiden nun etwas Ähnliches empfanden: Scheu vor einer Form, die dereinst, vor über einem halben Jahrhundert, geglückt war und die nun, ohne dass MoGo oder ihre Begleiter sich hierum bemühen mussten, in ihren Augen umstandslos erneut zu gelingen verstand.

Schon die Herfahrt war, der Sonne und der Klarheit der noch ein wenig kühlen Luft geschuldet, ein Vergnügen gewesen. Der Auskenner hatte sie so geführt, dass sie fast jede größere Straße umgingen oder allenfalls an einer günstigen Stelle überquerten. Wäre MoGo völlig ortsfremd gewesen, hätte sie glauben können, die Stadt sei hier, rechts und links ihrer sonntäglichen Wegstrecke, mit einer fast vegetativen Muße zu ihrer heutigen Dichte angewachsen, ohne je Versehrungen durch Krieg oder Nachkriegsbauwut erlitten zu haben. Zweimal waren sie durch erstaunlich langgezogene Schrebergartenkolonien gerollt, deren Existenz MoGo nicht bekannt gewesen war, und zuletzt bogen sie an der alten Sporthalle unter die Baumkronen des schon nicht mehr allzu zentrumsfernen Graf-Eszerliesl-Parks, den ihre Mutter wie die meisten Einheimischen immer nur den Esse-Park genannt hatte.

Mit dessen südwestlichem Rand, dort, wo die Parkwiesen abrupt zum Kanal hinunter abfielen, in dessen Wasser während einer der zurückliegenden Sommernächte der bislang am weitesten stadteinwärts vorgedrungene Biber gesichtet worden war, hatten sie das alte Stadion erreicht. Seine nicht bedachte Gegentribüne schmiegte sich an die trügerisch naturwüchsige Erhebung des Geländes, und obwohl MoGo wusste, dass ungezählte Kipploren Altstadtschutt dazu beigetragen hatten, den sanften Schwung zu bilden, sträubte sich nun etwas in ihr, dies allein als das Ergebnis einer baulichen Leistung, einer von präziser Planung geregelten Maschinen- und Menschenmüh, zu verstehen.

Sie stiegen ab und schoben die Räder an den hohen und rostigen Absperrgittern entlang, passierten die einstigen Kassenhäuschen, und an der vorletzten der Holzbuden wies Addi auf einen Blechkasten, dessen Deckel ein verblichenes Bild – drei hochlodernde Flammen – zierte.

«Alles Weitere bleibt unter uns, Moni. Kein Wörtchen zur Küppers und erst recht nicht zu Doktor Kischel. Du hast nachgelesen, wie erzraffiniert unentschieden er über die Biber und ihre leidigen Baukünste geschrieben hat. Vorsicht ist und bleibt die Mutter seiner Porzellankiste. Ab nächstes Jahr soll er das neue Ressort ‹Kultur, Sport und Leben› verantworten. Leben und Sport! Darauf musste man erstmal kommen. Aber ich will niemand schlechtreden. Solange mein Zeug ohne Umstände durchgewunken wird, bleibt Kischel für mich der rechte Mann an der richtigen Stelle. Jetzt bitte Panorama-Schwenk: Guckt vorsichtshalber rundum in alle Richtungen.»

Mit einem einfachen Vierkantstecker hatte Schmuck die Klappe des Blechkastens geöffnet. MoGo sah einen flach aufgerollten, sichtlich mürben Feuerwehrschlauch, und in dessen Endstück aus Messing schlüpften Schmucks Finger, um einen flachen Schlüssel hervorzuholen.

Ja, das Rosenau-Stadion war inwendig schön, und eingedrungen in seine verwaiste Wohlgestalt, wunderte sich MoGo, wie wenig ihr Erinnern zu diesem Eindruck beizutragen vermochte. Offenbar war ihr jugendliches Auge blind für das gewesen, was nun, da das Bauwerk jeder Nutzung enthoben war, auf eine fast schamlose Art bloßlag.

Schräg absteigend, galt es nun, die Sitzbänke der Gegentribüne und die Stehreihen der Nordkurve hinter sich zu bringen. Schmuck legte immer wieder den Kopf in den Nacken, fast als fürchte er einen Blick von oben, aus einem Kleinflugzeug oder einem Hubschrauber oder, vollends technisch vermittelt, durch die Linse einer Drohne. In zügigem Zickzack erreichten sie, ohne dass es MoGo vergönnt gewesen war, ein Weilchen für eine Umschau innezuhalten, das Nordtor, welches am Ende der überdachten Haupttribüne als eine Art Tunnel in Richtung Kanal aus dem Stadion hinausführte.

«Von oben, von den Kassenhäuschen her, kann man uns jetzt nicht mehr sehen, Moni. Aber das Südtor ist auf seiner Innen- und seiner Außenseite bloß vergittert. Erst wenn wir ein paar Schritte in die nördliche Zufahrt hinein gemacht haben – sie ist eine richtige Röhre –, verschwinden wir im blinden Winkel und sind in Sicherheit. Es sei denn, einem von uns plumpst dort drinnen gleich ein Stück Himmel auf den Schädel.»

Schon bevor sie in den Schatten der Tunnelmündung traten, verstand sie, wie Addi dies gemeint hatte. Die gewölbte Decke und die Innenwände des Nordtors waren mit Kacheln ausgekleidet, welche, was sich trotz des Schmutzes, der sich eingangs auf ihnen niedergeschlagen hatte, erkennen ließ, himmelblau glasiert waren.

«Pass auf deine Füße auf, Moni. Wenn du drinnen mit der Schuhspitze an einem der Brocken hängen bleibst, legt es dich hin. Es ist so düster, weil das andere Ende, der Ausgang zum Kanal hin, zugemauert worden ist, nachdem dort die ersten Kacheln heruntergekommen waren.»

Auf dem allerletzten Stück unter freiem Himmel war MoGo, weil Schmuck und der Auskenner innegehalten hatten, als würden sie abwartend in die Röhre hineinlauschen, doch noch in die Hocke gesunken, um mit den Fingerspitzen Kontakt zur Bahn des Stadions aufzunehmen. Der Kunststoff, jenes Tartan, das damals, während ihres Rennens, schon im zweiten oder gar dritten Jahrzehnt Licht und Witterung getrotzt hatte, fühlte sich porös an. Irgendwann hatte sie in der Allgemeinen gelesen, die erste Generation dieser Beläge müsse mittlerweile wegen eines bedenklichen Quecksilbergehalts als Sondermüll entsorgt werden.

Ohne Mühe gelang es ihr, mit den Fingernägeln Krümel herauszukratzen. Das Material war nur an seiner Oberfläche zu einer spröden Haut verhärtet, darunter gummiartig nachgiebig und weit weicher, als MoGo dies in Erinnerung hatte. Tiefer bohrend, schaffte sie es schließlich, einen fast hühnereigroßen Brocken herauszubrechen.

Irgendwann in den Jahren nach ihrem Barfußlauf war das Stadion vorübergehend, was insgeheim wohl endgültig geheißen hatte, geschlossen worden. Und plötzlich glaubte MoGo, sich zu erinnern, dass dieses Nordtor bereits damals, als jenes Rennen sie zweimal, beide Male noch im Windschatten der erklärten Favoritin, an ihm vorbeigeführt hatte, mit kreuz und quer gespannten Plastikbändern gegen Zutritt gesichert gewesen war.

Drinnen im Tunnel war es dann bald so dunkel wie von Schmuck angekündigt, auch weil sich die Eternit-Platten, die den Zugang überwölbten, wie der Schirm einer großen Mütze ein Stück weit Richtung Bahn schoben. Es war kühl, der Tunnel schien schon eine Spanne weiter in der Zeit, in den Herbst fortgeschritten, er begann, die Kälte der Nacht zurückzuhalten, während der Tartanbrocken, den ihre Linke zwischen Daumen- und Zeigefingerkuppe drehte, immer noch Quäntchen von gespeicherter Sonnenenergie an die Haut ihrer Hand abzugeben vermochte.

Gestern, als Addi ihr verraten hatte, dass sie von Kischel wiedererkannt worden war, wie sie sich zehn Jahre nach ihrem ersten Aufeinandertreffen an seinem Schreibtisch gegenübergesessen hatten, war MoGo noch etwas eingefallen. Die Szene hatte sich so weit an die Peripherie ihres Entsinnens verschoben, dass sie nie in ein bewusstes Vorstellen zurückgekippt war: Nachdem sie sich das Foto auf dem Display seiner Kamera angesehen hatten und ihr die Ablichtung verblüffend schmeichelhaft vorgekommen war, hatte der junge Kischel seinen kleinen Rucksack von

den Schultern genommen und eine Tüte des Altstadtbackstübchens herausgezogen.

Sie enthielt eine Spezialität dieser Bäckerei, die so-
genannte Riesenbrezel. Und als er fragte, ob Moni sich
diese, quasi zur Feier ihres Sieges, mit ihm teilen wolle, hatte sie sogleich, obwohl ihr eben noch übel vor Schwindel
gewesen war, einen jähen Heißhunger nach dem Backwerk
verspürt. Mit zittrigen Fingern hatte sie in die Tüte gegriffen und so viel abgebrochen, dass ihr Stück das deutlich
größere geworden war. Während sie einen geschlossenen
Kreis in den Fingern hielt, führte der damalige Kischel
bloß ein offenes Rund zum Mund.

Schweigend und ähnlich hastig hatten sie die unterschiedlich großen Hälften der schiefen Acht verzehrt. Und
nun, wo ihr Erinnern im Dämmer des Nordtortunnels an
diese seltsam einträchtige Eile rührte, zweifelte MoGo nicht
daran, dass ihr damals, genau wie jetzt, ein notorisches Urteil ihrer Mutter in den Sinn gekommen sein musste. Das
Altstadtbackstübchen, hatte diese regelmäßig entschieden
behauptet, sei nach dem verheerenden Siegeszug der einschlägigen Ketten die letzte Bäckerei, die diese Bezeich-
nung noch verdiene. Man müsse beim Laugengebäck nur
an die famose Riesenbrezel oder bei den süßsalzigen Stücken an die traditionelle Hefeseele denken.

MoGos Schuhspitze stieß gegen eine tote Taube. Aber
anders als sogleich befürchtet, folgten dem mumifizierten
Tier keine weiteren Kadaver. Schmuck und der Auskenner
standen schon dort, wo der Ausgang des Nordtortunnels
mit großen Betonsteinen vermauert worden war. Davor
hatte man einige Balken zwischen Boden und Decke gekeilt
und an diesen ein grobmaschiges Gitter befestigt, um die
Kacheln, die sich noch lösen würden, aufzufangen, bevor

sie am Boden zerschellten. Aber die Konstruktion reichte nur wenige Meter weit. Aus irgendeinem Grund hatte man darauf verzichtet, sie in Richtung Stadion zu vollenden.

Schmuck legte den Zeigefinger an die Lippen und wies nach oben. Und obwohl MoGo dergleichen nie gesehen hatte, deutete sie den Anblick, der sich ihr bot, im Nu richtig.

«Hab' schon durchgezählt, Moni», flüsterte ihr der Auskenner ins Ohr, so ungewohnt nah gekommen, dass sie seinen Atem an der Wange spürte.

«Sind glatte fünfzig. Genau wie letzten Herbst um diese Zeit. Die Kolonie bleibt stabil. Obwohl ihre Beute, das notwendige Futter, wieder ein Quäntchen knapper geworden sein soll. Du wirst es nicht glauben: Die Stärksten von denen da oben fliegen bis zu mir. Das weiß ich. Und sie wissen, dass der lange Weg sich lohnt, weil es bei mir etwas ganz Besonderes zu holen gibt. Kraftfutter pur! Jetzt, im September, genau das, was sie brauchen, um Masse zuzulegen.»

Als sie den Nordtortunnel verließen, überlegte MoGo, ob es wohl möglich war, dass er sich damit schlicht irrte. Woran wollte der Auskenner denn erkennen, dass die Exemplare, die in den Sommernächten um seine Halle gaukelten, zu denen gehörten, die gerade wie ledrig glatte Früchte, wie Höhlennektarinen, von der Decke gehangen waren.

Schmuck hatte wie MoGo geschwiegen, wahrscheinlich war auch er besorgt, die Kolonie aufzuscheuchen und zu einer Flucht ins Helle zu zwingen. Und vielleicht hatte der Auskenner vorhin, in Kühle und Halbdunkel, die groben Sohlen der Stiefel auf dem Kot der samtfelligen Säuger, die Stimme derart künstlich tief gehalten, weil die dicht gereihte Tagschlafgemeinschaft genau dieses brummelige Flüstern gewohnt war.

«Moni, ich gäb' was drum zu wissen, was sich unsere

blauäugige Schöne heute Nacht zu den Flugmäusen gedacht hat. Kannte sie bestimmt noch gar nicht. Oder vielleicht doch? Wer weiß, wo sie in ihrem bisherigen Leben
schon herumgekommen ist. Wie ich vorhin so am Abzählen
war, kam mir eine Idee, mit welchem Namen ich unser
Kätzchen ab sofort rufen könnte. Du hast ja quasi einen
frei, ich meine, du hast doch einen ungeliebten Vornamen
übrig. Und das Französische passt zu ihrer raffinierten
Hübschheit, zu den wolkenweißen Söckchen und dem
kohlrabenschwarzen Schweif.»

14.

EICHE

Als sie wieder vor der Halle eintrafen, war die Katze nirgends zu sehen und wollte auch nicht auftauchen, nachdem der Auskenner ein paarmal mit ihrem neuen Namen nach ihr gerufen hatte. MoGo hatte ihr Fahrrad vor den Weißdorn gestellt und dabei bemerkt, dass der tote Nager nicht mehr dort lag. Offenbar hatte sich während ihrer Abwesenheit ein Liebhaber des mürben Fleisches gefunden. Sie wollte sich gerade an das Bistrotischchen setzen, als Addi Schmuck vorschlug, ein zweites Mal Kuchen zu holen.

«Auf die Gefahr, dass du uns beide für zuckersüchtig hältst, Moni. Aber am Wochenende muss es manchmal die doppelte Ration sein. Das bringt das Älterwerden so mit sich. Frag morgen mal die Küppers danach. Unsinn! Frag sie lieber nicht. Frag sie auf keinen Fall. Jetzt guck nicht so arg kritisch. Sei gnädig mit uns beiden. Sweet dreams are made of this. Weißt du, dass das Altstadtbackstübchen das Café Himmel im Siebentischwald mit Torten beliefert? Die sind fast noch besser als die Schnitten. Falls sich Altstadt-backstübchen-Güte überhaupt steigern lässt. Fahr doch zum Aussuchen mit. Ist mit dem Jaguar nur ein Katzen-sprung. Wenn du Lust hast, überlass' ich dir das Steuer. Automatik kennst du ja mittlerweile. Bin mir ganz sicher, dass du uns beide nicht an einen Baum setzt.»

MoGo konnte sich nicht daran erinnern, ihrer Mutter je wirklich geglaubt zu haben, dass der Mann, mit dem diese sie gezeugt hatte, mausetot sei. Im Gegenteil. Als Monique wie als Moni hatte sie immer gespürt, dass irgendetwas dar-an geschwindelt war. Schon früh war sie allerdings gegen ihre bessere Ahnung gezwungen gewesen, es ihrer Mutter gleichzutun und irgendwelchen Erwachsenen gegenüber, die nach ebenjenem Vater fragten, zu behaupten, der sei mit dem Auto gegen einen Baum gefahren, als sie noch in den Windeln lag.

Dass dies zumindest nicht die volle Wahrheit sein konn-te, hatte sie spätestens während des Jahres im katholischen Kindergarten gefühlt, in den ihre Mutter sie gesteckt hatte, damit sie endlich anfange, zu anderen Vorschulknirpsen mehr als immer nur in einem mürrischen Nachgeben «Ja» und, weit häufiger, trotzig «Nein» zu sagen.

In diesem einen, ihrem ersten erzwungen geselligen Jahr und während der Anfangswochen ihrer Schulzeit hatte sie dazu noch verbergen müssen, wie gut sie bereits lesen konn-te und wie gern sie ihre eigenen Wörter, möglichst lange

Wörter, mit irgendeinem spitzen Stift auf irgendein blankes Papier geschrieben hätte. Und in MoGos Rückschau verschmolz beides, der Vatertodschwindel und die Verheimlichung ihres Lesevermögens, zu einem einzigen Wort.

Sie hatte es zum Erstaunen der Kindergartenleiterin und zur Bestürzung ihrer Mutter, als sie sich den Kindern ihrer zukünftigen Spielgruppe vorstellte, freimütig und dreisilbig korrekt verwendet: Ich heiße Moni, und ich bin Halbwaise! Und sie hätte dieses Halbwaise sogar mit einem der dicken Wachsmalstifte, die dort täglich zum Einsatz kamen, als eine Folge von neun Buchstaben mit einem einzigen lässlichen orthographischen Fehler, auf einen der Kartons hinkrakeln können, die sie dann ein Jahr lang mit Blumen, Bäumen, Häusern und Sonnen über Sonnen füllen musste.

«Fahr alleine, Addi. Moni und ich kochen in aller Ruhe Kaffee und schauen nebenbei, wo unsere Monique abgeblieben ist. Weit weg kann sie sich doch nicht getraut haben. An ihrem zweiten Tag! Hoffentlich ist sie nicht durch das Fuchsloch geschlüpft und findet jetzt nicht mehr zurück. Diese Säugetiere, ich meine nicht nur die Katzen und Hunde, sind manchmal doch dümmer, als unsereins denkt. Was Muttermilch oder zumindest Muttermilchersatz getrunken hat, wird chronisch überschätzt. See you later, alligator, walk for a while crocodile! Na, nichts für ungut. Soll nichts bedeuten. Will eigentlich nur sagen: Bis nachher, Addi. Addi, bis gleich.»

Vielleicht hatte der Auskenner schon etwas geahnt, zumindest mit einer verspäteten Rückkehr Schmucks gerechnet. Denn noch bevor er die Kaffeemaschine anstellte, bat er MoGo, ihn bei seiner Suche nach Monique zu begleiten. Er mache sich mittlerweile wirklich Sorgen. Vielleicht sei sie von der Verwachsenheit seiner eingezäunten Welt doch überfordert. Am besten, sie gingen beide einmal rundum innen an deren Begrenzung entlang. Gut möglich, dass das Tier es genauso halte und ihnen irgendwo entgegenkomme.

Dicht bei den hohen Latten war das Gras zu einem schmalen Pfad niedergetreten. Und dieser Spur folgend, verstand MoGo, dass der Zaun um das Reich des Auskenners ein doppeltes Gebilde vorstellte. Ursprünglich war ein starker, längst rostrot gewordener Maschendraht zwischen eiserne Pfosten gespannt worden. Bereits diese ältere Umrandung reichte dem Auskenner bis über die Schulter. Irgendwann später hatte man von außen rohe Bretter an diesem Geflecht befestigt, so hoch, dass ihre Oberkanten auch den Scheitel eines Hünen überragt hätten. Nur durch die Ritzen, welche die grau gewordenen Planken ab und an ließen, war ein Hinauslugen oder ein Hineinspähen möglich.

«Guck nach unten, Moni. Unten ist meist wichtiger als oben: igelhoch frei muss ein fairer Zaun sein. Auch die Feldhasen und der Fasan, Gockel wie Henne, schlüpfen noch durch einen hinreichend hohen Spalt. Katzen machen das aber merkwürdigerweise nicht so gern. Vielleicht geht ihnen das bäuchlings Kriechen gegen den Stolz. Die Rehe, die aus dem Siebentischwald kommen, könnten meinen Zaun vielleicht sogar überspringen, aber weil das Gehölz draußen noch dichter steht als drinnen, fehlt ihnen das kurze Stück freier Anlauf, das sie für einen derart spektakulären Satz wohl bräuchten. Über die Bäume, von Ast zu Ast, gehen nur die Eichhörnchen und der Marder. So etwas traut sich unsere Monique als bodenständige Salonlöwin bestimmt nicht zu.»

Womöglich hatte der Auskenner ihre Katzensuche dann absichtlich in die Länge gezogen. Am Fuchsloch war er auf die Knie gesunken, hatte einen Zeigefinger mit

Speichel befeuchtet und war über die Unterkante der Latten gestrichen, als ließen sich so Härchen von Moniques
mokkafarbenem Rückenfell oder ihres schwarzen Schweifs
aufnehmen. Wie er dann sogar den Kopf senkte, die grau-
blonden Locken an die Drahtmaschen presste und hörbar
schnüffelte, hielt MoGo für möglich, dass er ihren Wirk-
lichkeitssinn auf eine nicht ganz leicht zu durchschauende
Probe stellen wollte.

«Schau dir das an: Der Bursche hat sich eine richtige
Mulde gegraben. Muss eine Heidenarbeit für seine Pfoten
gewesen sein, unter der dünnen Schicht Humus ist der Boden voller Kiesel und Ziegelbrocken. Apropos Wühlen: Hab'
den ganzen Sommer befürchtet, dass die Wildschweine aus
dem Maisfeld herüberpendeln. Sobald dort abgeerntet ist,
werden sie womöglich spitzkriegen, dass sich drinnen bei
mir zwei große Ulmen finden. Eine dritte steht direkt an
der Straße. Hast du bestimmt vom Auto aus gesehen. Falls
die Borstenviecher im Winter an die beiden anderen Bäume wollen, dann gute Nacht. Vorigen Sommer ist schon ein
junger Eber gar nicht weit von meiner Zufahrt unter einen
Lkw geraten, wahrscheinlich während er die abgefallenen
Nüsschen der Straßenulme fraß.»

So ging es seinen Gang. Zuletzt, als sie nach einem
weiten, vermutlich eiförmigen Bogen wieder vor seiner
Halle anlangten, hatte MoGo das Gefühl für die Größe des
Geländes verloren. Dies musste an der Dichte des Baum-
bestands, am engen Beieinanderstehen der meist kaum
oberschenkeldicken, aber hoch aufgeschossenen Stämme
liegen. Alles gierte zum Licht, so panisch lotrecht, wie
es ihr in den Waldstücken, die sie bislang kennengelernt
hatte, nicht aufgefallen war. An einer der Ulmen, die der
Auskenner erwähnt hatte, waren sie vorbeigekommen, der

wuchtige Baum musste weit älter sein als die Ahorne, Ebereschen und Wildkirschen, die seine Krone schnellwüchsig bedrängten.

«Mein Brennholz mach' ich mir mittlerweile selber. Bei meinem Einzug gab's hier gerade mal brusthohes Gestrüpp und dazu die beiden alten Damen, von denen du ja eben eine aus der Nähe gesehen hast. Die ersten Jahre hat mir ein Kumpel aus dem Abbruchgewerbe regelmäßig ein paar Balken bis vor die Tür gekarrt: verbaute und verwohnte Zeit, die ich mir dann ofengerecht zerkleinert habe. Zuerst Kettensäge, dann Hackstock. War Stück für Stück gottverdammt harte Arbeit. Vor allem die Eiche! Aber mittlerweile wächst hier genug Frischholz aus dem Grund, und die Stämmchen, die ich fälle, sind gerade so dick, dass ich die Scheiben für den Ofen nicht oft spalten muss. Die kleinen Stücke trocknen schnell.

Na, wen haben wir denn da: Unsere Monique! Sag mal, wo hast du dich denn rumgetrieben. Wir haben uns schon Sorgen gemacht. Wieso ist Addi eigentlich noch nicht zurück? Kann doch nicht sein, dass auch noch der Jaguar der Gräfin schlappgemacht hat. Oder doch? Kommt schon vor, dass unsereinem fast das Gleiche, meistens etwas ausgesprochen Blödes, fatalerweise ein zweites Mal passiert.»

Wie zur Antwort klingelte das Telefon in der Halle. MoGo beugte sich zu Monique, und während sie der Katze über den Rücken strich, wurde ihr fast schuldhaft bewusst, wie selten sie die letzte Mitwohnerin ihrer Mutter berührt hatte. Sie hatte nichts gegen Katzen, aber die münzrunde kahle Stelle zwischen den Öhrchen war ihr gleich beim ersten Aufeinandertreffen so abschreckend hässlich erschienen, dass ihre Fingerspitzen damals nicht im Pelz des Tieres gelandet waren.

«Kind, ich sehe schon, ihr müsst euch erst allmählich kennenlernen. Ich weiß ja, dass ihr beide ein bisschen spröde seid. Aber das macht erst einmal gar nichts. Du bist Halbwaise! Und wer kann erraten, was sie in ihrem Katzenleben schon alles hat erdulden müssen. Bestimmt waren böse Hunde oder schlimme Kinder hinter ihr her. Ihr werdet schön langsam Zutrauen zueinander fassen und irgendwann richtig gute Freundinnen werden. Das spür' ich. Deine Mutter hat das im Gefühl.»

Als der Auskenner aus der Halle, in deren rückwärtigem Bereich sein Telefon stehen musste, zurück nach draußen gekommen war, hatte MoGo damit gerechnet, dass Schmuck angerufen hätte, um den Grund seines Ausbleibens, womöglich eine erneute Panne, zu melden. Aber der Auskenner überraschte sie mit etwas anderem: Der greise Chirurg, Addis Langzeitkontakt in Sachen Klinikum, habe den Sportreporter sprechen wollen. Offensichtlich hatte ihm Addi die Nummer der Halle gegeben. Der alte Herr sei hörbar verdrossen gewesen, ihn nicht, wie erwartet, an die Strippe zu bekommen. Sein Sohn habe sich doch eigens bemüht, das Erwünschte herauszufinden. Bevor er es seinerseits – man werde ja nicht jünger! – wieder ratzeputz vergessen habe, bitte er darum, Folgendes weiterzugeben: Die Wunden dieses sogenannten Greenkeepers seien zum Glück nicht tief gewesen. Nicht einmal auf der Nase, die am meisten abbekommen habe, sei etwas zu nähen gewesen. Sobald Blut geflossen und wüst im Gesicht verschmiert worden sei, werde die Ursache leicht überschätzt. Übrigens habe der Patient, der bei seiner Einlieferung unter Schock gestanden war, das Klinikum noch in der Nacht auf Sonntag, klammheimlich, also ohne sich abzumelden, und damit auf eigenes Risiko verlassen.

15.

LÖWENZAHN

Es kam vorerst nicht dazu, dies an Addi Schmuck weiterzugeben, denn der Sportreporter war noch immer nicht von seiner Tortenholfahrt zurückgekehrt. Irgendwann hatte der Auskenner eine Dose mit Keksen zwischen ihre Kaffeetassen gestellt. Auch Monique bekam einen halben Keks vor die Pfoten gelegt und entschied sich nach langem, misstrauischem Beschnuppern, ihn mit den Fängen aufzunehmen und zwischen den Backenzähnen zu zerbeißen. Dann hörte die Katze dösend zu, wie ihr neues Herrchen und die Tochter ihrer ehemaligen Besitzerin über Bäume und Vögel plauderten und schließlich auf die Bewohner des Nordtunnels im Rosenau-Stadion zu sprechen kamen.

«Die Menschen – wie soll ich sagen? – also die jeweiligen Leute haben die Flatterbrüder, einfach weil sie fliegen konnten, ewig lang den Vögeln zugerechnet. Für Nachtvögel wie die Eule oder das Käuzchen hat man sie gehalten, für Pelzvögelchen, die jedem, der mit genug Haar auf dem Kopf lockt, irgendwann unweigerlich in den Schopf fliegen und sich drin verfangen müssen. Mädchen und Frauen sollten im Dunkeln, am besten schon während der Dämmerung, ein Häubchen tragen. Der Anflug ist aber nicht als Angriff verstanden worden. Er passierte schlicht unweigerlich, weil Gleiches zueinander wollte.

Apropos: Wenn es dich interessiert, Moni, kannst du dir angucken, wie ich es mit dem Füttern mache. Hab' ich bislang nicht einmal Addi gezeigt. Unter uns: Er ist manchmal ein bisschen empfindlich, was das Natürliche angeht. So eine Gruselschwäche. Gar nicht selten bei uns Männern, sobald wir in die morschen Jahre kommen. Kann mir schon denken, wieso er dich gerade jetzt dabeihaben will. Noch einen Kaffee. Dann gehen wir hoch aufs Dach. You ain't seen nothing yet!»

Die Katze schaute den beiden nach, sah, wie sie in der Halle verschwanden. Und wenn sie ihnen bis an deren Tür gefolgt wäre, hätte sie von dort aus beobachten können, wie der Auskenner die Plane, welche die Rückwand seines Wohnbereichs bildete, teilte und den Spalt für MoGo aufhielt.

«Schön vorsichtig mit der Leiter: Am Anfang auf die Füße achten. Der Abstand der Sprossen ist recht groß. Und jetzt konsequent nach oben gucken! Auf die Gefahr hin, dass du mich für einen Angeber hältst, Moni: Ist gut möglich, dass ich der Einzige bin, der das mit dem Füttern der Flugmäuse so hinbekommt. Hab' die Methode mit Geduld und Spucke nach und nach verbessert. Offen gesagt, verlässlich klappt es erst seit diesem Sommer. Addi hat eure Redaktionsfee nachforschen lassen, ob sich in diesem Internet das gleiche oder zumindest ein ähnliches Vorgehen wie das meine ausfindig machen lässt. Weltweite Fehlanzeige.

Guck erstmal, was ich hier in diesem Kistchen habe. Das Futter in spe muss selber richtig gefüttert werden. Meine Wurmkost: gemischtes Laub, viel Birke, ein bisschen Buche wegen des Geruchs, reichlich welke Löwenzahnblätter, alles mit der Haushaltsschere in Streifchen geschnitten. Maximal drei Millimeter breit. Das macht schon Arbeit. Aber das Wichtigste fällt in meinem Haushalt ganz nebenbei an: Kaffeesatz! Das ausgelaugte Kaffeepulver hat den Ausschlag gegeben. Zuvor wurden die angebotenen Regenwürmer nur umkurvt und so gut wie nie mit den nadelspitzen Beißerchen gepackt. Wer weiß, wonach die Würmer für sie duften, wenn die kein Kaffeemehl gefuttert haben. Vielleicht nach nichts. Womöglich macht es ihnen Angst, wenn so ein Wurm nach nichts riecht.

Wie findest du mein Fütterkarussell? Die Schnürchen sind aus Hanf und die Galgen aus Bambus, so leicht, dass sich alles beim leichtesten Anstupser weiterdreht. Das Kugellager stammt aus einem alten Kompass. Hier, an diesen Flügelchen aus Balsaholz, kann der Wind angreifen. Eine kleine Brise, ein abendlicher Hauch genügt. Bewegung macht unsere Pelzpiepmäuse erst richtig beutescharf.

Aber das O zum A, der letztlich entscheidende mechanische Clou, an dem ich ewig herumgetüftelt habe, ist der Knoten. Besser gesagt: die Schleife. Sie muss den Wurm halten, solange er sich um sich selber windet, aber bei horizontalem Zug, wenn das Mäulchen der Angreiferin im Flug zugepackt hat, soll die Schlinge subito aufgehen. Schau: So muss sie geknüpft werden. Zweimal linksherum, ganz locker, dann hier durch, dann noch einmal in Gegenrichtung. Und jetzt mit Gefühl anziehen. Probier's mal selber, Moni. Ich wette, du kannst das.»

MoGo konnte es wirklich. Im Nu hatte sie einen zweiten, dann einen dritten Regenwurm an das zierliche Karussell geknüpft. Der Auskenner lobte sie für ihr Geschick und besonders dafür, wie sie, ohne dass er dies eigens habe sagen müssen, vermieden hatte, die Schleife über jenen wulstigen Leibring zu ziehen, der für die Fortpflanzung der Tiere zuständig war und den sie instinktiv, ohne etwas Genaueres hierüber zu wissen, für schmerzempfindlich hielt.

«Wir wollen die Brüderchen, die ja zugleich ihre eigenen Schwesterlein sind, nicht unnötig quälen. Reicht wirklich, dass sich unsereiner zu ihrem Schausteller, zu ihrem Verfütterer, zum allmächtigen Karussellbetreiber aufspielt. Wurmgott! Das ist wahrlich Sünde genug.»

Später, die Sonne rührte schon an die Wipfel der Bäume, kletterte MoGo als Erste wieder vom Fütterkarussell in die Halle hinab. Unten nutzte sie die Spanne, bis der Auskenner ihr nachkam, um sich umzusehen. Gleich würden sie durch den Spalt in den Planen wieder nach vorne, in seinen Wohnbereich, hinüberschlüpfen. Das schmale Stück, in dem sie stand, musste ziemlich genau die Mitte der Halle bilden, was nach hinten noch folgte, war wiederum mit dem gleichen festen grauen Stoff verhängt, und MoGo schätzte, dass der Raum, der sich dort noch verbarg, ungefähr genauso groß sein musste wie das Frontstück des Gebäudeinneren.

Das Dazwischen war bis auf die Leiter und einen einzigen weiteren Gegenstand leer. Trotz seiner Größe hatte sie das Ding bislang nicht bemerkt, wahrscheinlich weil die Dachklappe, durch deren Öffnung jetzt Abendlicht fiel, vor ihrem Aufstieg noch geschlossen gewesen war. Jetzt erkannte sie den Metallkasten auf den ersten Blick, obwohl es bestimmt mehr als die Hälfte ihres bisherigen Lebens her war, dass sie ein Exemplar eines solchen Apparats vor Augen gehabt hatte.

Es musste hierzulande viele tausend dieser grau glänzenden Kästen gegeben haben, bevor sie nach und nach, mit oder schon vor den Kabinen, in denen sie gehangen hatten, abmontiert und weggeschafft worden waren. Dass eines dieser öffentlich gewesenen Münztelefone nun hier seltsam heimelig vereinzelt auf dem nackten Boden stand, kam ihr sonderbar verkehrt, aber zugleich auch rührend schlüssig vor, als dürfte es gerade hier, in der Halle des Auskenners, zu allerlei streng Geregeltem auch triftige Ausnahmen zu ebendiesen Regeln geben.

«Es hat immer nur die alten Münzen gewollt, Moni. Ich hab' mir mal probeweise ein paar neue so zurechtgeschliffen, dass sie vom Gewicht und vom Umfang ziemlich genau passen mussten. Aber so ein Kasten scheint noch eine dritte Eigenschaft der Scheibchen auf Richtigkeit zu prüfen. Fast ist es so, als ob er Zahlen, Wörter oder Bilder lesen könnte. Spielt jedoch mittlerweile alles keine Rolle mehr. Seit diesem Sommer ist sein Behälter offenbar randvoll, auch echte Groschen und die alten silbrigen Münzen, das Fünfzigpfennigstück wie die Mark, fallen sofort durch, und ich komme nicht mehr auf dem so lang solid gewesenen Kupferdrahtpfad in die schöne neue Fernmeldewelt hinaus. Ja, du hast ganz recht, Moni, man müsste den Münzbehälter knacken.

Aber ich fürchte, der Apparat ist inwendig irgendwie gegen rohe Gewalt gesichert und mag womöglich überhaupt nicht mehr mittun, wenn ich ihm mit der Bohrmaschine oder mit dem Winkelschleifer auf seine eiserne Pelle rücke.

Weil die üblichen zwei Groschen so lang genügt hatten, um ein Freizeichen zu bekommen, weil ich nie etwas nachwerfen musste, egal wie lange ich mit Addi am Schwatzen war, hab' ich dummerweise an die telefonische Ewigkeit geglaubt, bis der Kasten meinen Obolus nicht mehr verwerten wollte. Immerhin kann ich noch von den wenigen, die meine Nummer kennen, angerufen werden.»

Schmuck war nicht mehr aufgetaucht, und das Telefon war stumm geblieben. Also hatte ihr der Auskenner für den Heimweg noch einmal eines seiner Fahrräder überlassen. Und schon während sie mit surrendem Dynamo vis-à-vis dem Maisfeld stadteinwärts rollte, spürte MoGo in den Beinen, dass ihr die Strecke, die sie, in die Pedale tretend, an diesem Sonntag zum dritten Mal zurückzulegen begonnen hatte, lang werden würde. Der Besuch des Rosenau-Stadions, der Hin- wie der Rückweg hatten ihre Muskeln nachhaltend ermüdet. Also versuchte sie, sich die kürzeste Wegführung vorzustellen, die der Straßenverlauf erlaubte, aber sich ebendies auf einem imaginären Stadtplan zurechtzulegen, fiel ihr schwer, und sie bemerkte, dass stattdessen etwas in ihrem räumlichen Vorstellen darauf drängte, sich den pendelnden Anflug der Fledermäuse auszumalen, denen es bestimmt längst dunkel genug geworden war, um gemeinsam Richtung Süden zu flattern.

Es blinkte orange, es blinkte blau. Und aus dem rhythmischen Mit- und Gegeneinander der Farben schloss MoGo, dass sie sich einer Unfallstelle näherte. Neugier und ein ahnungsvolles Unbehagen hielten sich in ihr die Waage.

Sie fuhr langsamer und konnte schließlich erkennen, dass da vorne, am Rande des finsteren Maisfelds, ein Abschleppwagen eine große Limousine huckepack genommen hatte, deren helle, vielleicht weiße, vielleicht silbrige Lackierung das Aufflammen der Leuchtwarzen spiegelte und Blau und Orange ineinander verschwimmen ließ. Dann aber setzte sich das Abschleppfahrzeug in Bewegung und umkurvte ein Polizeiauto, das von ihm verdeckt gewesen war und nun, bloß noch blau beleckt, allein am Straßenrand zurückblieb.

MoGo hörte auf zu treten und glitt vom Sattel. Obwohl es keinen rechten Grund hierfür gab, befürchtete sie, während sie das Rad weiterschob, dass die beiden Ordnungshüter, die da vorne am Straßenrand standen, sie nun gleich ansprechen und nach ihrem Ausweis fragen würden, worauf sie eingestehen müsste, dass als einziges Dokument mit Bild bloß ihr Führerscheinkärtchen in ihrem Portemonnaie steckte. Aber schon waren die Uniformierten, ohne ihr Anlangen abzuwarten, in ihr Fahrzeug geschlüpft und folgten dem Abschleppwagen, so schnell, dass sich die beiden Warnfarben zuletzt, als gehörten sie zu einem einzigen die jeweiligen Befugnisse fusionierenden Vehikel, schmierig vermischten.

Dennoch war MoGo nicht gleich wieder aufgestiegen, sondern hatte das Rad bis an die Stelle geschoben, wo die Fahrbahn eben noch orange und blau bestrichen worden war. Die Schneise, die sich ihrem Blick auftat, war so breit wie ein Pkw und führte schräg in das dunkle Feld hinein. MoGo stellte das Rad ab und ging los.

Ein Stück, vielleicht hundert Schritt weit, waren die Pflanzen zu Stümpfen geknickt. Manche hatte die Wucht der Stoßstange mit den Wurzeln, samt der trockenen Erde, die diese umklumpte, aus dem Acker gehebelt. Dann musste binnen ganz weniger Sekunden der Widerstand vor und unter dem von der Straße abgewichenen Wagen so groß geworden sein, dass er zum Stillstand gekommen war.

Sie roch den Mais. Seine Kolben waren unter die Räder des Autos geraten und zwischen dem Profil der Reifen und dem trockenfesten Grund des Ackers zerborsten. MoGo spürte die Versuchung, sich einen unversehrten Fruchtstand zu suchen, sein Inneres aus den papierdünnen Hüllblättern zu schälen und mit den Zähnen zu prüfen, ob die Körner noch weich und feucht oder bereits trocken und hart waren. Aber wie sie sich schließlich, am Ende der Schneise angekommen, bückte, einen heilen Kolben ergriff und ihn gerade von dem Stück Schaft abreißen wollte, das noch an ihm baumelte, hörte sie ein Grunzen, ein Grunzen und Schnauben, ein Grunzen, Schnauben und Röcheln, so nah, als stünde das Tier, aus dessen Kehle und dessen rüsseliger Schnauze diese Laute drangen, nur ein paar Schritte linker Hand, im dichten Gestänge der Pflanzen. Womöglich verharrte es dort bloß in einem allerletzten Abwarten, um gleich aus dem Dunkel zu ihr ins Freie herauszubrechen.

MoGo hatte den Maiskolben fallen lassen, und wie sie sich Richtung Straße drehte, entdeckte sie, bevor sie losrannte, noch das helle Papier am Boden, erkannte die Art, wie es quaderförmig um seinen Inhalt geschlagen war, und begriff, dass dort der Fahrer des Autos die Tür aufgestemmt haben musste, um sich aus seinem festgerammten Fahrzeug zu befreien. Gleich würden sich eine große Sau und deren Frischlinge, ja vielleicht sogar ein mit Hauern bewehrter Eber die Tortenstücke aus dem Café Himmel schmecken lassen.

16.

MOHN

Zuhause angekommen, hatte MoGo das Rad die Treppe hochgetragen und erst einmal zwischen ihrer und der Tür Doktor Feinmillers abgestellt. Sie war sicher, dass sich bei dem, was sie aus der Wohnung ihrer Mutter mitgenommen hatte, auch ein Zahlenbügelschloss befand, mit dem sie das Fahrrad des Auskenners nun am Treppengeländer fixieren wollte. Als sie die Tür ihres Appartements aufdrückte, schleifte deren untere Kante über einen Widerstand, über ein Blatt Papier, das gefaltet in den Flur hineingeschoben worden war.

Die Schrift darauf war eigentümlich unbeholfen, als

habe sich der Schreiber bemüht, von den seit langem gewohnten Verflachungen und Verschleifungen eigens für ihre
Augen zu halbwegs lesbaren Buchstaben zurückzukehren,
aber irgendetwas, vielleicht eine notorische Ungeduld oder
eine von außen erzwungene Eile, hatte dazu geführt, dass
die anfangs säuberlich separierten Lettern nach wenigen
Wörtern doch wieder zu schwer entzifferbaren Kürzeln geschrumpft waren:

«Schau, dass du richtig Schlaf kriegst, Moni. Ruhig bis
in den Vormittag hinein. Aber zeig dich beizeiten, wenn die
Küppers Hof hält. Hol anschließend den Mustang ab. Die
Werkstatt ist im Hinterhof des Altstadtbackstübchens. Die
wissen dort Bescheid. Genügt, wenn du deinen Namen
nennst. Alles Weitere an der gewohnten Stelle.»

Die Müdigkeit, die MoGo aus den Beinen in Rumpf
und Kopf stieg, dämpfte ihre Verwunderung. Immerhin
schien die Nachricht zu beweisen, dass der Sportreporter
nach seinem Abkommen von der Fahrbahn nicht im Zentralklinikum gelandet war. Das Bügelschloss fand sich zum
Glück sofort. Die Zahlenkombination war leicht zu erraten.
Und als sie den Rahmen des Fahrrads mit der obersten
Stange des Treppengeländers verband, widerstand sie der
Versuchung, Metall gegen Metall klappern zu lassen, ihrem
Nachbarn so ihr Heimkommen zu melden und ihn womöglich vor seine Tür zu locken. Sie wäre für alles Denk- und
Wünschbare auch zu erschöpft gewesen. Die Vorkomm-
nisse des Tages waren, obschon letztlich nichts wirklich
Schlimmes geschehen war, in ihrem Zusammen- und In-
einanderklingen strapaziös gewesen.

Sie tapste ins Bad. Sie schlüpfte in den Schlafanzug ihrer Mutter. Sie schaffte es noch, die elektrische Zahnbürste
ein Weilchen im Mund herumschnurren zu lassen. Die Ohr-

stöpsel, die sie die erste Woche nach ihrem Einzug benutzt hatte, weil die Nacht hier mit anderen als den gewohnten Geräuschen angereichert war, lagen auf der Ablage unter dem Spiegel. Sie zwirbelte den Schaumstoff zu Kegeln, so spitz, dass sie sich tief in die Gehörgänge führen ließen. Doktor Benedikt Feinmiller würde mehr als die bisherige Lautstärke entwickeln müssen, um sie in den kommenden Stunden aufzuwecken. Sie wollte, wenn die Küppers ihren Fünfzigsten beging, frühzeitig und ausnahmswach zur Stelle sein. Sie wunderte sich noch, wie ungewöhnlich schnell sie der Schlummer überwältigte. Gleich würde sie vollends eingeschlafen sein. MoGo wünschte sich, leise murmelnd, eine gute Nacht.

«Moment! Mein liebes Kind, kannst du mich trotz dieser Stöpsel hören? Mit deinen inneren Ohren. Hallo, hallo? Ich bin's. Ja, ich bin's. Ehrenwort! Ich sitze hier drüben, ich bin am Fernsehen, und das, was ich mit beiden Händen halte, ist meine hiesige Fernbedienung. Stell dir nur vor, sie ist aus Glas: gläserne Knöpfe und gläserne Tasten. So durchsichtig, dass ich die lustig bunten Innereien, die doch unter schwarzem Plastik versteckt sein müssten, allesamt sehen kann. Silberne Drähtchen, winzige Zylinder. Wie schön sie ist! Ein rechtes Schmuckstück. Eine wahre Pracht. Aber leider verstehe ich noch so gut wie gar nicht, was sich damit anstellen lässt. Kann deine Mama sich damit lauter machen? Dringt deine Mama zu dir durch? Zumindest klappte es in die andere Richtung: von dir zu mir herüber. Ich höre und sehe dich. Mein liebes Kind, du bist bei mir im Fernsehbild.

Wie schnell du ausnahmsweise eingeschlafen bist. Auch hier habe ich noch ein Ohr dafür. So oft musste ich dich mitten in der Nacht rasseln und schnauben und rührend lautstark schnarchen hören, weil deine Nase wieder einmal wegen irgendwelcher Pollen oder wegen eines anderen Feinzeugs inwendig zugdicht angeschwollen war. Dann bin ich rüber in dein Zimmer und hab' dich auf die Seite gewälzt, damit es für ein Weilchen bei einem leisen, halbwegs freien Mädchenkeuchen blieb und du nicht irgendwann in der fatalen Rückenlage japsend zu dir gekommen bist, um ewig wach zu liegen.

Wie gut dir der Pyjama deines Vaters steht. Auch in Schwarzweiß. Aber womöglich lässt sich mit meiner Fernbedienung das Bild auf Bunt umstellen. Wie war das früher? Unser allererster Apparat war, glaube ich, noch ein Schwarzweiß-Gerät. Dein Vater hatte das kleine, alte Ding aus seiner Junggesellenwohnung mitgebracht. Du weißt, wo er allein gewohnt hat. Aber die folgenden, unsere Familienapparate, waren bestimmt allesamt für bunte Bilder eingerichtet. Vielleicht gab es anfangs noch einen, bei dem sich die Farben weg- und wieder herbeiknipsen ließen. Oder bilde ich mir das nur ein? Egal: Blau ist und bleibt als Blau am schönsten: Pyjamablau. Aber noch hängen mir hier, in meinem hiesigen TV-Gerät, alle Bilder im Grauen fest.

Jetzt rächt sich, dass ich mich nie um das Technische gekümmert habe. Spätestens nachdem du auf das Gymnasium gekommen warst, hast du alle Bedienungsanleitungen für mich studieren müssen. Den neuen Kühlschrank hätte ich ohne dich gar nicht in Gang gekriegt. Wie komm' ich auf den weißen Kasten? Ist mir jetzt kalt? Ich kann es dir nicht sagen. Bis jetzt kann ich dir nur verraten, was ich vor Augen bekomme und zu hören kriege.

Das ist auf jeden Fall ein Fernseher von früher. So viel kapiere sogar ich. Eines dieser dicken Dinger. Nun, wo sie so gut wie nirgendwo mehr stehen, kann man nicht mehr

daran vorbeigucken, wie unanständig ihr rückwärtiges Aus-
laden stets ausgesehen hat. Wie ein zu dicker Hintern! Wir
beide sind immer schlank gewesen. Du warst sogar ein
schlankes Baby. Dein Papa hatte damals Angst, seine Monique wäre zu dünn. Insgeheim hat er bestimmt geargwöhnt,
du bekämst zu wenig Milch von mir.

Jetzt sorge ich mich drum, ob du als alleinstehendes
Waisenmädchen noch genügend isst. Koch dir doch bitte
manchmal etwas. Mir zuliebe. Etwas Einfaches kriegst du
schon hin. Und wenn es bloß ein Süppchen ist. Immerhin
hab' ich dich einen Teller Eintopf essen sehen. Und vorhin
Kuchen, eine Mohnschnitte, die mit anderen Stücken in
das Papier des Altstadtbackstübchens eingeschlagen war.
Vorhin? War's wirklich vorhin, oder ist es schon ein längeres
Sendeweilchen her. Womöglich hab' ich mittlerweile schon
verlernt, verständig – also mit dem rechten Zeitsinn! – in
einen Fernseher hineinzugucken.

Oder das Krankenhaus wirkt ewig nach. Ich weiß, zuletzt hing ich an mehr als einem Tropf. Inzwischen brauche ich längst nichts mehr gegen die dummen Schmerzen.
Oder vielleicht doch. Tut mir da unten noch irgendetwas
weh? Was tut noch weh. Eins nach dem anderen. Fürs Erste
muss dein begriffsstutziges Muttchen herausbekommen,
was diese transparente Fernbedienung alles kann. Hurra,
ich hab' herausgefunden, wie sich die Uhrzeit einblenden
lässt: Das sind die Stunden und die Minuten und dazwischen ein Doppelpunkt, der blinkt und blinkt. Ist das jetzt
meine wie deine Zeit? Herrje: Womöglich gibt es da einen
klitzekleinen oder einen riesengroßen Unterschied.

Ich hab' mich so gefreut, als mir mein hiesiger Fernseher gezeigt hat, dass du mein altes Ührchen trugst. Ganz
lang und still war es zu sehen. Ich glaube, man sagt Stand-

bild, wenn sich nichts bewegt? Und das Ticken ist leider nicht laut genug gewesen, um nach hier drüben durchzudringen. Rund um das Ziffernblatt warst du stadtauswärts und stadteinwärts zwei für dich sonnengelbe, für mich bloß fernsehbleiche, gräuliche Tage unterwegs. Zwei Tage? Nein, drei. Ich glaube, bei dir war noch eine Nacht dazwischen. Wo ist die Uhr denn hingekommen. Ich habe zugeguckt, wie du sie aufgezogen hast. In Großaufnahme. Aber jetzt ist dein Handgelenk schon wieder leer. Wer zieht sie auf, wenn du sie weggegeben hast?

Sei's drum, ich freu' mich einfach weiter über jedes neue Bild. Auch Grau in Grau. Die eine oder andere Örtlichkeit hab' ich natürlich gleich erkannt. Das Stadion, wo du barfuß ins Ziel, ins Foto und mit dem Foto ruckzuck, ganz sinnig früh, in deine zukünftige Zeitung, in unsere gute Allgemeine, hineingestürmt bist. Danach die neue Süd-Arena, obwohl ich sie, die roten Riesenlettern auf dem durchsichtigen Dach, zuvor allenfalls zwei-, dreimal auf Kanal A gesehen hatte. Auf ihrem kurzgekappten Rasen lag ein Mann! Er hatte schlimmes Nasenbluten. Und statt schön stillzuhalten, bis es aufhört, hat er sich alles im Gesicht verschmiert. Das graue Blut, das graue Fernsehgras!

Von der schaurigen Halle bei den beiden alten Bäumen wollen wir lieber schweigen. Huh! Huh! So ruft das Käuzchen. Mehr sage ich uns beiden erstmal lieber nicht dazu. Sag du etwas. Vielleicht kannst du mich mittlerweile hören, weil du gerade tief genug hinabgeschlummert bist. Kind, hörst du mich? Falls du mich hörst, mach deine inneren Augen auf und schau dich hier bei mir ein bisschen um. Im Gegenzug. Versuch es mir zuliebe. Sag mir, was du erkennen kannst. Sag deiner Mama, sag mir doch bitte-bitte, wo ich um Gottes willen hingekommen bin.»

17.

PFENNIGBAUM

Bis zuletzt war sich MoGo nicht sicher gewesen, ob es eine gute Idee vorstellte, der Küppers etwas Lebendiges als Geburtstagspräsent mitzubringen. Womöglich konnte sie Grünzeug, welches nicht bloß kurzzeitig einem dekorativen Zweck dienen sollte, sondern als häuslicher Mitwohner überdauern wollte, grundsätzlich nicht ausstehen. Der Blumenladen lag auf dem Weg, nur eine Ecke von der Redaktion entfernt. MoGo war stehen geblieben und hatte ein unentschiedenes Weilchen zugesehen, wie ein Lieferant Schnitt- und Topfware aus seinem Transporter lud und neben der Tür des Geschäfts auf den Gehweg stellte.

Die Farbe der Blüten hatte dann den Ausschlag gegeben. Es war eine Zimmerpflanze, die MoGo seit ihrer
Kindheit kannte, eine dickblättrige Sukkulente, deren
holzbrauner Stamm und die Art, wie sie sich verzweigte,
dem ganzen Gewächs etwas künstlich Miniaturhaftes, geschrumpft Baumartiges verlieh. Selbst ihrer Mutter, die
kein besonderes Händchen für Pflanzen gehabt hatte, war
es gelungen, einen solchen Pfennigbaum über Jahre hinweg
sein genügsames Dasein fristen zu lassen. Im Kinderzimmer
hatte er auf der Fensterbank gestanden. Und hätte sich die
Nachbarin nicht zuletzt kurzerhand seiner erbarmt, wäre er
mit dem Möbelwagen von «Kram und Krempel» abtransportiert worden und womöglich in einem der Schaufenster
des Sozialkaufhauses gelandet, um dort weiterhin stoisch
Spross um Spross zu treiben.

Weder diesen häuslichen noch irgendeinen fremden
Pfennigbaum hatte MoGo zuvor blühen gesehen, aber unter
den angelieferten tat dies nun ein einziges Exemplar, und
wenn MoGo ihr Farbempfinden nicht täuschte, prunkten
seine Blütenkelche mit exakt jenem Rosa, das die Lippen
und seit kurzem auch die Fingernägel der Redaktionssekretärin zierte. MoGo hatte den Treibhauszögling gleich im
Laden in ein größeres Behältnis umsetzen lassen und dazu
einen hübschen Übertopf ausgesucht. Aber erst als sich die
Hände der Küppers um dessen weißes Porzellan schlossen
und MoGo sie aufseufzen hörte, war klar, dass sie mit der
Wahl ihres Mitbringsels keinen Fehler begangen hatte.

«Das ist genau mein Rosa! Du versüßt mir ein saures
Datum, Schätzchen. Aber ich mag nicht klagen. Bis jetzt
war ausnahmslos jeder so charmant, die schreckliche Zahl
für sich zu behalten und mir allenfalls zu einem ominös
runden Geburtstag zu gratulieren. Ein halbes Jahrhundert:

Um Himmels willen! Doktor Kischel will später, wenn der morgige Dienstag fertig eingetütet ist, noch ein paar Worte sagen. Der Sekt steht kalt. Rosé, halbtrocken. Meine Lieblingssorte. Und Kischel hat eigenmächtig – hinter meinem Rücken! – ein paar Häppchen geordert. Du weißt ja, was ihm mundet: Natur pur. Alles so rohköstlich wie möglich. Und partout keine toten Tiere. Bestimmt darf nicht einmal ein hartgekochtes Ei dabei sein. Aber zu dir: Wie läuft es mit Addi? Ich hoffe, er hat sich tadellos verhalten. Du darfst mir bestimmt nicht verraten, was ihr bis jetzt angestellt habt und was er heute und morgen noch alles vorhat. Er war schon immer ein Geheimniskrämer. Aber in letzter Zeit ist es vollends kurios geworden.»

Die kleine Ansprache, die Doktor Kischel später vor den versammelten Kolleginnen und Kollegen hielt, war nicht zu kurz und nicht zu lang, dazu auf dezente Weise schmeichelnd, denn er behielt im Auge, wo ein Kompliment die Grenze der Anzüglichkeit touchieren konnte, falls nicht ein allerletzter Abstand gewahrt blieb.

Schon bevor ihr Chef, der künftige Ressortleiter von «Kultur, Leben und Sport», das Wort ergriffen hatte, war das vegetarische Buffet angeliefert worden, und als MoGo den Blick über die mit reichlich Grün dekorierten Platten schweifen ließ, reagierte ohne jeden gedanklichen Umweg ihr Magen, denn seit dem Zwetschgenkuchen, der Mohnschnitte und den Keksen des Auskenners, die sie gestern zu sich genommen hatte, war ihr nichts Festes mehr zwischen die Zähne gekommen.

«Greifen Sie zu, Monique. Die schöne Seele unserer Redaktion ist, soweit dies in meiner Macht stand, angemessen gerühmt. Wir müssen nicht auf Herrn Schmuck warten. Ab und an eine spezielle Spanne zu spät zu kommen, gehört seit jeher zu seinen Eigenheiten. Dem Genie schlägt keine Stunde. Bestimmt haben Sie seine Wochenendkolumne gelesen: ein Kleinod. Man kann die Aschenbahn, das rappelvolle Stadion, das ganze süßherbe Nachkriegsaroma buchstäblich mit der Zungenspitze schmecken. Auf der kurzen Strecke ist unser Addi Schmuck unschlagbar, und zwar – schauen Sie ruhig vergleichend ins Netz! – nicht bloß bei uns und unseren Tochterblättern in der Region, sondern bundesweit.

Das sage ich ganz ohne Neid. Na, fast ohne Neid! Wir sind alle nur Journalisten. Und unser Tag gehorcht der Eitelkeit. Wie dem auch sei, wir können stolz auf ihn sein: Über hundert E-Mails am Wochenende. Und die sozialen Netzwerke sind auf ihre Bienenart am Brummen. Morgen bringt dann die gute alte Tante Post wieder einen schönen Packen richtiger Briefe. Mit der Hand, mit der bloßen Hand, mit Stift und Kugelschreiber schreiben ihm unsere Leserinnen. Ja, vor allem die Leserinnen. Sogar wenn es jedes zweite Mal um Tore geht, sind es in der Mehrzahl Frauen, denen plötzlich etwas zu Flugkopfball oder Fallrückzieher einfällt!

Probieren Sie doch diese Wildkräuter-Soja-Frikadellen. Kein Fleisch bleibt unbestreitbar das beste, das wahre Fleisch. Quasi das Fleisch hinter dem Fleisch. Ich möchte wetten, dass Sie heute noch nichts als Kaffee in den Magen bekommen haben. Ein bisschen kennen wir uns ja mittlerweile. Ich will jetzt nicht zu viel versprechen, aber vielleicht bringt Herr Schmuck jemanden mit! Nur so viel: Hoher Besuch liegt in der Luft.»

Die Kräuter-Soja-Bouletten, zu denen ihr Doktor Kischel geraten hatte, waren ungemein würzig und in der Tat trügerisch fleischig schmackhaft, aber nachdem MoGo sich das zweite Exemplar mit einem Scheibchen Baguette und reichlich Rosé halbtrocken einverleibt hatte, spürte sie jählings, dass dies auf nüchternen Magen ein Fehler gewesen war. Sie ließ die dritte Frikadelle, zu der ihre Fingerspitzen gerade Fühlung aufnehmen wollten, unberührt liegen, stellte ihr Glas ab, schlängelte sich, so unauffällig sich dies bewerkstelligen ließ, aus dem Kreis der plaudernden Kollegen und machte sich auf den Weg Richtung Toilette.

Als die Tür der Kabine verriegelt war und MoGo, erst einmal abwartend, auf dem Deckel Platz genommen hatte, fiel ihr die Höhe des Spalts auf, der zwischen Türblatt und Bodenfliesen klaffte. War er hinreichend hoch, so hoch, wie es der Auskenner von einem fairen Durchschlupf verlangt hätte? Ein ausgewachsener Igel, ein Fasan oder ein Feldhase wären wohl nur mit Mühe in der Lage gewesen, sich von draußen, von den Spiegeln und von den beiden Waschbecken her, zu ihr hereinzuzwängen. Allenfalls der samtig graue Rücken und der blutverkrustete Nacken des Nagers, den die Katze ihrer Mutter während ihrer ersten Nacht beim Auskenner getötet hatte, hätten sich problemlos unter dieser Türkante hindurchschieben lassen. Noch war unentschieden, ob die von Doktor Kischel empfohlene Fleischersatzspezialität in ihrem Magen verweilen durfte.

«Kind, ich weiß, wovon dir schlecht ist. Wir wissen es doch beide: Es waren nicht die falschen Boulettchen, es ist das Brot gewesen! Deine Mama und du, wir wissen, dass dieses lausige Baguette schuld daran ist. Besser kein Brot als schnelles Brot. Ich hab' die Stimme deines Vaters noch im Ohr. Wirkliches Brot braucht seine Weile. Wie töricht, ausgerechnet an dieser Zeit zu sparen. Was hat der Mensch davon: Bloß aufgeblähtes Nichts und totgebackene Kruste. Dein Vater hätte so etwas erst gar nicht angerührt.

Dein Papa war der beste Bäcker. Der allerbeste. Im Süßen wie im Salzigen hat ihm keiner je irgendetwas vorgemacht. Allenfalls abgeguckt und nachgemacht, allerhöchstens halbwegs passabel nachempfunden. Aber das Letzte lässt sich nicht abschauen, Kindchen. So ein Teig spürt genau, ob er mit der rechten Hingabe geknetet wird. Genau wie unsere Hand spürt, wie gern sie von einer anderen Hand gedrückt wird. Der Teig bleibt lebendig, bis man ihn nach einer letzten, langen Ruherunde in den Ofen schiebt. Ich weiß das, gerade weil ich es nie in meinem Leben geschafft habe, wie er zu backen.»

Zu guter Letzt blieben die Kräuter-Soja-Bouletten und das schlechte Brot, zerbissen und zerkaut, von Speichel, Magensaft und Sekt umspült, an Ort und Stelle. MoGos Eingeweide beruhigten sich. Und erleichtert traute sie sich, zu den anderen zurückzukehren.

Als MoGo an Addi Schmucks Tisch vorbeiging und kurz innehielt, um zum zweiten Mal auf das tintenschwarze Endstück seines mechanischen Aschenbechers zu drücken, bemerkte sie aufsehend, wie Bewegung in den Kreis der munter Schwatzenden und Trinkenden geriet. Die Küppers und eine Frau in einem leichten, sehr eleganten beigen Sommermantel lösten sich aus einer Gruppe. Bis an die Glastür liefen die beiden, die Armbeugen eingehängt, zusammen, dann küssten sie sich zum Abschied auf die Wangen.

Zu spät. MoGos empfindlicher Magen trug Schuld daran, dass sie es versäumt hatte, die Eigentümerin der Allgemeinen, die Gräfin Eszerliesl, aus nächster Nähe zu sehen und im Gegenzug von ihr, falls sie ihr als jüngste Kraft der Redaktion vorgestellt worden wäre, in Augenschein genommen zu werden.

«Wie schade, liebe Monique, dass Ihnen eben – Sie waren leider kurz verschwunden? – die Stippvisite unserer verehrten Eigentümerin entgangen ist. Sie hat es sich nicht nehmen lassen, mir schnell einige Worte zu den Stücken zu gönnen, die ihr unlängst als besonders gelungen aufgefallen sind. Ganz vorne hat die Nase wieder einmal unser Addi Schmuck, wir hatten ja bereits über sein aktuelles Masterpiece gesprochen. Aber hauchdicht dahinter – vielleicht schon auf der Überholspur? – liegt Ihr Bericht von der hiesigen Trachtenmodenmesse. Uneingeschränktes Lob. Ach was, echte Begeisterung! Und dies, obwohl die Gräfin erstmals höchstpersönlich als Schirmherrin dieses Lederhosen- und Dirndlfestivals fungiert. Platz drei ging übrigens an meine Wenigkeit. Die bieder fleißigen Biber im Siebentischwald haben mir tatsächlich die Bronzemedaille eingebracht.»

«Da bist du ja wieder, Süße. Wo hast du denn gesteckt? Unsere Gräfin hatte leider bloß Zeit für ein blitzkurzes Vorbeischauen. Kein halbes Gläschen konnte die Gute mit uns trinken. Geschäfte, Geschäfte! Wichtige Geschäfte, bei denen sie stocknüchtern sein muss. Aber es bleibt doch extralieb, dass sie überhaupt gekommen ist. Jetzt gönn du dir endlich auch ein Häppchen! Ich glaube, du bist mir übers Wochenende noch ein bisschen dünner geworden. Vor allem diese Soja-Boulettchen kann ich dir wirklich arg empfehlen. Beinahe hätte sogar die Eszerliesl zugegriffen.

Und stell dir vor: Eben, als wir uns an der Tür zum Abschied in den Arm genommen haben und tüchtig drückten, hat sie mich zum ersten Mal geduzt. Nach dreißig Jahren, die wir strikt per Sie gewesen sind. Elisabeth soll ich ab sofort zu ihr sagen. Elisabeth! Guck nicht so skeptisch spröde. Nimm dir lieber ein Beispiel: Ab sofort duzt du mich gefälligst konsequent zurück. Sag Elvira zu mir, Süße. Zu lang? Ach, Schätzchen, ein Evi tut es natürlich auch.»

18.

STECHPALME

Die Einfahrt in den Hinterhof war MoGo nie aufgefallen. Immer hatten die Glastür der Bäckerei und deren Schaufenster alle Aufmerksamkeit auf sich gezogen, wenn sie auf der anderen Straßenseite zu zweit vorbeigekommen waren. Und brav an der Hand ihrer Mutter trottend, hatte sie stets fraglos hingenommen, dass diese beteuerte, die Schwelle des Altstadtbackstübchens nicht überschreiten zu können, weil bereits der Duft, der jedem mit dem Aufziehen der Tür entgegenschlage, sie unerträglich innig an ihren verunglückten Gatten erinnere. Arg fest waren ihre kleinen Finger dabei von der mütterlichen Hand zusammengepresst worden, und weil sie befürchtete, ihre Mutter könnte ihrerseits spüren, wie unangenehm ihr dieses Gedrücktwerden war, hatte sie irgendwann damit begonnen, nicht mehr zugriffsnah neben ihr herzulaufen, sobald das Altstadtbackstübchen in Sicht kam, sondern war zwei, drei Schritte zurückgeblieben oder ein Stückchen vorneweg gerannt.

Später, als MoGo unbegleitet in der Altstadt unterwegs gewesen war, hatte eine eigene klamme Scheu sie daran gehindert, das Geschäft zu betreten, in dessen hinteren Räumlichkeiten ihr Vater angeblich das gewesen war, was ihre Mutter einmal, an einem Weihnachtsabend, an welchem sie ein bisschen zu viel Eierlikör zum selbstgemachten Christstollen getrunken hatte, mit festtäglich beschwingter Zunge den einzig wahren Backgott geheißen hatte.

Der Hof war eng. Der Mustang stand dicht an der linken Mauer, das Blech kaum handbreit von deren Verputz entfernt. Auf den ersten Blick war MoGo klar, dass sie besser nicht versuchen sollte, ihn aus dieser Position Richtung Ausfahrt zu manövrieren. Das Schiebetor der Werkstatt war zugezogen. Das einzige Fenster daneben dunkel. Vergeblich klopfte MoGo gegen sein Glas.

«Sie müssen Frau Gottlieb sein, Moni Gottlieb? Sie kommen leider einen Tick zu spät. Der alte Schrauber hat heute früher Schluss gemacht. Vorhin war er noch bei uns im Laden und hat sich was Leckeres in den Feierabend mitgenommen. So wie der Wagen jetzt dasteht, bekommen Sie ihn nur aus dem Hof, wenn Sie seine Schnauze wieder ein Stückchen in die Werkstatt setzen. Ich sperre Ihnen hierfür gleich mal das Tor auf. Wenn Sie wollen, fahre ich Herrn Schmucks Schlitten auch gern für Sie hinaus auf die Straße.»

Der junge Bäcker war aus dem Hintereingang des Altstadtbackstübchens gekommen, um eine Zigarette zu rauchen, und als er nun MoGo die Schachtel hinhielt, griff sie zu und bedankte sich für die Hilfe, die er ihr angeboten hatte. Den Schlüssel für die Werkstatt zog er aus einer Tasche seiner weißen Hose, und nachdem er das Tor aufgestemmt hatte, stand er in seiner fleckenlosen, nur auf der Brust und an den Ärmeln mehlbestäubten Kluft fast anstößig verkehrt vor dem Schlund einer Arbeitsstätte, in der seit Jahrzehnten kein Fleck Beton des Bodens, keine Fliese der brusthohen Verkachelung von öligem Schmutz, von klebrigem Abrieb aller Art verschont geblieben war.

«Für mich wäre das da drinnen nichts. Auch wenn es den ganzen Tag etwas an einem schicken Oldtimer herumzutüfteln gäbe. Teig auf den Fingerspitzen ist doch was anderes als schwarze Schmiere unter den Nägeln. Aber der Wagen von Herrn Schmuck bleibt natürlich ein tolles Ding, gerade weil er bestimmt so alt ist wie wir zwei zusammen. Wer so etwas besitzt, hält es in Schuss. Kann sein, dass der Mustang noch eine Ewigkeit auf seinen Weißwandreifen über die Straßen rollt.»

Später, als MoGo auf dem Weg zum Auskenner am Rosenau-Stadion vorüberfuhr, bemerkte sie ein winziges bleichgelbes Klümpchen, das mittig auf dem oberen Halbkreis des Lenkrads klebte. Der Bäcker hatte zwar eine durchsichtige Folie aus der Bäckerei geholt und über den Fahrersitz gebreitet, um dessen Leder gegen das Mehl, das seiner Kluft anhaftete, zu schützen, aber als er beim schwungvollen Vor- und Zurücksetzen das Lenkrad gepackt gehalten hatte, musste er dieses Bätzlein Teig von einer Fingerspitze, wahrscheinlich von der Daumenkuppe auf das genoppte Leder gerubbelt haben.

Vorher hatte MoGo, eine Filterzigarette lang, mit dem Gedanken gespielt, sich nach ihrem Vater zu erkundigen.

Aber ihr war keine Frage eingefallen, die auf halbwegs bei-
läufigem Wege mehr als zwei Jahrzehnte überbrückt hätte.
Wenn der junge Mann überhaupt etwas wusste, konnte es
nur etwas sein, was ihm von einem älteren Kollegen berich-
tet worden war. Ganz zuletzt, während der Mustang schon
mit laufendem Motor vor dem Eingang zur Bäckerei stand,
hatte er sie noch gebeten, einen Moment zu warten. Als er
zurückkam, hielt er eine Hefeseele, geschlagen in eine Pa-
pierserviette, in der Hand.

«Gruß aus der Backstube. Ist noch warm, innen sogar
bestimmt noch heiß. Verbrennen Sie sich also nicht die
Zungenspitze. Der Chef meint immer, gerade das Salzige
schmecke mundwarm am besten, die Kruste dürfe, da wo
sie aufgeplatzt ist, noch nicht ganz trocken sein. Mundwarm und lippenfeucht! Das sind seine Worte. Unser Altgeselle sagt immer: Der Chef ist halt ein halber Dichter.
Aber das bleibt jetzt bitte unter uns. Verraten Sie mich nicht
an Herrn Schmuck. Die beiden sind, soweit ich weiß, seit
Unzeiten ganz dicke Freunde.»

Als sie in das Wäldchen des Auskenners abbog, hatte
sie sich vorgenommen, extra langsam in den grünen Tunnel
hineinzurollen, womöglich war Monique in der Nähe des
Gittertors unterwegs, und sie traute der ehemaligen Katze
ihrer Mutter durchaus zu, dass diese, halb ortsscheu, wie
sie bestimmt weiterhin war, dem Mustang im Schreck vor
die verchromte Stoßstange springen könnte. Das Tor stand
offen, und weil MoGo an dessen linkem Pfosten dann wirklich Monique sitzen sah, brachte sie den Wagen sicherheitshalber erst einmal zum Stehen.

Den Fuß auf dem Bremspedal, fiel ihr ein, was sie
zurückliegende Nacht von Monique geträumt hatte. Das
Tier war im Fernsehsessel ihrer Mutter gesessen, aufrecht,

nur die Hinterläufe, den schmalen Katzenpo und den bu-
schigen Schwanz auf dessen Sitzfläche gedrückt. Vor ihrer
mokkafarbenen Brust war diese Monique verblüffend fix,
nahezu virtuos mit einem Paar langer Stricknadeln zugange
gewesen. Was sie da Masche um Masche voranbrachte, ließ
sich noch nicht als etwas Bestimmtes erkennen, hierzu war
das bereits produzierte Werkstück noch zu klein.

Das unheimlich geschickte Traumtier schien zu spüren,
dass MoGo wissen wollte, woran es strickte, denn es hob
an, ohne das Nadelspiel zu unterbrechen, unerhört flüssig
zu miauen. Und träumend war MoGo sicher gewesen, erst
vor kurzem in der Allgemeinen auf der Seite «Alltag und
Wissen» gelesen zu haben, dass Katzen ein längeres Laut-
geben nur Menschen gegenüber zeigten und unter ihresgleichen, abgesehen vom Fauchen und Aufschreien der
Paarung, weitgehend stumm miteinander umgingen.

Erst als Monique sich Richtung Halle trollte und
MoGo Schmucks Wagen im Schritttempo hinterherrollen
ließ, kam ihr verzögert in den Sinn, was das Traumgesche-
hen selbst eben noch, in seiner bruchstückkleinen Wieder-
kehr, zu einem kompletten Gruselbild gerundet hatte. Die
dicken Fäden des Strickwerks hatten sich nicht über das
weiße Fell der Vorderpfötchen gezogen, die langen Nadeln
waren nicht katzengemäß zwischen ausgefahrene Krallen
geklemmt gewesen. Stattdessen sorgten sehr glatte, merkwürdig heftpflasterfarbene, kindhaft zierliche Menschen-
hände dafür, dass sich rhythmisch stimmig zum Maunzen
des Katzenschnäuzchens Schlinglein an Schlinglein fügte.

Gestern Abend, als sie nach der Besichtigung des Füt-
terungskarussells noch eine lange Weile vor der Halle bei-
sammengesessen waren, hatte sich der Auskenner danach
erkundigt, wie der Wunsch, für die regionale Zeitung zu

schreiben, in ihr entstanden sei, ob es da irgendeinen An-
stoß, eventuell einen richtigen Startschuss gegeben habe.
Das Gleiche hatte auch Doktor Kischel sie über die Glas-
platte seines Schreibtischs hinweg gefragt, als sie sich das
erste Mal gegenübergesessen waren. Und weil damals genau
diese Frage zu erwarten gewesen war, hatte sie eine halbwegs
originelle, halbwegs glaubwürdige Schwindelei parat gehabt.

Dem Auskenner hingegen hatte sie die Wahrheit verraten.

Die ganzen neun Jahre, die sie wie eine Jugendstrafe
ohne Aussicht auf Bewährung in wechselnden Klassenräu-
men des Gymnasiums abgesessen hatte, war sie Morgen für
Morgen nach chronisch zu wenig Schlaf auf ihren jeweiligen Schulstuhl gesunken und hatte die ersten zwei, drei
Stunden Unterricht wie durch eine geleeartig verdickte
Luft über sich ergehen lassen. Einzig in dem Jahr, in dessen
Sommer sie ihr Barfußrennen laufen sollte, hatte der Montag mit zwei Stunden Sport beginnen dürfen, und die Mittermeier hatte sich als engagierte Pädagogin tüchtig Mühe
gegeben, ihnen allen, ausnahmslos allen, auch den besonders bewegungsunlustigen Mädchen, Beine zu machen.

Einmal, als sie zum Aufwärmen im Kreis durch die
Turnhalle getrabt waren, hatte ihr eine tollpatschige Klassenkameradin übel auf die Ferse getreten. Sie war an den
Rand gehumpelt und sah sitzend, den Rücken gegen eine
Sprossenwand gelehnt, in der Folge zu, wie ihren Alters-
genossinnen die Puste ausging und es nur an wenigen na-
mentlich gezielten Kommandos der Mittermeier lag, dass
ausgerechnet sie, die gerne lief, vorerst die Einzige blieb,
die sich aus dem Nacheinander der engen Runden hatte
absentieren dürfen.

Als Erste verlor dann ihre Wellensittichfreundin das

menschliche Gesicht. Der Antlitzwechsel fiel mit dem Moment zusammen, in dem sie die morgendliche Müdigkeit, die sie vorhin, über den Holzboden der Halle trabend, bereits oberflächlich abgeschüttelt hatte, aus irgendeiner Tiefe wiederkehren fühlte. Sie gähnte, sie musste, wie es ihr in der Turnhallenatmosphäre regelmäßig geschah, so heftig niesen, dass ihr Tränen in die Augen schossen, und als sich ihr Blick wieder klärte, war das Gesicht der Klassenkameradin und Beinahfreundin auf eine Weise ins Tierhafte verschoben, für die es in ihrem bisherigen Wahrnehmen nichts Vergleichbares gab.

Nur ich kann das sehen, hatte sie damals gedacht, nur ich darf jetzt ein einziges Mal erkennen, was diese Mädchen hinter ihren Näschen, Bäcklein, unter ihren Schmollmündern vor mir und vor sich selbst verbergen. Nur für mich drängen die klandestinen Vögel und die heimlichen Echsen nun ins Sichtbare heraus, und nie werde ich jemandem verraten dürfen, wie schrecklich es aussieht, wenn ein zweites Gesicht, starräugig und hartmäulig, das äußere maskendünne Antlitz, die weiche humane Larve von innen durchdringt und Stirn, Wangen und Kiefer verformt, weil alles seinem reptilienhaften Bauplan gehorchen muss.

Der Auskenner hatte genickt, hatte schon zu nicken begonnen, bevor ihr die einstige Verwandlung ihrer Wellensittichfreundin zu einem Satz gerann, und merkwürdig motorisch hielt sein zustimmendes Nicken an, bis ihm von MoGo zuletzt noch anvertraut worden war, welch besondere außersinnliche, dem nackten Denken geschuldete Kraft damals in der Turnhalle, die Schultern an die Sprossenwand gepresst, nötig gewesen war, um den Kopf zu drehen und den Blick auf die Mittermeier und deren Gesichtszüge zu richten.

Jetzt, nachdem sie Schmucks Wagen geholt und sich von einem jungen Bäcker eine Hefeseele hatte schenken lassen, hoffte MoGo einfach, dass sie die alten Knaben in der Spätnachmittagssonne vor der Halle antreffen würde und dass ihr die beiden frischen Kaffee anbieten würden. Aber stattdessen saß eine Frau am Bistrotischchen. An ihrem beigen Sommermantel, einem Kleidungsstück, das sich MoGo wegen seiner bestechend souveränen Eleganz unmöglich am eigenen Leib hätte vorstellen können, erkannte sie auf den ersten Blick, um wen es sich da handelte.

Sie stieg aus dem Wagen und war eben am Überlegen, welche Grußformel nun angebracht sei, als ihr die Eszerliesl mit einem «Sie müssen Monique Gottlieb sein!» zuvorkam.

Damals, im Turnhallenlicht, hatte sie, selig erleichtert, wahrnehmen dürfen, dass zumindest das Gesicht der Mittermeier keine Verwandlung erlitten hatte. Allenfalls kniff die Sportlehrerin die Augen ein wenig stärker zusammen, presste die Lippen ein bisschen fester aufeinander, als sie es sonst schon tat, und bestimmt gelang es ihr insgeheim genau so, den Anblick der rennenden Schülerinnen und alles andere im Feld des Üblichen, im Rahmen des Alltäglich-Erträglichen zu halten.

Wie die Mittermeier muss ich es in Zukunft machen, hatte sie sich damals gedacht, alles sehen, was es am jeweiligen Ort zu sehen gibt, aber das Schauen sogleich mit Vergleichen einzäunen, die behaupten, dass da etwas nur so ähnlich wie etwas anderes scheint, weil es sonst nicht auszuhalten ist, weil es einer Hellsichtigen sonst zuletzt noch passieren kann, dass sich sogar das Spiegelgesicht über den Waschbecken im Vorraum der Turnhallentoilette in eine mienenlos starre Fratze verwandelt.

Die Sonnenbrille der Eszerliesl war so groß, dass ihre

Gläser die Wangenknochen und die halbe Stirn verdeckten, und so dunkel, dass MoGo vergeblich versuchte, des Blicks, der sich mit ihrem Hinschauen kreuzte, habhaft zu werden. Die Eigentümerin der Allgemeinen schien ihrerseits zu wissen, wie dies auf ein Gegenüber wirken konnte, und nahm die Gläser ab.

«Es ist nur wegen dieses grellen Herbstlichts. Wie tief die Sonne mittlerweile nachmittags schon steht! Strenggenommen liegt es natürlich vor allem an mir. Meine Augen sind leider übermäßig reizempfindlich. Und stellen Sie sich vor: In Ihrem Alter hat es bei mir damit angefangen. Mein Arzt sagt, bald, schon in den nächsten Jahren, müsste es wieder besser werden. Das fürchterliche Älterwerden soll zumindest in dieser Hinsicht einen kleinen Vorteil mit sich bringen. Setzen Sie sich doch zu mir. Unser Geburtstagskind war so nett, mir vorhin in der Redaktion bereits das eine oder andere von Ihnen zu berichten. Nur Gutes. Nur das Allerbeste. Ich glaube fast, unsere Elvira Küppers ist ein bisschen verliebt in Sie. Kein Wunder: Ihr Trachtenmoden-Stück war köstlich: Wadenschwung und Busenpracht! Unsere oft allzu brave Allgemeine hat auf Sie und Ihren frischen Biss gewartet. Wie alt schätzen Sie mich, Moni? Ich darf doch Moni zu Ihnen sagen.»

Die Eszerliesl schloss die Augen, reckte das Kinn, rundete die Lippen zu einem Kussmund und hielt still. Ihr Gesicht schien ungeschminkt, die Stirn wirkte dennoch beinahe porzellanen glatt, auch die Wangen, die Mundpartie und sogar der Hals waren nahezu frei von Falten, nur an den äußeren Augenwinkeln hatte sich die Mimik dauerhaft in je zwei kurze Linien eingeschrieben. Und erst jetzt, seltsam verzögert, bemerkte MoGo, dass ihre Hände, die aller Erwartung nach gleich Gesicht und Hals nackt hätten sein müssen, sich in dünnen mattrosafarbenen Handschuhen verbargen.

«Sie müssen mir jetzt gar nicht schmeicheln, Moni. Ich weiß schon selber, dass es gelungen ist. Nur an den Augen wird in Bälde noch ein wenig nachgebessert. Dann wird alles zusammenstimmen. Schauen sie: Ich lächle mal. Und Achtung: So sieht es bei einem richtigen, ungebremst herzhaften Lachen aus: Hin und her. Her und wieder hin. Gerade am Gleiten des Ausdrucks wird eine, die so genau hingucken kann wie Sie, erkennen, dass da ein Könner zu Werke gegangen sein muss.

Dabei ist er noch jung, blutjung. Und auch an der schnöden Peripherie der Schönheit tut er seine Pflicht: Der Arme muss tagaus, tagein im Zentralklinikum wieder leidlich zusammenfügen, was irgendein betrunkener Trottel an einem anderen trunkenen Idioten oder an sich selber demoliert hat. Allein die vielen lädierten Nasen: Arbeit ohne Ende! Rund um die Uhr lebt er dafür. Er wohnt urig bescheiden, gerade mal für Tisch und Stuhl und Bett hat er zuhause Platz. Dazu noch eine klitzekleine Couch, auf der er sich, wenn endlich Feierabend ist, ein Gläschen Rotwein gönnt. Apropos, jetzt könnte ich gebrauchen, was ich mir in der Redaktion nicht gönnen wollte: Elvira Küppers' Lieblingssekt, Rosé halbtrocken, hübsch eisig kühl, für die letzten hitzigen Momente dieses Herbstes, gegen den Durst und gegen all die kleinen und mittelgroßen, alten und neuen Schmerzensfälle.

Moni, falls Sie wissen sollten, wie unsereine in diese finstere Bude hier hineinkommt, machen Sie jetzt bitte kein Geheimnis draus. Dass ich noch immer keinen Schlüssel habe, ist eine Schande. Wenn Männer lieben, dann gute Nacht! Ich hoffe, Sie durften hier, auf diesem ominösen

Gelände, bis jetzt nur die virile Zuckerseite kennenlernen? Unser Sportfreund kann ja, wenn er nur mag, auf seine kauzig verquere Art durchaus charmant sein.»

MoGo hatte sich selbstverständlich gemerkt, wo der Schlüssel versteckt war. Aber die Dankbarkeit, die sie dem Auskenner gegenüber empfand, seit er die Katze ihrer Mutter bei sich aufgenommen hatte, ging Hand in Hand mit der kollegialen Loyalität, die Addi Schmuck von ihr erwarten konnte. Keinen der beiden wollte sie hintergehen. Folglich behielt sie erst einmal für sich, wo der Türschlüssel der Halle zu finden war, und hörte sich stattdessen, verwundert über die eigene Keckheit, der Gräfin vorschlagen, sie könnten sich zusammen ein wenig die Beine vertreten. Es gebe doch diesen Pfad, innen am Zaun entlang. Vielleicht hätte sich, wenn sie nach einer gemeinsamen Runde wieder hier einträfen, jemand an der Tür eingefunden.

Und weil irgendeine Instanz in ihr sich etwas davon versprach, den Weg, den sie mit dem Auskenner gegangen war, nun mit der Eszerliesl in Gegenrichtung zurückzulegen, wies MoGo an die Stelle des Zauns, wo sie gestern bei zwei ineinander verwachsenen Stechpalmensträuchern wieder an der Halle eingetroffen waren.

19.

BIRKE

Die Gräfin ging voran. Mit einem minimalen Nicken und einem trügerisch natürlichen Lächeln ihres kunstreich verbesserten Gesichts hatte sie MoGos Vorschlag zugestimmt, ein ausdrückliches Ja war ihr offenbar nicht nötig erschienen. Jetzt, wo MoGo ihr folgte, fiel ihr das Schuhwerk auf, in dem die Eszerliesl unterwegs war. Es handelte sich um ein Modell, das die Machart klassischer Sportschuhe recht getreu nachahmte, allerdings wiesen das Gold der drei Streifen, die dem schwarzen Wildleder aufgenäht waren, zusammen mit dem seidig glänzenden Knallrot der Schnürsenkel aus der Welt der Fitness in das Reich des Modischen hinüber.

Während sie sich vom Domizil des Auskenners entfernten, kam MoGo der Pfad, den die Militärstiefel des Auskenners als eine Art Weg bestätigt hatten, nun, in umgekehrter Richtung begangen, so fremd vor, als löschte der simple Richtungswechsel jedes mögliche Wiedererkennen. Als sie den Kopf wandte, war der Giebel der Halle bereits hinter der gezackten Linie der Baumspitzen verschwunden.

«Eigentlich müssten Sie die Führung übernehmen. Für das wilde Drumherum, für diese schreckliche Pflanzenüppigkeit werde ich in diesem Leben nicht mehr das rechte Gespür bekommen, selbst wenn er hier hausen bleiben sollte, bis ihm die Bäume in den Himmel wachsen. Sie wissen doch, was für eine hübsche, kleine Wohnung er in der Altstadt hat? Über der Bäckerei, über der einzig wirklich guten unserer Stadt. Seit er mit Sack und Pack hierhergezogen ist – Ende September sind es zwölf Monate –, schaut er dort nicht mehr allzu oft vorbei. Wahrscheinlich bloß noch, um den Briefkasten zu leeren und den Anrufbeantworter abzuhören.

Unsere Elvira Küppers, die genauso lang wie er dabei ist, hat schon vor Unzeiten aufgehört, sich drüber zu wundern, dass er nie abhebt, wenn sie anruft. Aber sie weiß bestimmt nicht, wie selten er im zurückliegenden Jahr überhaupt noch an Ort und Stelle war. Heute bin ich ganz kurz davor gewesen, die Gute endlich in seine veränderten häuslichen Umstände einzuweihen. Ich dachte mir, jetzt, wo sie fünfzig ist, hat sie verdient zu wissen, welche Haken der alte Hase im Gelände schlägt. Aber anstatt sie aufzuklären, hab' ich ihr das Duzen angeboten, und das, obwohl wir drei Jahrzehnte auf dem sichersten Sie-Fuß waren. Ist das nicht irgendwie verrückt?

Moni, wenn mich nicht alles täuscht, sind Sie übrigens

die Erste, die er ans Lenkrad seines Amischlittens lässt. Ich hatte nie die geringste Chance, obwohl ich selber immer große, langschnäuzige Exoten gefahren habe. Mein momentaner Wagen ist auch ein alter Automatik, aber glauben Sie mir, ich hätte seine Karre heute nicht aus der Werkstatt abholen dürfen. Dabei fahre ich besser, als er es je gekonnt hat und können wird. Für Technik, für große Maschinen wie für kleine Werkzeuge aller Art, hat er überhaupt kein Gespür, das geht mit Hammer und Nagel los und endet bei diesen wundervollen Smartphones, die heutzutage doch ein Kindergartenkind bedienen kann. Er hat in jeder Hinsicht die sprichwörtlich linken Hände.»

Die Gräfin war stehen geblieben, und als sie sich umdrehte, hielt sie ihr Mobiltelefon in der Hand. Sie hob es vor die Augen, wechselte zwischen Quer- und Hochformat, trat ein Schrittchen zurück und dann noch einen großen Schritt zur Seite, streckte und winkelte die Arme, streckte sie wieder, wippte auf die Schuhspitzen, war aber offenbar noch nicht damit zufrieden, wie sie MoGo, den Zaun und das schlanke Gehölz ins Bild bekam. Sie hielt sich das flache Ding ganz nah ans Gesicht, fast schien sie die einstige, die herkömmlich gewesene Art des Fotografierens pantomimisch zu spielen, beugte schließlich sogar die Knie, als komme es ihr darauf an, einen Streifen des abendlichen Herbsthimmels miteinzufangen.

Während ihrer drei Jahre an der Universität, in die ungezählte Wochenendnachtschichten im Seniorenstift gefallen waren, hatte MoGos Widerwille gegen ein derartiges Abgelichtetwerden stetig zugenommen. Soweit es sich machen ließ, hatte sie sich dem entzogen, was da nicht bloß bei ihren Altersgenossen, sondern in fast allen Alterskohorten zu einem selbstverständlichen Lieblingstun geworden war.

Sogar ihre Mutter war drauf und dran gewesen, zu diesen Bildermachern überzulaufen. Denn jene Nachbarin, die auch ihre einzige Freundin gewesen war, hatte von ihrem Sohn ein Smartphone zum Fünfundsechzigsten geschenkt bekommen und war bald eifrig dabei, Schnappschüsse ihrer Enkel darauf zu horten.

MoGo hatte ihrer Mutter klipp und klar, ja sogar ein wenig rüde mitgeteilt, sie sei nicht gewillt, ihr die Möglichkeiten eines solchen Geräts zu erläutern und seine Handhabung mit ihr zu üben. Es genüge vollauf, dass sie ihr weiterhin bei allen anfallenden häuslich technischen Fragen, vom Batteriewechsel der TV-Fernbedienung bis hin zum Einstellen eines nur selten genutzten Programms auf dem Display der neuen Waschmaschine, beistehe. Übrigens sei sie herzlich froh darüber, dass die analog aufgenommenen Fotos ihrer Kindheit gerade mal ein einziges dünnes Album füllten. Ein Mehr, ein Danach, ein Später, gar ein Immer-immer-Weiter brauche es wirklich nicht.

Vorsichtshalber hatte sie ihrer Mutter verschwiegen, dass die fraglichen Geräte längst auch im St. Georgen Stift allgegenwärtig geworden waren und die Heimleitung einen wöchentlich stattfindenden Auffrischkurs eingerichtet hatte, in dem sich eine externe Kraft den lieben langen Nachmittag um vergessene Passwörter und andere digitale Kalamitäten kümmern durfte. Auch dem Helikopter-Chirurgen war die um sich greifende Präsenz der neuen Gerätschaften aufgefallen, und wenn er sie nachts an sein Bett rief, fragte er Moni bis zuletzt regelmäßig, ob er sich nicht ebenfalls eines dieser schokoladentafelflachen Funktelefone besorgen müsse, um den Anschluss an den bildlichen Gang der Welt nicht gänzlich zu verlieren.

MoGo war es stets aufs Neue gelungen, ihn in dieser

Hinsicht zu beruhigen. Eine derartige Anschaffung sei nicht zwingend nötig, und es bedeute nichts weiter, dass er sich nicht einmal den Namen dieser Dinger merken könne. Es handle sich nur um eine Mode, ähnlich jenen Videokameras mit Magnetband, von denen er in früheren Jahren – er habe ihr davon erzählt – selbst eine besessen habe. Technische Moden kämen und gingen, das habe er ihr doch mehr als nur ein Mal überzeugend eingeschärft.

«Es will nicht funktionieren, Moni. Es macht nicht dieses Geräusch, dieses hübsche Klick-und-Ritsch. Woran kann das jetzt liegen? Wie schade. Sie sehen so hübsch aus vor den allmählich herbstlich bunt werdenden Bäumen. Vielleicht hat es mit diesem ominösen Netz zu tun. Mein Liebster sagt immer, in der Halle und meist auch rund um sie herum könne ich jede Funkgewissheit glatt vergessen. Ich solle das Ding am besten im Wagen lassen. Er habe es von Anfang an nicht ausstehen können, und mich mache es nur nervös, wenn es dann hier bei ihm nicht tun will, was es anderenorts so unheimlich verlässlich tut. Kann es vielleicht der Zaun sein, Moni? Diese rostigen Maschen? Hat sich da früher, vor Jahr und Tag, irgendjemand gegen irgendetwas, gegen Strahlung und Signale aller Art ein Abwehrnetz gestrickt?»

Die Gräfin ließ das Smartphone in ihrer Manteltasche verschwinden, griff dann ohne Rücksicht auf ihre hellen Handschuhe in das rostige Drahtgeflecht des Zauns und rüttelte so kräftig daran, dass die oberen Kanten der grau verblichenen Planken zuckten.

Wenn MoGo sich recht erinnerte, hatte ihr Addi Schmuck gleich bei ihrem allerersten Ankommen vor dem Tor erzählt, dass der Auskenner die Sichtblende rundum eigenhändig Brett für Brett an den Draht montiert habe.

Aber sie war sich nun in diesem Punkt nicht mehr ganz sicher. Womöglich hatte sich der, dessen richtigen Namen sie noch immer nicht wusste, auf ihrem gemeinsamen Weg rund um sein Gelände selbst gerühmt, für das gesorgt zu haben, was er in Hinblick auf diverse kleinere Säugetiere und die meist fußläufigen Fasane eine faire Umzäunung genannt hatte.

Die Gräfin setzte wieder Schuh vor Schuh, und MoGo zählte ein Weilchen still für sich die Planken, die sie passierten. Selbst wenn sie, weil ihr eine Vogelschau fehlte, die Größe des Grundstücks überschätzte, musste es ein zeitverschlingendes Geduldsspiel bedeutet haben, die Bretter rundum anzubringen. Und falls der Auskenner nicht irgendeine Gratisquelle aufgetan hatte, falls sie nicht wie sein früheres Brennholz aus irgendwelchen Abbruchhäusern stammen sollten, mussten erhebliche Kosten mit der Errichtung dieser Verblendung verbunden gewesen sein.

Linker Hand tauchte eine der alten Ulmen auf. Nun, wo sie das Terrain in Gegenrichtung umrundete, schien MoGo der wuchtige Baum näher am Zaun zu stehen als gestern. Vielleicht hatte es damit zu tun, dass der Auskenner auf diesem Stück ihres Wegs plötzlich zügig vorangestiefelt war und ihr Blick, gezogen von seinem entschiedenen Marschieren, nicht die richtige Muße besessen hatte, das massig gedrungene Gewächs durch das enge Spalier des jungen Gehölzes gebührend zu beachten.

Die Eszerliesl hingegen begann nun, langsamer zu werden, sie hielt sich zudem nicht mehr an die schmale Trampelspur, sondern setzte ihre nobel falschen Sportschuhe schon ein Weilchen in das wadenhohe Gras auf der Binnenseite des Pfades. Sie hielt den linken Arm zur Seite ausgestreckt. Dessen Fingerspitzen streiften die Rinde der Stämmchen, die dem Zaun am nächsten standen, und plötzlich bog sie mit kleinen, aber entschieden schnellen Schritten in das Wäldchen ab.

Später konnte sich MoGo nicht erklären, warum sie selbst erst einmal stehen geblieben war. Sie hatte in diesem Moment sehr wohl daran gedacht, der Gräfin irgendetwas hinterherzurufen, zumindest ein «Moment bitte!», wenn nicht gar ein «Wo wollen Sie denn hin?». Aber beides war ihr ebenso albern wie naheliegend vorgekommen. Die Eszerliesl hatte offenbar plötzlich die Ulme als Ziel vor Augen, und nichts sprach dagegen, ihr einfach auf diesem Abstecher in das Innere des Geländes zu folgen.

Als sie sich schließlich aus ihrem Verharren löste, war die Gräfin nur noch wenige Schritte vom Stamm des angestrebten Baums entfernt. MoGo stolperte über einen vermoosten Birkenstumpf, der bestimmt dem Brennholzmachen des Auskenners geschuldet war. Und wie sie den Kopf wieder hob, sah sie gerade noch den Mantelärmel und die behandschuhten Finger der Gräfin um die Wölbung der Ulme herum verschwinden, fast so, als wollte sich die Eszerliesl hinter dem wuchtigen Solitär vor ihr verstecken.

MoGo kam das Allerweltsspiel in den Sinn, an dem sie sich während ihres Kindergartenjahrs um des lieben Mittuns willen einige Male beteiligt hatte, obwohl ihr die Möglichkeiten, sich im Garten und im Inneren der Einrichtung vor einem suchenden Jungen oder Mädchen zu verbergen, damals nicht sonderlich erfolgversprechend vorgekommen waren. Für dergleichen war sie wohl nie im rechten Alter gewesen. Selbst der hiesige mundartliche Name dieses Spiels kam ihr nun, in der unwillkürlichen Rückschau, lachhaft kindisch vor, und sie vermutete, dass Addi und der Auskenner, so ihr Gespräch zufällig daran gerührt hätte, gewiss ins Englische ausgewichen wären. Hide away, leaving the world behind, hätte einer der beiden, in einen brummeligen Singsang fallend, vielleicht zitiert, um MoGo umgehend für dieses Abschweifen in ihre gemeinsame Altmänner-Marotte um Nachsicht zu bitten.

«Ich komme!», hatte MoGo gerufen und dann noch: «Bitte nicht erschrecken!», als ihre Hand schon an die zerklüftete Borke der Ulme rührte. Ganz langsam war sie um den Baum herumgestapft, weil dessen hohe, brettartige Wurzelansätze eine besondere Achtsamkeit erzwangen. Ein Mal und gleich noch einmal in Gegenrichtung. Aber nachdem sie ein drittes Mal, so schnell es die fast tropisch anmutenden Auswüchse des Stammes erlaubten, um den prächtigen Baum herumgetapst war, musste sie sich eingestehen, dass es der Gräfin offenbar gelungen war, sich nun, wo es im Gehölz zügig dämmrig wurde, so neckisch oder albern wie ein spielendes Mädchen davonzumachen.

20.

BROMBEEREN

Egal, wo die Eszerliesl abgeblieben war, sie mussten wegen
der Begrenztheit des Geländes über kurz oder lang erneut
zusammenkommen. Und weil es MoGo widerstrebte,
nun wieder an den Zaun zu laufen und auf dem bereits
gemeinsam bewältigten Abschnitt des Pfades an die Halle
zurückzukehren, entschied sie sich, die nötige Wegstrecke
abzukürzen und die Behausung des Auskenners direkt anzusteuern. Allzu weit waren sie beide ja nicht gelangt. An
der Richtung konnte kein Zweifel bestehen, gewiss würde
sie, wenn sie zügig ausschritt, nur wenig nach der Gräfin an
der Halle eintreffen.

Wahrscheinlich wäre es hilfreich gewesen, nach der Verschwundenen zu rufen, aber MoGo wollte kein simples «Hallo!» über die Lippen kommen, und ein «Frau von Eszerliesl, wo sind Sie, bitte?» erschien ihr vollends würdelos. Immerhin hatte ihr die Gräfin dieses Versteckspiel ohne Ankündigung aufgezwungen, und MoGo verspürte einen starken Widerwillen, nun auf eine hörbar unbeholfene Weise dabei mitzutun.

«Wer reich ist, muss nicht zwangsläufig ein schlechter Mensch sein, Schätzchen. Unsere Elisabeth von Eszerliesl ist eine ganz famose Eigentümerin. Seit ich mit am Ball bin, seit von meinen damals noch falten- und fleckenlosen Händen zum ersten Mal eine Kolumne unseres guten Addi mit der Elektrischen aufs Papier gerattert wurde, hat sich unsere Gräfin kein einziges Mal in die redaktionellen Belange eingemischt. Wenn es zu so etwas gekommen wäre, hätte ich es mitgekriegt. Sie lässt allen, den feinsinnig edlen Federn wie den eher bodenständig rustikalen, jedmögliche Freiheit.

Aber wir wissen, dass sie die Allgemeine Zeile für Zeile wie mit der Lupe liest. Wer bei uns schreibt, hat das im Kopf und versteht, ohne dass es ihm einer ausdrücklich sagen muss, wie wichtig Frau von Eszerliesl anständige Sätze sind. Unseren Addi hat sie übrigens nach dem Tod ihres Vaters als frischgebackene Alleinerbin zum Blatt geholt. Keiner weiß, was unser Schmuckstück vorher eigentlich getrieben hat. Kischel meint, er sei womöglich nicht viel mehr als ein verbummelter Altstudent gewesen.

Du musst dir vorstellen, Süße, bis heute gibt er jedes seiner Stücke handgeschrieben bei mir ab. Ich bin nämlich die Einzige, die seine grauenhafte Klaue, diese seltsam flachgezogenen Kürzel fließend lesen und zweifelsfrei in den Computer bringen kann. Die allerneuesten Sachen sind übrigens kein bisschen besser oder schlechter als die uralten. Er hat sich nie für eine gängige Mode verkünstelt oder sich bei den nachgewachsenen Lesern angebiedert. Er trifft den Addi-Schmuck-Ton wie im Schlaf. Man könnte meinen, dass es nie einen jüngeren, irgendwie ungeschickten, stilistisch unbeholfenen Addi gegeben hat.

Andererseits: Das, was er wie kein Zweiter kann, muss er doch irgendwo erworben haben. Wird Schreiben nicht gelernt? Gab es ein Vorbild, dem er heimlich nachgeeifert hat. Oder ist deine Evi Küppers in diesem Punkt schlicht auf dem Holzweg. Bin ich naiv? Klär mich bitte auf, falls dir hierzu etwas in den Sinn kommt. Du könntest irgendetwas wissen, Schätzchen. Vielleicht sind du und deine freche Feder für etwas Grundsätzliches das richtige Exempel. Womöglich will unser Addi dich eben deswegen fünf Tage für sich alleine haben.»

Unter dem Laub, das MoGos Füße durchpflügten, waren stachelige Ranken, wahrscheinlich wilde Brombeeren oder irgendein anderes tückisch kriechendes Gewächs. Obwohl sie hierauf achtzugeben suchte, blieb sie regelmäßig hängen, rupfte sich los und dachte daran, dass sich die Gräfin nun irgendwo vor ihr auf ebendiese Weise das todschicke Schuhwerk ruinierte. Linker Hand musste hinter dichtem Gebüsch der Zaun verlaufen, sie konnte ihn nicht mehr sehen, aber bestimmt würde jeden Augenblick der Backsteingiebel der Halle durch die Stämme schimmern, die rund um das Gebäude offenbar besonders nah beieinander hochgekommen waren.

Später, bedenklich später, als sie die Halle endlich sah, als sich deren dunkler First von einem noch immer wolkenlos klaren, aber schon ungut bleifarbenen Abendhimmel abhob, war MoGo bereits drauf und dran gewesen zu glauben, sie liefe nicht bloß in die falsche Richtung, sondern, blöder noch, sie sei in einem Bogen oder gar im Kreis auf dem Gelände unterwegs, dessen Umfang sie gestern mit dem Auskenner abgeschritten hatte, ohne den richtigen Schluss auf seine Ausdehnung zu ziehen.

Sie trat an der Rückseite des Gebäudes ins Freie und sah den neuen Eulenkasten neben seinem Vorgänger hängen. Jetzt, im schwindenden Licht, war der Unterschied gering, allenfalls schien das ältere Gehäuse ein Quäntchen besser zum schmutzigen Rot der Ziegel zu passen. Dennoch mochte sie nicht recht glauben, dass in dem Kasten, dessen Bauplan von der Küppers aus dem Internet gezogen worden war, schon bald ein Nachtvogel nisten würde. Eher hielt sie für wahrscheinlich, dass es ein volles Jahr brauchen würde, bis die Aromen der Fertigung, auch der Geruch ihrer Fingerspitzen auf dem Brettchen unter dem Flugloch, restlos verflogen waren. Das Riechvermögen der meisten Vögel war, wie sie erst vor kurzem aus der Allgemeinen gelernt hatte, weit besser als lange gedacht.

MoGo ging an der Längsseite der Halle entlang und sah, dass die Tür zum Trockenklo halb offen stand. Wenn sie die Eszerliesl richtig verstanden hatte, kam diese regelmäßig hierher auf das Gelände des Auskenners. Wie diese Besuche allerdings mit ihrem Verhältnis zu Schmuck und mit dessen Freundschaft zum Hallenbewohner zusammenhingen, war MoGo nicht recht klargeworden, obschon die Gräfin während ihrer Unterhaltung in der einen oder anderen Hinsicht eine erstaunliche Freimütigkeit an den Tag gelegt hatte.

Vielleicht hätte sie doch ab und an nachhaken sollen. Aber der Eigentümerin der Allgemeinen mit Fragen und

Nachfragen näher, vielleicht ungebührlich nah zu treten, wäre etwas anderes gewesen, als ihr bloß brav nickend zuzuhören. Vorsicht blieb die Mutter aller befristeten Vereinbarungen, auch ihres Beschäftigungsvertrags. Wenn sie sich nun gleich an der Vorderseite der Halle wiedersehen würden, wollte MoGo den Verdruss über das Versteckspiel, das ihr aufgezwungen worden war, für sich behalten und gute Miene zu allem Weiteren machen.

Auch vor der Halle war die Gräfin nirgends zu sehen. Und MoGo raffte sich doch noch auf, mit einem «Hallo, Frau von Eszerliesl?» nach ihr zu rufen. Dann rüttelte sie an der Klinke der Hallentür, klopfte sogar, so fest sie konnte, mit der Faust gegen deren Blech. Drinnen blieb alles stockdunkel, und draußen war das Abendlicht vollends am Vergehen.

Erst jetzt entdeckte sie Monique. Die Katze lag auf der Haube des Mustangs, vielleicht strahlte der Motor noch immer Wärme ab. Das Tier blickte zu ihr herüber, rührte sich aber nicht von der Stelle, als es mit dem Namen gerufen wurde, den ihm der Auskenner zugesprochen hatte. MoGo ging hin, Monique erhob sich auf die weißen Pfoten, buckelte den Rücken und öffnete das Maul zu einem lautlosen Gähnen. Ihre fingergliedlangen Reißzähne schimmerten knochig weiß, der kahle Fleck auf ihrem Kopf kam MoGo im abendlichen Restlicht auffällig geschrumpft vor.

«Kind, Füttern reicht nicht. Man muss auch mit ihr sprechen. Von Anfang an hat sie so gut wie jedes Wort begriffen. Sag irgendetwas. Erzähl ihr einfach, was dir gerade durch den Kopf geht. Aber ich sehe schon, du kriegst den Mund nicht auf. Sei nicht so störrisch. Es liegt bei dir: Du musst nur ernstlich wollen, dann klappt es mit euch beiden.

Ein Jammer, dass ich so spät darauf gekommen bin, mir

ein verständiges Tier ins Haus zu holen. Auch für dich wäre mit einer solchen Wundermieze manches leichter gewesen. Du warst von Anfang an ein sehr spezielles Mädchen. Dass du aus deinem ziemlich durchschnittlichen Muttchen ins Licht hinausgeschlüpft bist! Geschlüpft? Ich mag nicht drüber klagen, aber es war – alles in allem – eine langwierige und schmerzensreiche Arbeit. Dein Vater meinte, du hättest wohl keine besonders große Lust auf die Gefilde unserer Welt gehabt. Ach Kind, du warst schon früh, vielleicht schon damals, die Klügere von uns beiden. Gibt es so etwas, eine grundsätzliche, eine vorgängige Unlust, in diese Welt zu kommen?»

Monique sprang von der Haube. Es war ein kraftvoller, erstaunlich weiter Satz. Und dann trottete die ehemalige Katze ihrer Mutter an den Eingang der Halle. Bestimmt wollte sie gefüttert werden, gewiss hatte der Auskenner mittlerweile etwas Einschlägiges angeschafft. Da drinnen stand es zweifellos für sie bereit.

Die Absicht, sich um Moniques Hunger zu kümmern, ließ das Folgende gerechtfertigt erscheinen. MoGos Hand tastete in die Rille am Türstock und bekam das kalte Metall des Schlüssels zu fassen. Er war ein großes Ding, fast handlang mit einem in drei Zungen geteilten Bart. Wie sie ihn im Schloss drehte, spürte sie kaum Widerstand, als wäre dessen Inneres perfekt gefettet.

«Er mag Sie, Moni. Er mag Sie sogar sehr. Damit verrate ich Ihnen, von Frau zu Frau, natürlich kein Geheimnis. Gleich wie Sie zu ihm in seinen Wagen gestiegen sind, mochte er Sie mehr als nur ein bisschen leiden. Aber wahrscheinlich wissen Sie nicht, was besonders zu diesem Mögen beiträgt. Ich habe es die ganzen gemeinsamen Jahre allenfalls geahnt. Er sagt – Sie werden es nicht glauben! –,

Sie hätten die schönste Nase, die ihm bislang vor Augen gekommen ist.

Hätte ich etwas hiervon gewusst, wäre womöglich meine Planung mit Doktor Feinmiller von Anfang anders verlaufen. Aber vielleicht auch nicht. Feinmiller hat seinen eigenen Kopf, wenn es um unsere Schönheit geht. Falls alles so wird, wie es ihm überdeutlich vor dem inneren Auge steht, werde ich zuletzt aussehen wie meine zwanzig Jahre jüngere Zwillingsschwester. Wie eine Schwester, die ich gar nicht habe, bloß zwei Jahrzehnte jünger. Ist das nicht paradox? Ich glaube, so etwas nennt man wirklich paradox.

Moni, wenn wir unseren kleinen Rundgang beendet haben, werde ich es vor der Hallentür, nein, besser am Gittertor noch einmal mit dem Fotografieren versuchen. Direkt am Tor hatte ich diesen Sommer manchmal sogar Netzempfang. Vielleicht klappt dort auch das Bildermachen wieder. Halten Sie das für möglich? Gibt es zwischen dem fernmündlichen Miteinanderreden und dem Festfrieren von etwas Anvisierten irgendeinen technischen Zusammenhang?»

21.

KÜRBIS

Eingetreten gelang es MoGo nicht, Licht zu machen. Vergeblich tastete sie die Wand rechts und links des Türstocks ab und konnte sich nicht denken, wo ein Bastler und Selberbauer den fraglichen Schalter sonst angebracht haben könnte. Das bisschen Helligkeit, das noch durch die Fenster fiel, umriss die drei kleinen Sessel und den niedrigen Tisch, an dem sie zu dritt gegessen hatten. Und erst als ihr Blick die Küchenzeile, die beiden Edelstahlbecken der Spüle und die Ablage, die bis an den Kühlschrank reichte, entlangfuhr, kam ihr eine Idee, wie sich dieser Raum zumindest ein Stückchen weit erhellen lassen würde.

Sie öffnete die Kühlschranktür.

«Du warst ein Spätling, Kind. Wir beide waren schon zwei Wochen über dem errechneten Termin. Dieser ängstliche Gynäkologe wollte dir mit einem einschlägigen Mittelchen auf die Sprünge helfen. Aber ich habe lieber der Hebamme vertraut, die sagte, solche wie dich gebe es immer wieder. Dein Köpfchen liege perfekt. Bestimmt gehe es in Bälde los. Und sie hat recht gehabt. In der Nacht auf den 20. September hast du dich auf den Weg gemacht, aber wir haben dann noch den halben Vormittag gebraucht, bis alles glücklich hinter uns gebracht war.»

Das Birnchen im Inneren des Kühlschranks war noch ein bisschen stärker als erhofft. Und als MoGo die Katzenfutterdose herausgenommen und die wenigen anderen Behältnisse beiseitegeschoben oder tiefer gesetzt hatte, reichte das Licht über Tisch und Sesselchen hinweg bis an die Planen, die den Raum gegen das weitere Innen der Halle abschirmten.

«Dein Vater war, schon bevor du endlich in den Leuchtstoffröhrenschein des Klinikums gerutscht bist, auf einem Stuhl draußen im Flur fest eingeschlafen. Die Hebamme hat ihn erst, nachdem alles geschafft war, geweckt und zu uns beiden hereingeholt. Bei dir hat es nicht einmal mehr zum kleinsten Krakeelen gereicht, sogar zum Saugen warst du zu erschöpft. Aber geguckt hast du schon damals, wie keine Zweite gucken kann. Das hat dein Vater gleich bemerkt. Seltsam, dass er zu einer Stunde weggeträumt ist, während der er doch normalerweise blitzwach am Brot- und Brötchenbacken war.»

Ohne den Kühlschrankschein hätte MoGo die Handschuhe wohl nicht entdeckt. Sie hingen über der Lehne des Sesselchens, auf dem gestern Abend Addi Schmuck gesessen hatte, und waren denen der Gräfin zum Verwechseln ähnlich. MoGo nahm sie in die Hand und spürte die Versuchung hineinzuschlüpfen. Aber dann klingelte ein Telefon, und wie ertappt legte sie die seidigen Schläuche hastig zurück an Ort und Stelle.

Auch Monique reagierte auf das Läuten. Sie ließ ihr Futter sein, sprang an die Tür, richtete sich an deren Blech auf, wandte den Kopf und miaute ungeduldig, offenbar wollte sie wieder hinaus ins Freie. Und jetzt erst begriff MoGo, dass das Klingeln nicht aus der Tiefe des Gebäudes, nicht von jenem vorsintflutlichen Münztelefon, das der Auskenner ihr gestern gezeigt hatte, kommen konnte. Es schallte aus der entgegengesetzten Richtung, als hielte vor der Halle jemand ein Smartphone in die Höhe, das auf ein derart altmodisches Bimmeln und auf maximal Energie vergeudende Lautstärke eingestellt war.

Draußen in der Nacht wies ihr Monique den Weg. Sie trottete Richtung Auto, machte vor dem linken Vorderrad des Mustangs halt, stellte sich auf die Hinterbeine und begann damit, am Gummi, dort wo ihm der weiße Ring aufgeprägt war, die Krallen ihrer Vorderpfoten zu wetzen. MoGo sah, dass sie beim Aussteigen, mit den Augen und den Gedanken schon bei der Gräfin, die Fahrertür nicht zugeworfen hatte. Der Spalt, der offen stand, war breit genug, um dem Läuten einen Weg ins Freie zu schaffen. Wie sie sich ins Wageninnere hineinbeugte, riss es ab, als hätte es mit ihrem Kommen seinen Zweck erreicht.

Zuerst suchte MoGo in den Türfächern, dann unter den Sitzen, sie öffnete das Handschuhfach und wollte gerade außerhalb des Wagens, vor dessen Tür oder unter deren Schwelle, weiterschauen, als ihr zum ersten Mal eine Ausbeulung der Erhebung zwischen den Sitzen auffiel.

«Kind, nie im Leben hätte ich mir träumen lassen, dass ich hier drüben noch etwas Neues lernen muss. Du weißt besser als jede andere, dass ich in unserer gemeinsamen Zeit nicht viel mehr als den Haushalt am Laufen gehalten habe. Dein Vater hatte vorgesorgt. Nie habe ich zum Geldverdienen in die wilde Welt hinausgemusst. Inzwischen habe ich verstanden, wie brav und diskret du dich bereits als Mädchen um mich gekümmert hast. Durch all die Jahre hattest du mich als häuslich bange Witwe auf dem Hals. Entschuldigung, verspätete Entschuldigung! Zumindest hab' ich dir, wenn du aus der Schule kamst, stets etwas Anständiges zum Essen aufgetischt. Am Wochenende sogar Suppe, Hauptgericht und Nachtisch. Jetzt wäre Zeit für etwas Herbstliches. Zum Beispiel Kürbissuppe! Die hat dir, als du klein warst, wegen ihrer Farbe immer besonders gefallen. Ich seh' dich noch im Teller rühren! Orangensuppe hast du sie genannt. Und ich habe sie wirklich mit frischgepresstem Orangensaft abgeschmeckt.

Kochen könnte ich wohl noch immer. Aber für wen? Kaum warst du ausgezogen, war es mit jeder Freude am Herd vorbei. Ich fürchte, auch hier drüben bin ich mit mir allein. Aber ganz gewiss scheint es mir nicht. Habe ich Hunger? Kein bisschen! Deine Mutter, die so gern Tee und Kaffee getrunken hat, verspürt hier drüben keinen einschlägigen Durst und auch keine Lust auf etwas Süßes.

Dafür merke ich immer dringlicher, was ich soll. Ich muss durch Ausprobieren lernen, wie das gläserne Ding in meinen Händen funktioniert. Inzwischen bin ich mir sicher, dass es nicht nur eine klobig dicke, seltsam durchsichtige Fernbedienung für den alten Fernseher vorstellt. Ganz normal scheint gar nichts mehr zu sein. Aber halb normal, halbwegs gewohnt ist doch das eine oder andere geblieben.

An den Dingen wie an mir. Hoffentlich kannst du nicht sehen, zu welcher Länge meine Fingernägel angewachsen sind. Ich gäbe sonst etwas für einen simplen Nagelknipser. Zum Fürchten, wie das klackert, wenn ich auf die Knöpfchen und die Tasten drücke.

Du würdest wahrscheinlich auf den ersten Blick verstehen, was diese winzigen Zeichen jeweils bedeuten sollen. Dass ich sie ohne meine Lesebrille so scharf umrissen erkennen kann, ist schon ein kleines Wunder. Wenn unsereine urplötzlich wieder so prächtig gut sieht wie in ihren jungen Tagen, macht das Gucken richtig Freude. Jetzt schämt sich deine Mama doch dafür, wie bequem sie es sich Jahr um Jahr ein bisschen mehr im milchig Ungenauen des Älterwerdens eingerichtet hatte.

Das Bildchen ganz oben links zeigt den Hörer eines Telefons, und das daneben könnte einen Lautsprecher bedeuten. Ähnlich wie der, den du in unserem Küchenradio gefunden hast, nachdem du sein Gehäuse aufgeschraubt hattest, weil es fürchterlich zu scheppern anfing, sobald man das Radio lauter drehte. Gerade eben, als ich die beiden Tasten gleichzeitig drückte, wurde der Bildschirm meines Fernsehers, der mir schon eine kleine Ewigkeit nichts weiter als die nächtlich grau gewordene Fassade dieser verlassenen Werkhalle gezeigt hatte, schwärzer als schwarz. Blauschwarz! Ich fürchte, es ist ein rabenfederschwarzer, bläulich schimmernder, leider Gottes sternenloser Himmel, in den deine Mama jetzt bis auf weiteres gucken muss. Kind, falls du mich hören kannst, gib mir doch bitte einen Wink, ein Zeichen oder einen Laut von dir zu mir!»

Auf den Fahrersitz des Mustangs gerutscht, entdeckte MoGo im Schein der Innenbeleuchtung, dass die Erhebung, die den Fußraum zwischen den Vordersitzen teilte, dort, wo sie sich zum Armaturenbrett hin wölbte, eine Markierung aufwies. Ein kleiner Pfeil war in das schwarze Kunstleder geprägt. Sie drückte und schob, sie spürte einen federnden Gegendruck, ein Deckel schnellte hoch und legte frei, was er bis jetzt verborgen hatte.

Sie hob den Hörer der Autotelefonanlage ab. Die Tastatur war in seine konkave Innenseite integriert. Einer, die wie sie nicht allzu große Hände hatte, musste dieser Telefonhörer schon damals, als er, lang vor ihrer Geburt, Teil eines exklusiven Einbaus und dieser womöglich das Neueste vom Neuen gewesen war, wie etwas Ungetümes, wie ein wuchtig dicker Kunststoffknochen in der Hand gelegen haben.

MoGo führte das Ding ans Ohr. Funkstille. Aber als sie es mit der hochgezogenen Achsel gegen die Wange klemmte, als die frei gewordene Rechte den Zündschlüssel drehte und der Motor ansprang, erklang ein Knacken und dann ein anhaltendes Summen. Offenbar stand die vorsintflutliche Anlage nun unter Strom. Das Netz jedoch, an dem solche Geräte gehangen waren und das einst einen raren Weg der Kontaktaufnahme ermöglicht hatte, musste seit Jahrzehnten abgeschaltet sein. Falls nun ein Suchsignal in den Äther hinausging, tastete es zweifellos ins Leere.

Außer der einstigen Nummer ihrer Mutter und der Nummer der Redaktion kannte sie bloß ihre beiden eigenen Ziffernfolgen auswendig. Sie nahm den Hörer auf den Schoß, die schwarze Spirale des Kabels kreuzte ihren rechten Schenkel. Sie studierte das Tastenfeld. Ein einziges der beigen Quadrate zierte ein Symbol, welches ihr in ihrem bisherigen Fernmeldeleben noch nicht untergekommen war: Feine Bogenlinien stilisierten wie Längs- und Breitengrade einen Kreis zu einem Globus, ganz so, als wäre es dereinst mit einem Fingertupfen auf dieses Zeichen in die weite Welt hinausgegangen.

MoGo drückte auf die Erdkugel, gab dann die Ländervorwahl für Deutschland und dazu ihre Mobilfunknummer ein. Als der Hörer wieder an ihrer Wange lag, hörte sie ein Tuten, von rauschigen Pausen getaktet, einem Anläuten ähnlich. Schließlich knackte es, als sei ein Kontakt geschaltet worden. Und dann erklang, getreu und fremd zugleich, was von ihr an irgendeinem Speicherort der derzeitigen Netze hinterlegt worden war: «Moni Gottlieb ist leider momentan nicht zu erreichen. Bitte hinterlassen Sie eine Nachricht nach dem Signalton. Danke.»

«Moni, zerbrich dir nicht den Kopf darüber, warum unser Addi noch nicht vom Tortenholen zurückgekommen ist. An der Theke des Café Himmel ist am Sonntagnachmittag die Hölle los. Sogar ein Addi Schmuck wird unweigerlich ein Weilchen anstehen müssen. Was hat er dir gesagt, als er dich das erste Mal hierher kutschiert hat? Verrat es mir, bevor er wieder da ist. Okay, don't hurry. Muss nicht gleich sein. You can't hurry love, wie diese drei vinylschwarzen Sirenen so schön singen.

Du hast sicherlich schon gemerkt, dass er ein rechter Taschenspieler ist. Er schüttelt etwas aus dem Ärmel des Augenblicks, was er schon vor Jahr und Tag oder erst gestern dorthin gesteckt hat. Natürlich haben ihn umgekehrt die große wie die kleine Zeit am Wickel. Die Luft wird dünner. Längst spielen ihm nicht mehr so viele Kumpane wie früher Neuigkeiten zu. Anders gesagt: Sein Netz hat größere Löcher. Fische oder Vögel, die er früher problemlos gefangen hätte, flutschen ihm inzwischen durch die Maschen. Ich kann mich noch erinnern, wie er – es war einmal, es war einmal! – den Anrufbeantworter fast täglich voll mit

Bitten hatte, sich wegen irgendeiner Angelegenheit zurückzumelden.

Gelegentlich lässt er mich mithören, was da noch hereinkommen ist. Und während wir zusammen lauschen, habe ich dann vor Augen, wie Addi Schmuck sich Ordnung vorstellt: Er hat einen Karton neben dem Telefon stehen, in dem er die besprochenen Kassetten sammelt. Wahrscheinlich kennst du die kleinen Dinger aus durchsichtigem Plastik bloß noch vom Hörensagen. Das unverwüstliche Magnetband, das sich in ihnen vor- und zurückspulen lässt, ist ja längst so gut wie überall von diesen winzigen, vielbeinigen Speichertierchen, deren Namen mir jetzt nicht einfallen will, aus dem Rennen geschlagen worden.

Addi behauptet, die Löschfunktion seines Anrufbeantworters habe den Dienst quittiert, aber ich vermute, dass er es schlicht nicht mehr übers Herz bringt, die eingegangenen Anrufe unwiderruflich ins Nichts zu schicken. Mit Hilfe eurer Redaktionsfee hat er sich deshalb einen Leerkassettenvorrat angehamstert. Aus diesem Internet, wo man angeblich alles obsolet Gewordene wie in einem grenzenlosen Trödeluniversum wiederfindet. Ich hab' sie liegen sehen: Hundert und mehr Kassettchen! Ich wette, die reichen ihm ewig oder zumindest bis zuletzt.»

22.

WEIN

Gerade als sie den Hörer des Autotelefons wieder zurücklegen wollte, fiel MoGo die Mobilfunknummer der Küppers ein. Es klappte dann erst beim dritten Anlauf. Zweimal vertippte sie sich, obwohl ihr die Nummer, wie erneut
von der Redaktionssekretärin vorgesprochen, durch den
Kopf zog. Am ersten Fehlversuch war ein heftiges Niesen
schuld. Beim zweiten Eingeben der Zahlen spürte sie schon
den atemhemmenden Druck im Kehlkopf, der jedem
ernstlichen Allergieschub vorauszugehen pflegte. MoGo
hörte sich keuchen, aber ihr Finger wollte seine Arbeit zu
Ende bringen. Und es gelang.

«Addi? Schieß los: Gibt es etwas, das ich wissen muss? Ich bin ganz Ohr. Addi? Mach jetzt bitte nicht den großen Schweiger. Und schnauf mir auch nichts vor. Das hört sich richtig gruselig an. Deine Bronchien rasseln wie ein Schlossgespenst mit seinen Ketten. Du rauchst einfach zu viel. Addi? Sag bitte endlich etwas, aber erzähl mir nichts von irgendwelchen Bedenken oder Sorgen. Wir wollen nicht klagen. Die Kleine tut doch, was sie kann. Wunder können wir nicht verlangen. Unsere Süße ist auch bloß ein Mensch. Und Warten, Abwarten war und bleibt eine unserer Stärken. Addi? Bist du noch dran?»

MoGo legte auf, bevor ein neuerlicher Niesanfall sie womöglich mit einem allzu persönlichen Prusten verraten hätte.

Der Giebel und die Baumspitzen, die ihn überragten, standen wie aus grauer Pappe geschnitten vor der Schwärze des Himmels. Sie wollte ganz schnell weg. Sie sperrte die Tür der Halle ab und steckte den Schlüssel in sein Versteck. Als sie den Mustang Richtung Eingang zurücksetzte, fiel ihr auf, dass Bodennebel aufzog. Der Rückfahrscheinwerfer war schwach, die kleine Heckscheibe verschmutzt, fast hätte sie übersehen, dass das Gittertor, das bei ihrer Ankunft weit offen gestanden hatte, mittlerweile geschlossen war. Sie sprang aus dem Wagen, fürchtete schon, die Kette wäre, warum und von wem auch immer, während sie mit der Gräfin auf dem Gelände unterwegs gewesen war, angebracht worden, um ihre Abfahrt zu verhindern. Aber das rostige Ding hing bloß am letzten Zaunpfosten.

Die Fahrt nach Hause wurde zur Tortur. Dreimal musste sie anhalten, um sich die Nase so weit freizuschnauben, wie dies noch ging. Während sie durch den Mund hechelte, lief es ihr wässrig auf die Oberlippe. Ihre Augenlider juckten, und die Niesanfälle übermannten sie so jählings, dass ihr drohte, mit unwillkürlich zusammengepressten Lidern wie in einem schwarzen Blitz befangen, von der Fahrbahn abzukommen.

Den Mustang in die Tiefgarage zu steuern, traute sie sich nicht mehr zu, und so stellte sie ihn am Straßenrand ab. Auf halbem Weg an den Eingang des Appartementblocks fiel ihr ein, dass sie vergessen hatte, die Fahrertür zu verriegeln. An den Wagen zurückgekehrt, öffnete sie die Tür und beugte sich hinein, um das Lenkradschloss einschnappen zu lassen. Ihr Blick fiel auf die Folie, die der Bäckergeselle über den Fahrersitz gebreitet hatte, bevor er ihr den Wagen aus dem Hinterhof gefahren hatte. Sie lag zusammengeknüllt im Fußraum des Beifahrersitzes. MoGo zögerte, sie anzufassen, aber dann griff sie doch mit den Fingerspitzen zu. Das mehlbestäubte Ding sollte, auch wenn nicht allzu viel für die aufflammende Vermutung sprach, nicht länger als möglicher Reizstoffspender im Mustang verbleiben.

Während sie die Treppe hochstieg, bereute sie zum ersten Mal, dass sie den Fernseher ihrer Mutter wie irgendein Möbel an «Kram und Krempel» abgegeben hatte. Wie gut es ihr jetzt tun würde, sich rückhaltlos dem Abendprogramm eines Privatsenders auszuliefern. Die schlichteste Quizsendung mit fröhlich grimassierenden Prominenten als Ratekandidaten käme ihr nun gerade recht, und keine der obligatorischen Werbeunterbrechungen wäre ihr zu lang.

«Ach Kind, wie gut ich dich und deine Gucklust jetzt verstehe. Bis zuletzt hat mir unser Kanal A verlässlich durch den Tag, oft genug bis weit in die Nacht hinein geholfen. Und meine Mieze hat, nachdem sie zu mir gestoßen war, von meinem Schoß aus blauäugig mitgeguckt. Vielleicht hat sie das Fernsehen erst bei mir gelernt. Todtraurig, dass ich hier drüben nun keine von euch beiden mitschauen lassen kann.

Selber kriege ich den Blick gar nicht mehr weg von dieser altmodischen Glotze. Gerade weil sich so quälend selten etwas Neues auf ihr tut, hält sie mich ganz in ihrem Bann, ich will und darf keinen der Bildwechsel verpassen. Das ist doch dieser garstige Appartementblock, in dem du wohnst. Noch gar nicht so besonders alt, vielleicht so alt wie du, aber schon elend schäbig. Ich hab' ihn mir nur ein einziges Mal vom Auto aus angeguckt. Entschuldige, das hätte ich damals natürlich nicht für mich behalten sollen. Wo wir doch, auch als du größer und völlig eigensinnig geworden warst, wenn wir uns beide Mühe gaben, auf unsere spezielle Art über fast alles miteinander reden konnten.

Zugegeben: Das richtige Erzählen, das unbefangene Berichten von Gesehenem und Geschehenem, war leider immer eine meiner Schwächen. Das zeitgetreue Hintereinander liegt mir nicht. Dass das eine einfach so auf das andere folgen soll, hat mir jenseits meiner Liebesromane stets Angst gemacht. Die simpelste Geschichte aus unserem Familienleben brachte ich heillos durcheinander, bevor sie an ihr Ende gelangen durfte. Dein Vater konnte es regelmäßig gar nicht fassen, wie ich mich anstellte, wenn es darum ging, das Vergangene zu etwas Gemeinsamem zu schmieden. Er meinte einmal, vielleicht täte eine wie ich sich leichter, wenn sie gleich alles oder zumindest einen guten Teil erfände, anstatt sich mit der Verstörung des Erinnerns abzumühen. Ach Kind, zumindest von ihm hätte ich dir mehr berichten müssen. Achtung: Das Bild ist umgesprungen!»

Als MoGo die Tür ihres Appartements erreichte, sah sie auf den ersten Blick, dass diese nicht ins Schloss gezogen war. Die Treppenhausbeleuchtung war knapp getaktet, gerade wie sie die Fingerspitzen auf den Türknauf legte, wurde es dunkel. Allein der Spalt schimmerte hell. Drinnen in ihrer Wohnung brannte eine Lampe.

Sie behielt die Tür im Auge, während sie das kleine Stück an das Treppenhausgeländer zurückwich. Fast ohne Klicken und Klacken gelang es ihr, das Bügelschloss zu öffnen, mit dem das Fahrrad des Auskenners am Geländer festgemacht war. Sie zog das offene U vorsichtig ab, und gerade als sie es mit seinem kurzen Gegenstück, so leise dies ging, wieder zu einer plattfüßigen Null zusammensteckte, bemerkte sie, dass eines ihrer Nasenlöcher, das linke, frei war.

«Mein liebes Kind, ich weiß, du hast dich viel zu oft alleine wehren müssen. Ich habe nie verstanden, warum dich schon ganz früh größere Kinder so auf dem Kieker hatten. Wahrscheinlich hatte ich als junge Witwe von Anfang an den lieben langen Tag zu viel mit dir gesprochen. Der Kinderarzt – kannst du dich noch an Doktor Hundt erinnern? – meinte einmal, du seist bedenklich frühreif. Weil du mit deinen drei Jährchen schon wie ein Wasserfall geredet hast. Ich glaube, er sagte: Wie die Niagarafälle. Es sei zudem das klarste Wasser, das man sich denken könne. Sätze wie aus einem Buch. So etwas werde leider schon im Kindergarten, später dann in der Schule von den anderen, von den schwächeren Lichtern – auch von manch chronisch schlecht beleuchteter Erzieherin oder Lehrerin – schlimm abgestraft. Und prompt bestehe dann die Gefahr, dass eine ins Gegenteil verfällt, so gut wie nichts mehr sagen mag und ihre Zunge zügelt bis ans grimmige Verstummen.

Oje! Das ist mein altes Fahrradschloss. Die Zwei, zweimal die Null und dann die Neun. Du hast natürlich gleich geahnt, dass die vier Rädchen auf Tag und Monat deines Geburtstags eingestellt sind. Ich weiß, warum du jetzt, den

schweren Bügel in der rechten Faust, an deine Wohnungstür zurückschleichst. Ganz sacht drückst du sie auf. Kind,
dreh um, solang noch Zeit ist! Lauf weg, so schnell du
kannst. Renn diese Treppe da hinunter!»

«Verzeihen Sie mir bitte, dass ich einfach in Ihre vier
Wände eingedrungen bin. Aber als ich vorhin nach Hause
kam, fiel mir auf, dass Ihre Tür nur angelehnt war. Als hätten Sie in der Eile des Weggehens nicht bemerkt, dass Sie
durchsperren, ohne die Tür ins Schloss zu ziehen. Das kann
passieren. Auch bei mir hängt das Türblatt nicht präzis lotrecht in den Angeln. Und hatten wir letztens nicht auch
davon gesprochen, wie ähnlich schlecht unsere Fenster
schließen?

Kurzum, ich habe mir gedacht, ich nehme mir die Freiheit, sicherheitshalber hier bei Ihnen mit zwei Gläsern und
dem Wein, der Ihnen so gemundet hat, zu warten, bis Sie
aus der Redaktion nach Hause kommen. Bevor sich noch
ein ungebetener Gast, womöglich mit diebischen Absich-
ten, zu später Stunde bei Ihnen umsieht. Wir waren uns
ja einig, dass unsere Berufe, jeder auf seine Weise, keinen
rechten Feierabend kennen. Ich sehe, Sie haben Ihr Fahrrad freigeschlossen. Müssen Sie denn noch einmal weg?»

MoGo hörte ein Schnalzen in der Nasenwurzel. Sie holte tief Luft, auch das rechte Nasenloch riss inwendig wieder
frei. Sie fühlte sich wehrhaft, kampfbereit, fast kampflustig.
Doktor Benedikt Feinmiller saß zurückgelehnt mitten auf
ihrem Sofa. Seine Hände umfingen ein Rotweinglas. Der
Unterschenkel seines linken Beines lag auf dem Oberschenkel des rechten. Die Couch war niedrig, der schmale
Glastisch stand recht nah davor. Sie konnte sich gut vorstellen, wie ein bedrohlich andersartiger, ein ins Üble umge-
schlagener Feinmiller auf rutschigen Wollsocken vergeblich

versuchen würde, noch in den Stand zu kommen, bevor ihn das Bügelschloss ihrer Mutter mit gehörig Schwung in den Nacken traf.

«Halt! Ich sehe schon: Sie sind mir gram. Pardon: Ich habe mir zu viel herausgenommen. Darf ich zu meinen Gunsten sagen, dass Ihr Motorroller, fix und fertig repariert, unten in der Garage steht? Sie hatten mir ja erlaubt, ihn an meine Werkstatt mitzunehmen. Ich habe ihn auf dem Rückweg vom Klinikum gleich wieder abgeholt. War gar nicht viel daran zu machen. Nehmen Sie die Reparatur als kleine Ausgleichsgabe für mein, zugegeben, etwas dreistes Hier-drinnen-auf-Sie-Warten. Was den Lackschaden angeht: Die Kratzer sind nicht tief, aber ich würde es dennoch von einem professionellen Lackierer richten lassen. Wenn so ein Schwarz wieder makellos schön sein soll, muss ein Fachmann ran.

Sie wissen ja, unsere humanen Oberflächen und das, was diesen gewaltsam zustößt, fällt in mein Gebiet. Wenn ich Ihnen jetzt erzählte, was mir allein letztes Wochenende vor Augen kam. Sie würden mir nicht glauben, dass Menschen so etwas mit sich anstellen. Vor allem an den Händen und im Gesicht! Manchmal sogar mit ihren eigenen Fingernägeln auf den eigenen Wangen.»

MoGo konnte sich kein bisschen daran erinnern, sich mit Feinmiller über seine oder ihre Berufstätigkeit unterhalten zu haben. Im Gegenteil, sie war sich sicher, dass er am Abend ihres Kennenlernens gleich eingangs vorgeschlagen hatte, eben hierüber nicht zu sprechen. Aber der Umstand, dass er sich, offenbar mit ihrem Einverständnis, um ihren plattfüßigen Roller gekümmert hatte, ließ MoGo an ihrem Gedächtnis zweifeln. Sie hätte Freitagabend nicht so viel von seinem Rotwein trinken dürfen.

«Ich muss Sie etwas fragen, Moni: Ich glaube, ich habe Sie zurückliegenden Samstag, am späteren Nachmittag, auf dem Parkplatz des Zentralklinikums gesehen. Sie saßen allein in einem veritablen Oldtimer, in einem orangefarbenen Ford Mustang, dessen schmuckes Blechkleid Ihnen – darf ich das sagen? – ganz vortrefflich stand. Die Distanz war allerdings recht groß. Das In-die-Ferne-Sehen ist keine meiner Stärken, ich könnte Sie eventuell verwechselt haben. Klären Sie mich doch bitte einfach auf. Aber stoßen Sie vorher noch mit mir an, damit ich weiß, dass Sie mir mein törichtes Eindringen verziehen haben.»

MoGo legte das Bügelschloss auf den Tisch, nahm das Weinglas, das Feinmiller ihr hinhielt, in die frei gewordene Hand. Sie ließen die Gläser aneinanderklingen, und MoGo murmelte noch, um seine Frage nicht unbeantwortet zu lassen: «Ja, das war ich. Wir wollten jemanden besuchen», bevor sie ihr Glas an die Lippen führte, um es, wiewohl dies schrecklich gierig aussehen musste, bis auf den letzten Tropfen leerzutrinken.

23.

SCHIMMEL

Als sie wach wurde, signalisierte ihre Haut ihr, mitten hinein in den ersten, nach dem zuletzt Geschehenen tastenden Gedanken, dass sie in ungewohnt seidig glatter Bettwäsche lag. Sie hielt die Luft an, lauschte, hörte kein fremdes Atmen, wälzte sich auf den Rücken und schlug die Augen auf. Rundum war es stockdunkel, so schattenlos finster, wie es ihr nur einmal, in der allerersten Nacht in ihrem Appartement, widerfahren war, nachdem sie dessen Außenrollläden, von denen sie damals noch nicht wusste, dass sie lichtdicht schlossen, ganz herabgelassen hatte.

MoGo zog die Knie an, ihre Rechte tastete über ihren

Rumpf. Aber es hätte dieser erkundenden Berührung nicht bedurft. Bereits die eigentümliche Kühle, mit der Laken und Bezüge ihrem Körper anlagen, hatte ihr verraten, dass sie nicht den Pyjama ihrer Mutter, dass sie weder dessen Hose noch Jacke, sondern kein einziges Kleidungstück auf dem Leibe trug.

«Kind, jetzt halt dich fest. Hier ist noch einer. Also doch! Ich hab' es kommen spüren. Deine Mama ist hier drüben nicht allein. Hinter mir atmet ein Mann. Er ist ganz dicht an diesen komisch hohen Hocker herangetreten, auf dem ich wie festgehext in einem fort auf meine Fernbedienung drücke. Soll ich mich umdrehen? Weiß gar nicht, ob ich das überhaupt noch kann: die Brust oder zumindest den Kopf zur Seite wenden. Auf meinem allerletzten Bett, das sich, gruselig summend, stufenlos verstellen ließ, bin ich steif wie ein Brett geworden.

Er schnauft mich an. Er pustet mir über dem Blusen-kragen auf meinen Nacken. Und jetzt streicht mir sein Atem seitlich den Hals hinunter. Ist das ein Bart? Oder er hat so lange Haare, dass sie nach vorne fallen und mir ans Ohr und an die Wange rühren. Wenn ich Richtung Schulter schiele, kann ich etwas Graues erkennen. Graue oder asch-blonde Locken?

Jetzt bin ich mir ganz sicher. Gut, dass die Augen deiner Mutter mittlerweile für die Nähe keine Brille mehr nötig haben. Das ist großgewelltes, graublondes Haar. Aber auch falls ihm die schönste Lockenmähne über die Schultern wallt, geht mir sein Andrängen doch etwas zu weit. Eine Frau wie mich muss es, selbst wenn sie holzig fühllos ge-worden wäre, doch stören, dass ihr einer derart hinterrücks auf den Leib rückt. Was will er nur von mir?

Ich könnte ihm anstandshalber offerieren, ein Weilchen

mit mir fernzusehen. Nur um des lieben Friedens willen. Aber womöglich tut er dies längst. Zumindest guckt er in die gleiche Richtung. Genauso brav und konzentriert wie ich, obwohl es gerade fast nichts zu sehen gibt. Nur Schwarz in Grau. Nur Grau in Schwarz. Wie kommen wir am besten ins Gespräch? Ich könnte ihm nachträglich erklären, dass es meine Tochter war, die da auf einer Couch mit einem wirklich attraktiven Mann Wein getrunken hat, während ihre Füße, als wäre nichts dabei, in seinem Schoß gelegen haben. Wahrscheinlich ist das dein einstiger Kollege aus dem St.-Georgen-Stift gewesen. Hab' doch gewusst, dass es irgendwann zwischen euch beiden funken wird!»

MoGo spürte, dass, merkwürdig verzögert, wie mit einem zähen, fast teigartigen Fließen, die Erinnerung in ihr Bewusstsein drang. Dieser Benedikt Feinmiller hatte sie schließlich, hierzu war kein weiteres Glas Wein nötig gewesen, in sein Appartement hinüberkomplimentiert. Er schien dabei in einem fort gesprochen zu haben, zumindest hing ihr der Klang seines Sermons noch immer wie eine Echoschleife in den inneren Ohren. Immerzu redend, zuletzt nur noch murmelnd, schließlich flüsternd war er ans Ziel gekommen. Sein ganz spezielles, wettersinnig virtuoses Repertoire abspulend, hatte er sie hier auf diesen seidig glatten Laken – MoGo konnte sich nun, nach und nach und seltsam separiert, einiger zwischenleiblicher Details entsinnen – zum naheliegend Wesentlichen herumgekriegt.

Sie schwang die Füße über die Bettkante, tastete sich ans Fenster, zog den Rollladen halbhoch. Draußen war es noch dunkel. Aber die Straßenleuchte warf reichlich Licht herüber. Ein Licht, dessen Blaustichigkeit ihr zum ersten Mal in seiner ganzen sterilen Kühle auffiel. MoGo schaute nach ihren Sachen. Alles fand sich feinsäuberlich, genau so, wie es für ein zügiges Anziehen optimal war, auf einen Stuhl geschichtet. Ihr Bettgenosse musste die Kleidungsstücke, während sie schlief, aufgesammelt und in diesem ordentlichen Übereinander abgelegt haben. Benedikt Feinmiller hatte es anscheinend nicht ertragen, ihre Jeans und alles Weitere, halb umgekrempelt und hingeworfen auf das nackte Laminat, nach seinem Wachwerden auch ihr Erwachen abwarten zu lassen.

«Er hilft mir, Kind! Mit seinen Armen hat er um mich herumgegriffen, jetzt liegen seine Finger mit den meinen auf der Fernbedienung. Er hat recht große Hände. Richtige Männerhände. Sie sehen nach Arbeit aus und fühlen sich ungemein kräftig an. Das Muskulöse hat mir – darf ich dir das nachträglich verraten? – immer ein besonderes, ein wohliges und zugleich kitzliges Zutrauen eingeflößt. Dein Vater war herrlich stark. Die Leute unterschätzen leicht, wie ein richtiger, ein wahrer Bäcker hinlangt und zupackt, weil es in einer Backstube schlicht gar nicht anders geht. Dein Vater sagte immer, nur Dummköpfe, nur technische Totengräber überließen den Teig von Anfang bis Ende den mischenden und knetenden Maschinen.

Kind, du bist meine Zeugin: Ich war die treuste aller treuen Witwen. Ich hatte nie auch nur ein zweites Kopfkissen in meinem Bett. Sei bitte gnädig, falls du nun mitkriegst, wie gern ich meinen Rücken gegen diesen Brustkorb drücke. Ich habe die weiße Seidenbluse an, die du mit den anderen schlussendlichen Klamotten dem Bestatter übergeben hast. Wie dünn der Stoff ist. Jetzt, wo er meine Hände über die Tastatur der Fernbedienung lenkt, spüre ich, wie sein Fingerspiel, wie jedes Tupfen und Drücken, über seine Arme in seinem Oberkörper wurzelt. Er hat höchstens ein T-Shirt auf dem Leibe. Oder eins dieser altmodisch gerippten, ärmellosen weißen Unterhemden, die auch dein Vater stets getragen hat. Die Muskeln seiner Brust ruckeln mir den Verschluss des Büstenhalters hin und her.

So schön das ist, ich will mich trotzdem, dir und mir zuliebe, auf die Fernbedienung und auf die frischen Mattscheibenbilder konzentrieren. Du bist schon wieder draußen auf der Straße. Es wird gerade hell. Ich und mein Fernsehapparat und er, wir drei, müssen etwas übersprungen haben. Meine Güte! Ich ahne, was es war. Offenbar kann dieses besondere TV-Gerät sogar diskret sein. Das Bild verwackelt, es hüpft, und schon hast du erneut am Steuer dieses seltsam altmodischen Autos Platz genommen. Wo fährst du hin? Mein starker Helfer flüstert mir ins Ohr. Er sagt etwas auf Englisch. Englisch oder Amerikanisch. Ich glaube, ganz das Gleiche ist das ja nicht? Sogar hier drüben muss sich deine Mutter noch ein allerletztes Mal dafür genieren, dass sie nicht eine einzige Fremdsprache anständig erlernt hat. Na ja, einigermaßen Englisch kann sogar ich. Home? Das heißt doch Heimat. Oder heißt es bloß Zuhause?»

MoGo wusste nicht viel mehr, als dass sie den Mustang loswerden wollte. Und wenn sie sich nicht täuschte, hatte ihr die Gräfin beiläufig verraten, wo ein Briefkasten hing, in den sie nun den Schlüssel werfen wollte.

Vis-à-vis dem Altstadtbackstübchen war eine Lücke zwischen den abgestellten Autos so groß, dass es ihr auf Anhieb gelang, Schmucks Wagen einzuparken. Die Ladenräume der Bäckerei waren schon hell erleuchtet. An der Verkaufstheke kippte eine Verkäuferin Riesenbrezeln aus einem Korb. Und auch im oberen Stockwerk, wo Addi Schmuck angeblich eine hübsche Altstadtwohnung besaß, brannte hinter geschlossenen Vorhängen noch oder schon wieder Licht.

Im Treppenhaus gab es nur zwei Briefkästen. Einer gehörte zur Bäckerei, aus dem Schlitz des anderen quollen, obschon er ungewöhnlich voluminös war, Werbebroschüren, vermischt mit regulärer Post. Einen Namensaufkleber trug das graue Blech nicht. Offenbar wusste der Zusteller auch so Bescheid. Sie bückte sich nach einem Brief, der auf den Boden gefallen war.

«Kind, wir waren kurz weggeschaltet, aber jetzt sind wir wieder ganz bei dir. Ich meine: er und ich. Mir scheint, er kennt sich wirklich aus. Seine Hände wissen, was zu tun ist. Als hätte er mit einem Fingertupfer ein Fensterchen hinein in dein Hingucken geöffnet, konnten wir eben die Adresse, die Anschrift auf dem Briefkuvert in deiner Hand, mitlesen. Den Namen, diesen ulkig knappen Männernamen, habe ich noch nie gehört. Oder womöglich doch? Zumindest solange alles auf dem Bildschirm geschrieben stand, kamen mir die drei Silben kein bisschen bekannt vor. Aber vorgelesen – von ihm ins Ohr geflößt! –, sucht sich so ein Name seinen eigenen Weg ins Kennen und ins Wissen.

Der da hinter meinem Rücken weiß offenbar, was er flüsternd verdoppeln muss. Die Straße und die Hausnummer hätte es aber nicht gebraucht. Solange noch etwas in deiner Mutter rückwärts denken kann, wird sie nicht vergessen, wo dein Papa den Teig geknetet hat, wo er ihn ruhen ließ, wo er die Riesenbrezel zu einer schiefen Acht geschlungen, wo er die Hefeseelen mit den hohlen Händen zu Schiffchen geformt hat, um beides in den Ofen zu schieben und genau im rechten Moment – hierzu brauchte er keine Uhr! – wieder in die Backstubenluft herauszuziehen.»

Als MoGo dann oben, im ersten Stock, vor der Wohnungstür stand, fand sich auch dort kein Namensschild.

Ebenso wenig war eine Taste oder ein Klingelknopf zu entdecken.

Sie klopfte. Sie wartete. Sie klopfte erneut. Sie rief Addis Namen. Sie klopfte noch ein drittes Mal. Sie fragte mit lauter Stimme, ob bei ihm da drinnen alles in Ordnung sei, obwohl ihr dies im Nu so töricht vorkam, als würde sie sich durch die Tür bei einem toten Schmuck danach erkundigen, ob oder inwieweit er noch am Leben sei.

An dem Schlüsselring, den ihr der junge Bäcker gestern ausgehändigt hatte, befand sich außer dem Tür- und dem Zündschlüssel des Mustangs noch ein dritter, der nach Wohnungsschlüssel aussah. Er passte und ließ sich einen Viertelkreis weit drehen, gerade so weit, um zu verraten, dass Schmucks Wohnungstür nicht verriegelt, sondern nur zugezogen worden war.

«Kind, was meinst du, soll ich mich trauen, ihn etwas fragen? Sein Kinn wechselt wieder an meine andere Wange. Inzwischen habe ich begriffen, dass er mir ins linke Ohr ab und an auch englische Wörter murmelt, während er das rechte ausschließlich mit deutschen füttert. Aber zu schönen, hübsch langgeschwungenen Sätzen reicht es noch in keiner Sprache. Es bleibt ein Stichwortgeben. Ich denke, dass er das mit Absicht macht. Wahrscheinlich soll es mir das Verstehen erleichtern, indem es mich belustigt und entspannt. Dank seiner handgreiflichen Hilfe sind meine Finger schon ein Quäntchen schlauer. Mit meiner Fernbedienung verhält es sich anscheinend so: Bestimmte Zeichen- und Zahlenfolgen bedeuten erst eine Wirkung, wenn ich zuletzt, nach dem richtigen Hintereinander, eine bestimmte breite Taste drücke. Mein hiesiger, mein höchstwahrscheinlich allerletzter Mann sagt immer ‹Enter!›, sobald ich den Daumen daraufpressen soll. Enter? Ich glaube, auch das ist Englisch.»

In Addi Schmucks Räumen sah es dann zu MoGos Überraschung ganz ähnlich aus, wie es bis zuletzt bei ihrer Mutter ausgesehen hatte. Fast so, als hätten sich der Sportreporter und die Bäckersgattin vor zwei, drei Jahrzehnten im selben Möbelhaus mit allem zum Wohnen Nötigen eingedeckt und in der Folgezeit kaum Neues angeschafft.

Natürlich roch es anders. Allerdings ganz wie in Addis Wagen nicht nach Zigarettenrauch. Anscheinend verzichtete er in seinen vier Wänden auf die süßlich duftenden Glimmstängel, die er sich in freier Wildbahn oder in anderen Behausungen in einem fort ansteckte. Auch beim Auskenner hatte es gestern Abend noch unverwechselbar danach gerochen. Vielleicht war Schmuck hier, in den eigenen vier Wänden, ein wahrer Weltmeister im Lüften. Alles schien aufgeräumt und sauber. Wahrscheinlich gab es eine Zugehfrau, die in engem Takt nach dem Rechten sah, die wischte und saugte und die vielleicht erst gestern das Bett so akkurat gemacht hatte, dass es mit seinem zurechtgeklopften Kopfkissen und dem strammgezogenen Laken fast nach Hotel aussah.

MoGo war erleichtert und enttäuscht zugleich. Als sie den Kühlschrank öffnete, rechnete sie noch sekundenkurz mit einer garstigen Überraschung, mit etwas Vergessenem und grünschimmelig Verdorbenem, aber die Fächer waren leer und blank.

Auf einem schmalen Schreibtisch stand ein altes Tastentelefon. Der integrierte Anrufbeantworter blinkte orange. Daneben lagen ein Notizblock und ein Bleistift. Sie nahm ihn und malte einen winzigen Kringel auf das Papier: Moni was here!

Der Karton, in dem der Sportreporter laut dem Auskenner angeblich die vollgesprochenen Kassetten sammelte, war, sie sah sich gründlich danach um, nirgendwo zu entdecken. Kurz überlegte sie, ob sie Schmucks Schlüssel einfach neben das Telefon legen sollte, aber damit wäre ihr Eindringen, von dem sie nicht wusste, ob und, wenn ja, wie sehr es Schmuck missfallen könnte, offensichtlich geworden.

«Wo bist du hingekommen, Kind? Du hast uns aufgesperrt. Aber nun sehen wir dich nicht mehr. Diese Wohnung gefällt mir nicht. Bist du auch irgendwo hier drinnen? Hier riecht es ganz schlimm streng. Glaub mir, ich weiß, wovon ich rede. Ich habe inzwischen gelernt, welche drei Knöpfchen ich in welcher Reihenfolge drücken muss, um an die guten wie an die unguten Gerüche ranzukommen. Es ist besonders leicht zu merken: Bloß: Drei, Zwei, Eins. Und dann natürlich: Enter! Es funktioniert nicht immer. Aber gerade eben hat es perfekt geklappt. Puh, mausetote Luft. Dabei steht doch ein Fenster ganz weit offen. Vielleicht hast du es eben aufgestellt, um tüchtig durchzulüften.

Womöglich ist das die Wohnung deines Kollegen aus dem St.-Georgen-Stift. Alleinlebende junge Männer haben oft kein Gespür dafür, wie abgestanden es in ihren Junggesellenbuden mieft. So viel weiß sogar ich über das andere Geschlecht. Aber mein lieber, starker Helfer schüttelt den Kopf und sagt etwas auf Amerikanisch. Birds. Das heißt doch Vögel! Ich weiß, wie es geschrieben wird. Deine Mama und ihr Hausfrauenenglisch kommen noch richtig in die Gänge. Weil ihr so freundlich beigestanden wird!

Oje, jetzt sehe ich die Bescherung. Siehst du es auch? Wie sind die weißen Vögel auf das Bett gekommen. Bestimmt durchs offene Fenster. Sie stehen mit ihren dünnen roten Beinen auf dem nackten Laken. Wer weiß, wie lange schon. Ihre Schwanzfedern kreuzen sich, ohne dass sie dies stören würde, die Flügelansätze rühren gleich Schultern aneinander. Wie schrecklich still und unbewegt sie ausharren. Nur kleine Vögel sind immerzu in Bewegung, die großen verfügen, wenn es nottut, über ähnlich viel Geduld wie wir. Vielleicht sogar über noch mehr. Wenn es doch Tauben wären! Die schmuddeligen Tauben, die ich zeitlebens nie ausstehen konnte, wären mir jetzt mit ihrem Ducken und Ruckeln, mit ihrem Beinah-groß-Sein noch die lieberen Vögel.

Ins linke Ohr wird mir geflüstert, wie Möwe auf Englisch heißt. Ich fürchte, dass ich mir das Wort nicht merken kann. Schon kriege ich es nicht mehr recht zusammen. Ob ich sie zählen soll, ehe das Bild woanders hinspringt? Es sind arg viele. Es sind mir wirklich viel zu viele, um sie auf eine Zahl zu bringen. Das ganze Bett ist voll mit ihnen. Wie starr sie gucken. Fast so, als ob sie schon ewig und drei Tage auf etwas warten würden. Kein Wunder, dass es in der ganzen Wohnung nach ihrem leidigen Geschäftchen, nach ihrem Ausgeschiedenen riecht.

Jetzt fällt mir ein, dein Vater, der ein extrafeines Näschen hatte, meinte einmal: Verdauung rieche unweigerlich nach Tod. Gelegentlich sagte er solche Sachen. Aber speziell diesen einen Satz hatte deine Mutter, die dir damals ja noch die Windeln wechseln musste, sogleich bis irgendwann, bis eben jetzt, ratzeputz vergessen.»

24.

ULME

Erst ganz zuletzt, während sie herumging, um die Lampen, welche bei ihrem Eindringen in Schmucks Wohnung nicht gebrannt hatten, wieder auszuschalten, fiel ihr noch etwas auf. Die Wand, an die das Kopfende von Schmucks Bett gerückt war, hatte eine besondere Bespannung. Mit messingfarbenen Polsternägeln war ein grauer Stoff, gleich einem primitiven Gobelin, entweder direkt auf den Verputz oder auf die im Schafzimmer ansonsten rundum verwendete Raufasertapete geheftet. Über Schmucks Nachtkästchen warf diese feste Kunsthaut eine schiefe Falte.

MoGo knipste das Leselämpchen an. Sie drückte mit

den Fingerspitzen gegen das, was nun, aus der Nähe betrachtet, an eine Zeltplane erinnerte. Erst kürzlich hatte sie etwas Ähnliches gesehen. Ihr Zeigefinger sank tief ein, offenbar war ein Hohlraum dahinter. Vielleicht war mit der Plane eine Nische oder ein aufgegebenes Fenster verborgen worden. Die Falte spannte sich. MoGo fürchte, sie so zu verformen, dass eine Spur ihres Tuns erkennbar bliebe. Sie zog die Hand zurück und schaltete die Nachttischlampe wieder aus.

Unten auf der Straße entschied sich etwas in ihr, in die Bäckerei zu gehen. Vor dem Verkaufsbuffet drängte sich die morgendliche Kundschaft. Die beiden Verkäuferinnen hatten alle Hände voll zu tun. Und MoGo wartete erstmal an einem der hohen Tischchen, die dazu da waren, um im Stehen Kaffee zu etwas Süßem oder Salzigem zu trinken.

«Kind, jetzt hast du uns die Tür dieses Herrn Schmuck vor der Nase zugemacht. Prompt sind wir mit unserem Fernsehbild in seiner Wohnung gefangen, aber ich bin sicher, mein patenter Freund sucht bereits nach einer Lösung. Ich wäre nie darauf gekommen, dass es mit dem Drinnen und dem Draußen zuletzt noch eine so verwirrend verzwickte Bewandtnis haben könnte.

Törichterweise habe mir gedacht, vorbei wäre rundum vorbei: Aus. Basta. Amen. Ab in die Kiste, Deckel drüber, zugeschraubt und zur Sicherheit noch reichlich Erde draufgeschippt. Zu guter Letzt dann noch der Stein mit meinem Namen unter dem Namen deines Vaters, der buchstabendumm auf mich gewartet hat. Hinter jedem Namen zweimal Tag, Monat und Jahr und zwischen den Zahlen dieses viel- und zugleich nichtssagende Bindestrichlein.

Aus, basta, Amen? Pustekuchen: Stattdessen bin ich hier am Fernsehen und lasse mir durch meine dünnste

Bluse den Rücken von Männermuskeln wärmen. Erst vorhin wurde mir klar, wie hoch mein Hocker sein muss. Vielleicht sind seine Beine allmählich, schlau langsam, emporgewachsen, bis ich die richtige Höhe hatte. Richtig für ihn: Gerade so hoch, dass er bequem hinter mir stehen kann und wir uns aneinanderlehnen dürfen.

Soll ich ihn fragen, wie er heißt? Ich glaube, ich muss erst einmal eine Hand vom Glas der Fernbedienung lösen und behutsam nach hinten an seine Hüfte tasten. Ich darf das doch? Kindchen, sei nicht zu streng. Ich spüre, wie du es mir erlaubst. Am besten nehme ich hierzu die Linke. Die rechte Hand soll weiter von seinen Fingern lernen. Sie ist eindeutig die klügere und bravere, während es die linke mehr auf Abwege, hin zu Männern, zieht. Jetzt kann ich endlich zugeben, dass dies schon früher – ach, eigentlich schon immer – der Fall gewesen ist. Leider vor allem bloß in Gedanken. Verzeih, dass ich auf einmal über solche Sachen rede. In meinem Alter! Aber vielleicht ist eine, hier angekommen, zum ersten und zum letzten Mal so alt, wie sie sich fühlt. Will gar nicht weiter drüber grübeln. Erstmal bloß hinfassen und fühlen: Ich glaube, das ist Leder. Aber nicht glatt wie ein Gürtel, sondern Wildleder, weich und aufgeraut von der Hüfte bis auf den Oberschenkel, so weit, wie meine Fingerspitzen Richtung Knie hinunterschlüpfen können.

Du hast mir noch erzählt, dass du darüber schreiben wirst: über dreiviertellange Lederhosen und stramm gezogene Kniestrümpfe, über alle Arten Dirndl, oben eng geschnürt und unten luftig weit. Über den ganzen komisch ordinären Trachtenkram. Dein Redakteur hatte dir reichlich Platz hierfür versprochen. Und stolz hast du es deiner Mutter noch weiterberichtet, obwohl du, den Po halb auf der Kante meiner Klinikbettstatt, annehmen musstest, dass ich nicht mehr allzu viel von deinem Reden mitbekomme. Irrtum! Gehört hat deine Mutter bis in ihr finales Schnaufminütchen ziemlich gut.»

MoGo kostete den alles andere als üblen, den vor allem wohltuend starken Backstübchenkaffee. Dazu hatte sie sich eine der frischen, warmen Hefeseelen geben lassen. Aber noch war ihre Kehle nicht bereit, auf etwas Abgebissenes und Kleingekautes umzuschalten. Schlückchen für Schlückchen, beide Hände um den heißen Kaffeebecher, merkte sie plötzlich, dass ihrem Mund, ihrer Zunge und ihren Fingerspitzen der Körper ihres Nachbarn nachhing. Benedikt Feinmiller hatte sich von seinen Hüften bis hinauf an seinen Nacken sehr fest, auf eine zwingende Weise kompakt angefühlt, als wäre alles an ihm aus einer durch und durch homogenen Substanz, aus einem Kunststoff, einem besonderen Silikon gegossen worden.

Er hatte keine Sekunde nachgelassen. Er wollte einfach nicht in Keuchen oder Stöhnen wortlos werden, sondern hatte gemurmelt und geflüstert, zunächst noch klar verständlich, dann irgendwann so raffiniert vernuschelt, als hätte er ein untrügliches Gespür dafür, wo die Grenze der klaren Artikulation verläuft und jeder Satz sich allenfalls noch halbwegs erraten lässt. Mit den Zehenspitzen war sie an seinen Waden entlanggefahren, um nachzuprüfen, ob er sich auch seiner wollenen Strümpfe entledigt hatte, und hatte erleichtert warme, glatte Haut gespürt.

Weil die Verkäuferin zu ihr herübersah, wies MoGo auf ihren Becher, um einen weiteren Kaffee zu ordern. Sie konnte sich nicht entsinnen, zu welchem Ende es auf Feinmillers seidig kühlen Laken genau gekommen war. Und sie wunderte sich darüber, wie natürlich, fast tierhaft stimmig ihr das Fehlen einer solchen Erinnerung nun vorkam. Als sie die Hände um das Porzellan des zweiten Bechers legte, merkte sie, dass er noch heißer als der erste war. Dennoch musste sie sogleich, bereits während der Schritte von der Theke zurück an ihr Tischchen, nippen und schlürfen, so unvorsichtig, dass ihr Gaumen taub vor Hitze wurde.

«Kind, ich habe mich getraut und ihn gefragt, aber er meint, mit unseren Namen, mit seinem wie mit meinem, habe es noch Zeit. Du wüsstest schließlich auch nicht, wie er heißt. Er sagte eben: Slow down, you move too fast! Eins nach dem anderen, Mädchen. Jetzt raunt er mir ins Ohr: You've got to make the moment last. Das reimt sich. Das reimt sich doch! Das klingt beinahe wie gesungen. Du hast dir Lieder, die aus unserem Küchenradio kamen, schon nach zwei-, dreimal Hören Wort für Wort merken können. Und kaum dass du in der Schule Englisch hattest, warst du schon munter am Übersetzen. So schnell, so selbstgewiss und flüssig, dass ich manchmal argwöhnte, du schwindelst deiner in ihrem Deutsch befangenen Mutter etwas vor.

Wie als Ersatz für den Namen, den er mir noch nicht verraten mag, habe ich gerade etwas anderes erfahren: Der Fernseher sei sein alter Apparat. Speziell für uns habe sein brüderlicher Sportfreund das Gerät hierhergeschafft. Ja, extra für uns wurde der Apparat aus der Vorderwelt, weg von über hundert möglichen Filmen, hierherbugsiert.

Sportfreund und Vorderwelt? Ehrlich gesagt, verstehe ich kein bisschen, wen und was er damit meint. Aber das Wildleder und seine Locken, seine Lippen und wie er mittlerweile, wenn er die Wange wechselt, ganz zart – entschuldige! – an meinem Nacken knabbert, das alles fühlt sich derart fürchterlich gut an, dass ich einfach so tun muss, als ob ich ihn verstünde.»

MoGo bezahlte. Und als sie zum zweiten Mal vor Schmucks Wohnungstür anlangte, hielt sie die erkaltende Hefeseele in der linken, Schmucks Schlüsselbund in der rechten Hand. Erneut eingetreten, spürte sie ein kühles Wehen auf den Wangen und sah sich deshalb nach einem Fenster um, das mittlerweile aufgegangen sein könnte. Alle waren geschlossen, aber im Schlafzimmer des Sportreporters entdeckte sie etwas, was mit dem Durchzug zusammenhing. Die graue Wandbespannung hinter dem Bett hatte sich dort, wo sie vorhin über dem Nachtkästlein eine schlaffe Falte geworfen hatte, zu einer Beule aufgebläht.

MoGo ging in die Küche und fand in der ersten Schublade, die sie aufzog, gleich mehrfach, was sie suchte. Sie hatte die freie Wahl unter Schmucks großen und kleinen Messern. Sie entschied sich für ein langes, dessen Klinge sich zur Spitze hin verjüngte. Ein Messer dieser Art hatte ihre Mutter stets zum In-Scheiben-Schneiden eines Bratens benutzt. Erst am Freitagabend hatte MoGo das fragliche Exemplar in ihrer Appartementküche zu ihrem einzigen größeren Messer gelegt.

Jetzt prüfte sie die Schärfe der Schneide mit dem Daumen, und als sie in Schmucks Schlafzimmer neben sein Bett trat, war klar, dass sie ein taugliches Werkzeug in der Hand hielt. MoGo stach zu. Sie stach die graue Blase auf. Gleich einem von Muskeln angespannten Gewebe, wie eine aufgeschlitzte Haut, klaffte die Plane zu einer ovalen Öffnung auseinander.

«Kind, da bist du wieder. Du bist also zurückgekommen. Ich glaube, hier drüben geht es mit den Dingen, zumindest mit ihren Fernsehbildern, immer ähnlich weiter: nicht stetig, sondern in Sprüngen. Mit ein bisschen Glück im Glas hüpft alles in einem weiteren satten Satz voran.

Hopp und wieder hopp! Du legst ein Messer – es ist ein prima Bratenmesser – und eine Hefeseele auf dem Nachttisch ab, damit deine freien Finger den Schlitz in diesem grauen Stoff weit auseinanderreißen können.

Ritsch, ratsch! Schau einer an: Dahinter ist also ein Fenster. Ich kann seine schmutzige Scheibe erkennen, obwohl das Glas bis an die obere Rahmenkante zugewuchert ist. Der Topf steht auf der Fensterbank, aber die Wurzeln der Pflanze haben seinen Ton samt der Glasur gesprengt und sind ins weiß lackierte Holz gedrungen. Wir wissen beide, mit wie wenig Wasser so ein falsches Bäumlein auskommt. Das Exemplar hier saugt sich wahrscheinlich längst aus der feuchten Mauer, was es zu seinem heimlichen Gedeihen braucht. Unseren Pfennigbaum hast du als Mädchen aus der Küche an dein Kinderzimmerfenster umgestellt. Erst als du ausgezogen warst, habe ich das Gießen notgedrungen wieder übernommen. Money tree! Natürlich gibt es für alles, auch für jede Zimmerpflanze einen englischen Namen. Ich glaube, das hier sind Blütenknospen. Ich habe gar nicht gewusst, dass so ein Gewächs auch blühen kann.

Die beiden Polizisten haben am späten Nachmittag an unserer Wohnungstür geklingelt. Ich wusste gleich, noch ehe sie es sagten, dass dein Vater verunglückt war. Sie sagten: gegen einen Baum. Ich glaube, sie sagten damals: gegen einen großen Baum am Straßenrand. Sie sagten: Flughafenstraße. Ich wusste, wo das ist. Aber ich bin nie, in keinem unserer späteren Jahre, hin, um nachzugucken, ob es auf seiner Rinde noch Spuren des Zusammenpralls zu sehen gab.

Jetzt meint mein Freund, schuld gewesen sei eine urig alte Ulme: Ihr Stamm habe das Auto angesaugt. Denn leider sei der Wagen deines Papas schwarz gewesen. Still für sich zähle der Baum die schwarz lackierten Fahrzeuge. Alle, sogar die schwarzen Fahrräder würden mitgezählt. Jedem Tausendsten geschehe dann ein Missgeschick. Zum Glück in der Regel nur ein kleines: Meist bleibe es bei einem von den Händen unwillkürlich korrigierten Schlenker oder einem ganz kurzen, vom Fahrer gar nicht wahrgenommenen Rutschen der Reifen auf glitschig feuchtem Laub.

Mein Freund behauptet, noch heute stehe die stur zählende Ulme dort, von wo es damals viertelsekundenlang, dumpf und blechig schrill zugleich zu ihm herübergeklungen habe. Ja, seine armen Ohren seien die allerersten Zeugen des Geschehens gewesen, dessen Ergebnis seine armen Augen dann – er sei, so schnell er konnte, an die Straße hinausgerannt – vor den Augen anderer sehen mussten.»

Hinter der Plane, die sie mit Schmucks Bratenmesser aufgestochen hatte, fand MoGo nichts weiter als ein schlichtes, kahles, von außen stark verschmutztes Fenster. Es war gekippt. Die breite, weiß lackierte Fensterbank war leer bis auf den flach und grau gewordenen Kadaver einer Möwe. Deren Äuglein waren geschlossen. Ihr weit aufgerissener Schnabel offenbarte das glanzlos gewordene Orange der Kehle. Anscheinend hatte sich der Vogel irgendwann durch den handbreiten Spalt am oberen Rand des Rahmens hereinverirrt, es aber nicht mehr auf demselben Weg hinausgeschafft.

Sie nahm die Hefeseele von Schmucks Nachtkästlein und biss endlich hinein. Das Backstück schmeckte genau so, wie es für ein erinnerndes Empfinden schmecken sollte. Der Teig war nicht tot. Die braven Gesellen ihres Vaters wahrten die Tradition. Sie sorgten weiterhin dafür, dass die elastisch zähe bleiche Masse von Backstück zu Backstück am Leben blieb.

25.

WEIZEN

Erst als sie erneut unten auf der Straße stand, entschied sich MoGo, Schmucks Schlüssel im Altstadtbackstübchen abzugeben. Die Verkäuferin, die sie deswegen ansprach, bat um einen Moment Geduld. Nach einem Weilchen kam sie mit einem kleinen älteren Mann in weißer Kluft wieder nach vorne in den Verkaufsraum. Der Bäcker meinte, das gehe selbstverständlich so in Ordnung. Herr Schmuck habe es in den letzten Jahren immer mal wieder arrangiert, dass eine seiner jungen Kolleginnen den Mustang abholen gekommen sei, beziehungsweise den ausgeliehenen Wagen zurückgebracht habe.

Die Schlüssel waren eben dabei, aus ihren in seine mehlbestäubten Finger hinüberzuwandern, als MoGo einen elektrischen Schlag verspürte. Durch das blanke Metall ging eine Ladung über auf ihre Hand, oder es strömte eine solche in Gegenrichtung. Beinahe wären ihnen Schmucks Schlüssel entglitten. Der Bäcker, vielleicht jener Altgeselle, von dem sein hilfsbereiter junger Kollege gestern gesprochen hatte, lächelte verlegen, offenbar hatte er im selben Moment das Gleiche oder zumindest etwas Ähnliches gespürt.

«Entschuldigen Sie, bitte. Das kommt von einem unserer Öfen. Von unserem ältesten, der ohne Zeitschaltuhr und ohne jedes andere schlaue Extra weiterhin der beste ist. Hinten bei uns sind wir es längst gewohnt. Üblicherweise holt sich ein jeder seinen Stromschlag erst gegen Mittag, meist an der Türklinke zum Klo. Es dauert immer einige Stunden, bis sich genügend Spannung aufgebaut hat. Uns beide, Sie und mich, hat es ganz ungewöhnlich früh am Tag erwischt. Und gleich besonders heftig. Womöglich spielt das Wetter eine Rolle. Mein Chef hat früher immer gemeint: Ein guter Ofen ist genauso wetterfühlig wie ein feinsinniger Mensch. Na, noch einmal: Pardon!»

Erst eine Straßenecke weiter, auf dem Fußweg nach Hause, dämmerte MoGo, dass sie gerade eine günstige Gelegenheit ungenutzt hatte verstreichen lassen. Der Bäcker wäre wahrscheinlich bereit gewesen, sich an das eine oder andere, was ihren Vater anging, zu erinnern, sofern es da überhaupt viel, das über die tägliche Arbeitsroutine hinausgegangen war, bis heute zu erinnern gab.

«Um Gottes willen, Kind, da war er eben! Ich habe ihn durch seinen Altgesellen, durch den kleinen Schorsch hindurch, gesehen. Gerade als eure Finger aneinander rührten, als ihr gleichzeitig zurückgezuckt seid und die drei Schlüssel an ihrem Ring damit beschäftigt waren, von oben nach unten durch meinen Fernseher zu stürzen, schimmerte dein Vater durch die weizenmehlweißen Klamotten seines liebsten und besten Gesellen. Er steckte in ihm drin! Er füllte ihn aus. Und weil er der deutlich Größere und auch etwas Breitere gewesen ist, ragte er rechts wie links und oben über Schorschs Leibumriss hinaus. Nur kurz, aber doch lang genug. Gerade mal so lange, wie die Schlüssel, die ihr nicht halten konntet, brauchten, um den Boden zu erreichen.

Das geht zu weit. Der arme Schorsch! Womöglich trägt er deinen Vater zumindest dort, wo der älteste Ofen hitzig weiterwirkt, stets genau so in sich und um sich herum spazieren. Was zu weit geht, geht zu weit. Auch wenn er ein wahrer Backgott und dazu ein prima Chef gewesen ist, darf er nicht inwendig in einem anderen übrigbleiben.

Mein neuer Freund versucht, mich zu beruhigen. Er meint: Don't worry, baby! Ja, ich verstehe das. Ich weiß sogar, wie dieses Worry geschrieben wird: mit Ypsilon am Ende. Genau wie dieses Baby auch. Aber ich mag mich nicht beruhigen. Er sagt, Schorsch spüre nichts davon. So etwas tue meist nicht weiter weh. Allenfalls ein bisschen schummrig könne einem in bestimmten Momenten werden. Schorsch sei beileibe nicht der Einzige, der einen Früheren in sich trage. Das lasse sich beweisen. Es brauche hierzu nur einen kommoden alten Fernseher wie diesen hier, schon würden Jacke wie Hose, die Haut, danach das Fleisch, zuletzt sogar die Knochen hinreichend transparent, und man sehe, ob irgendeinem irgendein anderer innewohnt. I'm looking through you. Mein Englisch wird mir unheimlich. Kann es sein, dass du mir inzwischen – über diese gläserne Fernbedienung? – etwas von dir, von deinem Wort- und Satzschatz zuspielst?

Ach Kind, mein liebes Kind, ich mag es nicht mehr für mich behalten: Ich glaube, ich bin nicht unschuldig daran, dass dein Vater eben mir nichts, dir nichts in den armen Schorsch geschlüpft ist. Ja, ich bin schuld. Zumindest mitschuldig. Weil ich damals, als es an mir gewesen wäre, zu feige war.

Obwohl der Bestatter meinte, sie hätten sein Gesicht ganz ausnahmsprächtig hinbekommen, er sehe aus, als wäre er dabei, sich nichts weiter als ein wohlverdientes Nickerchen zu gönnen, habe ich es nicht geschafft, mir deinen Vater noch einmal anzugucken. Inzwischen weiß ich, dass mein Vermeiden ein Riesenfehler war. Ein langes letztes Anschauen des restlos kalt gewordenen Gesichts ist wichtiger als jeder Abschiedskuss auf laue Lippen. Du hast es richtig gemacht und geduldig wie eine Indianerin am Bettrand bei mir ausgehalten, hast mir die Hand gedrückt, mir nicht nur übers Haar, sondern übers ganze Gesicht gestrichen und dabei mit den Fingerspitzen sicherlich verstanden: Noch vor den Händen werden die Wangen und die Lider herbstlich kühl.»

MoGo erwischte eine Straßenbahn. Es waren nur zwei Stationen bis zu ihr nach Hause, also blieb sie stehen, schaute hinaus und spürte von den Kniekehlen bis an die Augäpfel, wie die Beschleunigung die Fassaden und die Passanten zuerst auf sie zuschob, um sie dann, nach einem ruckeligen Umschlag, hinterrücks von ihr wegzuziehen. Sie merkte, wie sehr sich etwas in ihr danach sehnte, einen ihr mehr oder minder bekannten Menschen, irgendeinen harmlosen hiesigen Zeitgenossen, draußen auf dem Trottoir zu entdecken und ihm für eine gleitende Fahrsekunde, ohne selbst bemerkt zu werden, die morgendliche Miene abzulesen.

Ihr einstiger Nachtschichtkollege wäre ihr gerade recht gewesen. Sie wusste, dass er in der Nähe wohnte, und auch die Stunde kam in etwa hin. Gut möglich, dass er jetzt da draußen, todmüde und nach viel nächtlichem Kaffee zugleich hellwach, befangen im Gespinst der üblichen Gedanken, auf seinem Heimweg war.

Noch lieber wäre ihr jedoch die Mittermeier, zusammen mit einem Hund, den diese als Pensionärin besäße und der beizeiten ins Freie müsste. MoGo stellte sich einen ausgewachsenen Mischling vor, einen riesigen, dickfelligen Rüden, den die Mittermeier, da er seiner Größe und seines Alters wegen so gut wie unvermittelbar gewesen war, aus einem Zwinger des hiesigen Tierheims erlöst hatte. Mit diesem Tier spräche sie so klar und Respekt einfordernd, wie sie einst zu ihren Schülerinnen gesprochen hatte, und das zottige Ungetüm gehorchte ihr, anders als MoGos ehemalige Klassenkameradinnen, nicht launisch widerwillig, sondern hingebungsvoll aufs Wort. Gewiss stand er im Nu bei Fuß, wenn sie ihn barsch zu sich zurückrief, weil er, jagdlustig wie ein junges Tier, unter pickende Tauben gefahren oder laut kläffend einer aufflatternden Krähe hinterhergerannt war.

Doch stattdessen widerfuhr MoGo eine Wiederbegegnung anderer Art. Aussteigend erfasste sie an der Peripherie ihres Blickfelds unter denen, die an ihr vorbei in den Straßenbahnwagen drängten, ein Gesicht, das ihr erst unlängst vor Augen gekommen war. Und wie sie sich auf dem Gehsteig umdrehte, gelang es ihr mit einem gezielten Hinschauen, den Mann in den für ein Erinnern nötigen Zusammenhang zu bringen.

Er war es. Er schien es zweifellos zu sein. Und an der Art, wie er über die Schulter zurückschaute und sich dann wegdrehte, glaubte MoGo zu verstehen, dass er seinerseits gezwungen war, sie wiederzuerkennen.

«Kind, wir haben leider momentan kein Bild von dir vor Augen. Und doch hab' ich gemerkt, wie arg du erschrocken bist. Bis auf die Haut der Knochen. Dabei bist du, anders als ich, so gar nicht ängstlich schreckhaft. Wer dir, womit auch immer, Furcht einjagt, muss damit rechnen, dass du versuchst, den Spieß umzudrehen und dessen Spitze auf sein tückisches Herz zu richten. Mehr als nur einer, der meinte, sich mit dir anlegen zu müssen, hat zu seiner Überraschung gemerkt, dass mit dir, meiner stillen, scheinbraven Tochter, im Ernstfall nicht gut Kirschen essen ist. Ich habe nicht mitgezählt, mit wie vielen Lehrern du dich während deiner Schulzeit wegen einer kleinen Ungerechtigkeit bis aufs Blut gestritten hast. Sei bitte nicht allzu empfindlich, wenn dir jetzt ein Redaktionskollege krumm kommt. Es ist vielleicht gar nicht so erzbös gemeint, wie es aufs Erste scheint.

Da bist du wieder! Mein Freund hat ein Gespür für dich. Er hat dich via Fernbedienung aufgestöbert. Du bist schon fast bei dir zuhause. Offenbar hast du die Straßenbahn genommen. Aber warum stehst du jetzt da wie festgehext und guckst ihr hinterher?»

MoGo widerstand der Versuchung, der Bahn nachzurennen. Sie wusste, wie weit die nächste Station entfernt lag. Und selbst wenn es möglich gewesen wäre, die Straßenbahn dort einzuholen, und sie den Greenkeeper in dieser hätte stellen können, wäre ihr wahrscheinlich nicht eingefallen, mit welchen Worten er worauf festgenagelt werden müsste. Selbst wenn das Erklingen seiner Stimme ihr vollends Gewissheit gegeben hätte, ein simples «Sie müssen mich verwechseln, junge Frau!» hätte genügt. Was nicht sein konnte, durfte wohl nicht sein.

Der Arzt, zu dem sie von der Küppers am Vormittag nach ihrem Rollerunfall geschickt worden war, hatte ihr nicht bloß eindringlich geraten, fünf Tage schlichtweg nichts zu tun. Er meinte zudem, sie stand schon an der Tür, mit einem fast komplizenhaften Lächeln:

«Ein kleiner Tipp, ganz unter uns: Behalten Sie den Verlauf ihres Bewusstseins im Auge. Wenn etwas ernstlich erschüttert ist, schlägt sich das unweigerlich im Gang unseres Mit-uns-selber-Redens nieder. Falls Ihnen also auf der Vorderbühne ihres Dachstübchentheaters etwas ungewöhnlich vorkommt, wenn da etwas stockt oder gar hängt, beziehungsweise plötzlich manisch oder wie falsch souffliert über die Bretter schwadroniert, welche unsere alltägliche Welt bedeuten, dann schauen Sie bitte umgehend noch einmal bei mir vorbei. Und nicht vergessen: Besorgen Sie sich einen besseren Helm!»

Tags darauf hatte MoGo einen neuen Kopfschutz erstanden, der besonders die Nase vor Sturzschäden bewahren sollte. Aber weil ihr Roller plattfüßig in der Tiefgarage gestanden hatte, war das sündteure Ding nicht zum Einsatz gekommen. Aufbrechend oder heimkehrend, hatte sie seinen großen grünen Karton so oft im Flur neben dem Telefonschränkchen stehen sehen, dass der ihr irgendwann wie ein Stück Mobiliar nicht mehr eindrücklich aufgefallen war. Doch als sie nun die Tür ihres Appartements zuzog, musste sie erkennen, dass diese Stelle leer war.

«Mein Kind, gleich bin ich hier allein mit mir. Mein lieber neuer Freund will weg. Er meint, er müsse mich nun für ein leidiges Weilchen meinem Fernsehschicksal überlassen. Time after time. Time, das heißt Zeit. Aber was soll Zeit nach Zeit bedeuten?

Er sagt, ich solle tüchtig weiterüben, aber darauf achten, dass mir die Fernbedienung nicht aus den Fingern flutscht. Glas breche leider leicht. Er greift nach meiner Linken. Ich verstehe: Die Hand soll sich von seiner wildlederumspannten Hüfte lösen und sich zurück auf die Tasten und Knöpfchen lenken lassen. Dem nachzugeben fällt deiner Mama alles andere als leicht.

Aber er hat etwas für mich: Schwupps, schon sind mir die goldenen Spangen ums Handgelenk geschnappt. Wo ist das Ührchen in der Zwischenzeit gewesen? Es tickt ganz laut. Irgendwer hat daran gedacht, es aufzuziehen. Oje, ich spüre, das Schwierigste kommt erst. Kannst du dich an den Pfennigbaum in der Wohnung dieses Schmuck erinnern? Der Moneytree hinter der grauen Plane. Der gesprengte Topf aus Ton. Der aufgeplatzte weiße Lack der Fensterbank. So wird es sich gleich anfühlen!

So fühlt es sich nun an. Allerdings in die Gegenrichtung. Ich meine rückwärts, Kindchen. Spürst du, was ich mit rückwärts meine? Obwohl er es ganz langsam angehen lässt, es bleibt ein arges Dehnen, ein schlimmes Auseinanderziehen und Entwurzeln, wie es unsereine – darf ich ganz offen sprechen? – jetzt und hier und überhaupt doch lieber nicht empfände.

Es tut noch einmal wie lebendig weh. Mordsmäßig weh. So ein geripptes Herrenunterhemd und eine Seidenbluse kommen, wenn sie sich innig einig waren, nicht mehr mir nichts, dir nichts auseinander. Das rupft so ähnlich – nur viel ärger! –, wie wenn man dir an einer Stelle, wo viele Härchen wachsen, ein großes Pflaster abreißt.

Aber ich tröste mich. Ich male mir einfach seine Rückkehr aus: Wenn mein namenloser Freund hierher, vor unseren Fernseher, zurückkommt, werden sich die Fädchen und Fasern erneut umschlingen dürfen, ganz von alleine und so flott oder betulich langsam, wie es die Zeit, time after time, auf meinem Ührchen oder anderswo, erlauben mag.»

26.

BIBER

Notgedrungen hatte MoGo zu ihrem alten Helm, dem Unfallding, gegriffen. Sein Plexiglasvisier war zwar gehörig verschrammt, aber es ließ sich noch ganz zurückklappen und schien in dieser Position verlässlich einzurasten. Das musste nun so gehen. In der Tiefgarage sah sie sich nach einem Auto um, mit dem Benedikt Feinmiller ihren Roller transportiert haben könnte. Keines der abgestellten Fahrzeuge schien hierfür tauglich. Offenbar stand der Wagen ihres Nachbarn, irgendein großer Kombi oder Van, mittlerweile schon wieder auf dem Personalparkplatz des Klinikums.

Der Fahrtwind tat ihr dann auf Stirn, Augen und Nase gut. Und sie gab, wie immer, wenn sie auf zwei Rädern unterwegs war, der Lust nach, ein wenig schneller zu fahren als erlaubt. Erst bevor es auf das alte Rosenau-Stadion zuging, nahm sie wieder Gas weg, weil Schmuck sie zurückliegenden Samstag davor gewarnt hatte, dass die Polizei dort regelmäßig blitze:

«Moni, behalt den Tacho im Auge, falls du demnächst allein auf diesem Stück hier unterwegs sein solltest. Immer präzise thirty-five miles per hour! Auch wenn dich das Licht beschwingt, selbst wenn sich die schönste Septembersonne – eight miles high! – über dem alten Stadion für dich vergeuden sollte.

Es gab mal Zeiten, da wurde ich garantiert in Frieden gelassen, falls ich in eine hiesige Radarfalle geriet. Hier oder anderswo. Einfach weil Addi Schmucks oranger Schlitten bei unseren Ordnungshütern bekannt war wie der berühmte bunte Hund. Schier ewig galt mein Mustang als tabu, egal, wie flott oder wie chronisch langsam ich unterwegs war. Ja, auch zu langsam gibt es! Das wundert dich? Ob du es glaubst oder nicht, gerade hier auf diesem Stück winken sie jeden ran, der mit deutlich weniger als den erlaubten Fünfzig angekrochen kommt. Schleichen macht unweigerlich auf eine ganz spezielle Art verdächtig.»

Ihr alter Helm drückte. Auf eine ungute Art spürte MoGo an beiden Ohren eine Enge, die sie früher, vor ihrem Unfall, nicht empfunden hatte. Sie drehte den Nacken. Die Spannung ließ ein wenig nach, aber die paradoxe Vorstellung, ihr Schädel hätte sich in den zurückliegenden Tagen irgendwie geweitet, wurde sie dennoch nicht los.

«Hab' ich dich eigentlich gefragt, ob du deinen Führerschein dabeihast? Entschuldige, falls ich mich wiederholen sollte. Das wird im Alter chronisch schlimmer. Die Küppers hat mich deswegen schon tüchtig auf den Arm genommen. Sie meint, es sei wirklich ein Mirakel, wie ich es trotz meiner Schusseligkeit hinbekomme, mich in meinen Kolumnen nie fatal zu wiederholen. Zum zweiten Mal derselbe Treffer für ‹Tore! Tore! Tore!›, das müsste mir eigentlich schon längst passiert sein. Oder in etwa die gleiche Leserfrage, eine, die mein löcheriges Gedächtnis partout nicht wiedererkennen mag.»

Das Stadion war erreicht. Die Stelle, wo die Polizei laut Addi regelmäßig in einem weißen Transporter auf der Lauer lag, das breite, öde Stück hinüber zum Kanal, welches in früheren Zeiten als Parkfläche für die Stadionbesucher gedient hatte, war völlig leer. Aber MoGo achtete dennoch darauf, dass die Tachonadel nun die vorgeschriebenen Fünfzig weder über- noch deutlich unterschritt.

«Moni, nachdem du ewig lang mit mir vor seinem Tor gewartet hast und wir uns derart und anderweitig auf unsere Weise angefreundet haben, kann ich es dir verraten: Die allerbesten, die innig heiklen Fragen für ‹Addi antwortet› stammen nicht von unseren Lesern und auch nicht aus meinem kurzgeschorenen Schädel. Quasi im Gegenteil. Du kennst den üppigen Schopf, aus dem sie in die Welt gesprungen sind. Man traut es ihm vielleicht nicht auf das erste Hinschauen zu, aber unser Vogelkenner ist in puncto Wissenwollen, in Sachen Neugier ein Naturtalent. Wenn er selber ein Vogel wäre, dann eine Elster.

Nein, eine Dohle. Nein, eher noch ein Eichelhäher, scheu und frech zugleich. Du hast gelesen, was ein angeblicher Leser von mir wissen wollte. Die Küppers hat unseren imaginären Fragesteller Jogi K. getauft und ihm 59 Lebensjahre angedichtet. Alter und Namenskürzel überlasse ich seit jeher ihr. Bin damit bislang gut gefahren. Allenfalls ist mir, unter uns gesagt, nicht ganz geheuer, dass ihr Faible für ausgefallene Namen zunimmt. Der heutige geht noch in Ordnung, die Abkürzung kann für ‹Johannes› oder kurz ‹Johann› oder ‹Jonathan› oder gar ‹Jochen› und dazu bestimmt noch für irgendwelche anderen Männernamen stehen.

Eventuell sogar für Jürgen oder Jörg. Womöglich kommt alles mit Jott aus einer Wurzel? Wer weiß. Irgendwann könnte sich allerdings ein Leser mit einem extra raren Namen und passendem Lebensalter höchstpersönlich angesprochen fühlen. Wenn wir Pech haben, wird er dann keinen zweiten, sondern nur sich selber finden, sobald er Buchstaben und Zahlen in diese famose Suchmaschine tippt, und weil ihm seine angebliche Frage gegen irgendeinen Strich geht, will er sie nicht auf sich sitzenlassen und beschwert sich. Dann wären wir in der Bredouille, denn einen anderen, einen leibhaftig echten Fragesteller hätten wir nicht im Ärmel. Kischel spränge vor Panik im Quadrat. Der Leser, dieses vielköpfige Ungeheuer, ist ihm nämlich heilig.»

Just auf Höhe des Südtors stellte das alte Stadion ihrem Roller dann ein Bein. Gegen den Fahrtwind blinzelnd, hatte sie den Gully gerade noch kommen sehen. Aber zum Ausweichen blieb ihr kein Funken Zeit. Ihre Hände reagierten richtig und packten bloß den Lenker fester. Das gusseiserne Quadrat des Abflusses war bündig in den Asphalt der Fahrbahn eingepasst, aber der Schlag, den die Gabel des Vorderrades schlucken musste, war stark genug, um sich über ihre Arme, auf Rumpf und Nacken bis auf ihren Schädel fortzupflanzen und die Arretierung des Visiers zu lösen.

Das verschrammte Plexiglas sackte ihr vors Gesicht. Sie kapierte sofort, dass sie jetzt nicht mit dem Reifen an den

Randstein geraten durfte. Aber rechts waren die Kratzer im Plexiglas besonders dicht, so dicht, dass sie das, was da plötzlich auf die Straße zugelaufen kam, was abrupt in seinem Tippeln innehielt, um, auf die Hinterbacken gehockt, auf irgendetwas, womöglich auf sie, zu warten, mehr erriet denn erkannte.

Und schon war sie daran vorbei, ohne dass es zu einer Kollision gekommen wäre. Sie bremste ab. Die Spitze ihres rechten Fußes tippte auf den Randstein. Sie zog den Helm vom Kopf. Sie drehte sich um und sah, wie fest und ruhig sie aus dunklen murmelrunden Augen angesehen wurde.

«Moni, ganz unter uns: Ich werde unserem Doktor Kischel raten, dass er dich als Nächstes etwas über diese Gesellen machen lassen soll. Erstmal was Kleines, eine Glosse zum Einstieg. Etwas mit Witz und Biss. Vielleicht über das merkwürdige Aussehen der Viecher, von den Schneidezähnen bis zu diesem lachhaft platten, nackigen Lederschwanz. Halb drollig, halb zum Gruseln. Kultur, Leben und Sport. Das wird Kischel im kommenden Jahr gehörig Beine machen. Der Dreisprung ist ihm nämlich – genau in dieser Reihenfolge! – von ganz oben vorgegeben worden. Elisabeth von Eszerliesl hat es ihm, wie es halt ihre Art ist, also absolut unverbindlich, will heißen schraubzwingengleich, ans Herz gelegt.

Pure Kultur, von den Marionetten unserer berühmten Puppenkiste bis hinter die maroden Säulen des Stadttheaters, traut Kischel sich, ohne mit der Wimper zu zucken, weiterhin zu. Und was den Sport angeht, hat er schon angefangen, mir bei jeder Gelegenheit mit dessen angeblicher Zukunft auf den Geist zu gehen. Seit ich vorsichtshalber nicht mehr in der Redaktion auflaufe, spricht er mir regelmäßig – notorisch jeden zweiten Abend! – auf den Anrufbeantworter. Smart, wie er ist, hat er Einfälle ohne Ende und will unbedingt wissen, was ich vom jeweils allerneuesten halte. Kann mir gut vorstellen, wie er dich und die anderen mit seinen sturzgeborenen Ideen triezt. Kultur und Sport. Sport und Kultur. Für unseren Doktor Kischel sind das etwas anders bunte, aber letztlich nach verschwisterten Mustern gestrickte Socken.

Aber das Leben, diese verfluchte Natürlichkeit, also die Füße, die den schönsten Strümpfen stets die Form vorgeben, macht ihm gehörig Angst. Du hast gelesen, wie er in unserer Wochenendbeilage über die Dämmebauer im Siebentischwald räsoniert. Betuliche Beschwichtigung. Dabei ist es ein stiller, unerklärter Krieg. Den einen oder die andere wird er jetzt ins Feuer schicken wollen. Das ist dann deine Chance, Moni. Vielleicht kannst du ihm sogar etwas Serielles unterjubeln. Wir müssen mal zusammen überlegen. Am besten zu dritt: Bestimmt fällt unserem Hallenbewohner auch hierzu etwas ein. Alles, was lebt. Drunter wollen wir es nicht tun. Aber frag ihn nicht platterdings direkt. Fall ihm nicht mit der Tür ins Haus. Das mag er gar nicht leiden, das hat er nie gemocht, so lang wie ich ihn kenne. Und ich kenn' ihn, weiß Gott, schon lang genug.»

Als es links abging, stieg MoGo ab. Denn die Spurrillen, die von den motorisierten Besuchern des Geländes im Lauf der Jahre in den Kies gefahren worden waren, schienen ihr tief genug, um die kleinen Räder ihres Rollers in Verlegenheit bringen zu können. Also schob sie ihn bis ans Gittertor. Es war geschlossen und mit Kette und Vorhängeschloss gesichert. Aber dafür war die Plastiktrompete, die bei ihren letzten Besuchen nicht mehr links am Zaunpfosten gehangen hatte, wie bei ihrer allerersten Ankunft wieder an Ort und Stelle.

MoGo lehnte den Roller an den Zaun, griff sich das trüb transparente Instrument, holte tief Luft und drückte sich das Mundstück der Tröte an die Lippen. Und wie Freitagnachmittag gelang ihr ein erstaunlich lautes Quäken, in seiner Unreinheit dem Schrei eines großen Vogels ähnlicher als dem Tönen eines Instruments.

Wie einem Lockruf folgend, erschien Monique. Sie hatte bei den beiden ineinander verwachsenen immergrünen Stechpalmensträuchern gelegen, die MoGo schon aufgefallen waren, als sie mit Schmuck vor dem verschlossenen Tor gewartet hatte. Vielleicht hatte die Katze ihr Kommen geahnt und die Einfahrt im Auge behalten. MoGo streckte zwei Finger durch eine Masche des Zauns, um das Tier daran schnuppern zu lassen.

«Moni, ich wusste gar nicht, dass du einen Roller hast. Moment, ich sperr' dir auf. Schieb ihn herein. Dann ist das schmucke Zweirad auf der sicheren Seite. Ein schönes Schwarz! Aber die Kratzer solltest du bei Gelegenheit mal richten lassen. Du weißt ja, was heute für ein Tag ist. Nein? Sag bloß. Du weißt von nichts? Addi ist und bleibt ein alter Geheimniskrämer. Ich hab' gerade angeschürt. Unsere Monique will vielleicht auch wieder ein bisschen Innenwärme tanken. So langsam werden die Nächte lausig kalt. Sie war die ganze Nacht drinnen bei mir. Erst als es dämmerte, wollte sie raus ans Licht.

Komm mit, ich muss die alte Kochmaschine im Auge behalten. Noch ein Momentchen, dann ist das Backrohr richtig heiß. Gut getrocknetes Holz kommt schneller auf Touren, als man denkt. Und dann ist es im Weiteren, anders als bei einem Gas- oder Elektroherd, gar nicht so einfach, die Temperatur konstant zu halten. Zu viel Hitze wäre auch verkehrt. Der Braten soll ja nicht außen pergamenten trocken werden, während er inwendig noch in seinem Blutsaft schwitzt.»

Drinnen stellte sich MoGo vor den Ofen. Ihr Gesicht war von der Rollerfahrt so ausgekühlt, dass es nun in einem heftigen Umschlag zu glühen begann. Im offenen Backrohr stand ein großer tönerner Behälter, ein sogenannter Römertopf. Auch ihre Mutter hatte einen solchen besessen, ihn aber nur noch als Brotkasten benutzt, und als MoGo ihn mit Pfannen und Töpfen in einen der Transportkartons von «Kram und Krempel» versenkt hatte, war ihr, vielleicht zum ersten Mal, aufgefallen, dass der Deckelrand in reliefartiger Abbildung essbare Tiere zeigte.

Jetzt konnte sie erkennen, dass nicht nur Huhn und Karpfen, Ente und Hecht, sondern auch ein Kaninchen und ein Feldhase, gut unterscheidbar an der Länge ihrer Ohren, abgebildet waren, ja es fand sich sogar ein kugelig gedrungenes Ferkel, welches mit einem menschenähnlichen Grinsen einzugestehen schien, es wisse, dass es nicht zu den anderen Topfkandidaten passe, weil sein Bild im direkten Vergleich die Maßstäbe der fleischlichen Wirklichkeit verletze.

«Moni, ich glaube, es wird Zeit, die Klappe zuzumachen. Ich hab' den Topf übrigens zuerst mit heißem Wasser vorgewärmt. Die Temperatur müsste mittlerweile stimmen. Jetzt geht es seinen dunklen Gang. Den diesjährigen Braten habe ich zerlegen müssen, sonst hätte nicht alles hineingepasst. War nur ein kleines Exemplar, aber der Kopf und die Pfoten und so weiter mussten dennoch ab. Genauer will ich gar nicht werden. Ein Glück, dass Addi das ganze Procedere, vor allem seinen notwendigen Anfang, das Ausbluten und Abziehen, nicht hat mit ansehen müssen. Er ist ein bisschen empfindlich, wenn es um das Töten und das

Tote geht. Seine leidige Gruselschwäche. Aber was soll ich machen: Ohne Leiche gibt es bekanntlich keinen Braten.

Moni, verrat mir, wie du es damit hältst. Nur interessehalber, bloß aus Neugier, nur um nach der Grenze, die es für jeden gibt, zu tasten: ein Schwan zum Beispiel, ein junger, ein einjähriger Schwan, den langen Hals schon mal im Voraus weggedacht. Würdest du dir einen solchen Edelvogel, käme er hier aus meinem Topf, zusammen mit uns beiden, mit Addi und mit mir, zur Feier eines besonderen Tages schmecken lassen?»

27.

KATZE

Tick. Tick. Auf meinem an mein Handgelenk zurück-
gekehrten Ührchen ist es Punkt zehn. Und mein Gefühl,
mein Muttersinn, sagt mir, es wird allmählich ernst mit
meinem Fernsehgucken. Tick. Tick. Unwiderstehlich sacht
zieht es deine Mama in den dichten Film, dorthin, wo sich
Bild und Ton mit allem Weiteren lebensgetreu verschränken
dürfen. Das Tönen geht hierbei voran. Seit ich vor diesem
famosen TV-Gerät allein gelassen worden bin, höre ich so
gut wie nie zuvor. Weit besser als zuletzt in meinen knistrig
verrauscht gewesenen Hausfrauenjahren.

Nicht einmal im Klinikum, wo ich zuletzt die Lider

nicht mehr hochbekam und ganz aufs Lauschen angewiesen war, habe ich derart scharf gehört. Der Klang ist jetzt so klar, als stünde ich ganz nah bei dir vor diesem heiß gewordenen Ofen. Wir hören beide: Ein toter Baum spricht mit sich selbst. Wir können – dem Himmel sei hierfür gedankt – so gut wie nichts von dem verstehen, was er sich da erzählt. Aber ich kann die Stimmen der Scheite unterscheiden. Als axtgeborene Geschwister wurden sie aus dem Rund derselben Scheibe herausgehauen, und gelb und rot und weiß flammt ihr Verbrennen durch die Schlitze, welche die Ringe der gusseisernen Platte lassen.

Ja, gelb und rot und weiß. Was sagst du jetzt! Gerade eben hab' ich allein, muttergespenstallein, herausgefunden, wie sich der Film, in dem du mittlerweile schon den fünften Tag gefangen bist, in Farbe anschauen lässt. Endlich! Wie zum allermeisten, was uns die irdischen Umstände abverlangen, brauchte es hierzu keine große Kunst, sondern schlicht Fingerübung: Geduld und Wiederholung.

Mein liebes Kind, ich fürchte, deine Mama ist nicht die Einzige, für die es hier im dichten Film ans Eingemachte geht: Er, der mir so handfest und zart geholfen hat, musste, es blieb ihm keine Wahl, noch einmal selbst ins Bild. Mit Haut und Haaren ist er dort bei euch, in eurem Licht, im einzig echten Licht, im Sonnenlicht dabei. So wie er leibt und lebt und lebte: mit ärmellosem Feinrippunterhemd, mit dreiviertellangen Wildlederhosen und in seinen Siebenmeilenstiefeln.

Ich sehe, dass er dir die Pilze zeigt. Drei, zwei, eins und Enter! Schon kann ich mit dir nach ihren Aromen schnuppern. Sie sind getrocknet. Er hat sie vor einem Jahr hier auf seinem Territorium gesammelt. Er sagt, so viele, wie er damals finden konnte. Vorausschauend habe er befürchtet, dass es die letzte passable Pilzsaison gewesen sein könnte und dass sich nach einem weiteren fast regenlosen Sommer nicht einmal an den besten Plätzen, also rund um die alten Ulmen, noch eine nennenswerte Anzahl der geselligen Kerlchen finden lassen würde.

Getrocknet sei übrigens kein Nachteil. Fachmännisch getrocknet und dann ein Jahr lang hinter der Gefrierfachtür geborgen, röchen sie nun, wieder aufgetaut, sogar deutlich stärker als in ihrem ersten Leben. Es sei ein Trick, auf den er selbst gekommen sei: Aromaauferstehung! Wirkstoffwiederkehr!

Er lässt dich von den rohen Pilzen kosten, so wie sie noch ein Weilchen bleiben dürfen: verschrumpelt und gummiartig zäh, fast ledern, scheinbar so gut wie tot. Ich sehe, dass deine Fingerspitzen nach den verschiedenen Arten suchen. Ich kenne dich, mein Kind. Du warst nie eine große Esserin, aber ab und an hat dir die Neugier doch Appetit gemacht.

Jetzt kannst du gar nicht anders, du musst dir ausnahmslos von jeder der drei Arten ein würziges Käppchen, einige schmackhafte Stängel zu Gemüte führen. Ich bin im dichten Film, also koste ich mit. Sagt man bei Pilzen nicht: Ohne Gewähr? Oder: Ohne Rücksicht auf Verluste! Jetzt meint er, in zwei Stunden kämen sie zum Braten in den Römertopf, um sich dort mit dem Saft des Fleisches vollzusaugen, um schließlich, würde der Deckel im rechten Moment gelüftet, noch weit prächtiger, weit glänzender als frisch geerntet auszusehen.

Kindchen, ganz ehrlich: Wir beide wollen gar nicht wissen, was für ein Fleisch da nach und nach im eigenen Saft geschmort wird. Ich seh' dir an der Nasenspitze an, du bist heilfroh, dass wir mein Katzenkind auf seinen weißen Söckchen vor der Tür herumspazieren sehen. Du wärst bereit gewesen, meinem Freund in puncto Braten das denkbar Schlimmste zuzutrauen. Er hätte sich die Frage, ob du dir vorstellen könntest, Schwan aus dem Römertopf zu essen, besser sparen sollen.

Aber er liebt es, uns ein bisschen in Verlegenheit zu bringen. Wie gut wir beide ihn inzwischen kennen. Vieles versteht sich mittlerweile nahezu von selbst. Fast so, als wäre er mit uns verwandt, fast so, als gehörten wir im Guten wie im Schlimmen zu einer größeren Familie. I started a joke which started the whole world crying. Das hat er mir ins linke Ohr geflüstert. Ich kann beim lieben Gott nicht abschätzen, wie ernst er das gemeint hat und eventuell noch immer meint.

Sei's drum, ich bin so froh, dass ich ihn endlich komplett, von oben bis unten und rundum, besehen darf. Erst jetzt ist damit mehr als sicher, dass er, selbst wenn ich alles, wirklich alles mitbedenke, von seinen derben Stiefeln bis hinauf zu seinen wilden Locken, von Anfang an zu mir gepasst hat und mit etwas Glück auf unserer, also auf meiner wie auf seiner Seite erneut zu mir passen wird. Ganz unter uns: Ich denke, dass er seine starken Arme auch jetzt im Herbst noch nackt zeigt, damit wir Frauen den merkwürdig grob vernähten rosa Wulst an der Innenseite seines linken Oberarms sehen können. Die wüste Narbe! Du hast erzählt bekommen, wie es zum Unfall kam, du weißt, dieser Schmuck war schuld daran, dass so viel Blut geflossen ist. Ein Fenster ging zu Bruch. Man soll nicht immer helfen wollen. Schon gar nicht, wenn man zwei linke Hände hat.

Da kommt ein Auto. Mein Freund drückt dir den Schlüssel für das Torschloss in die Hand. Geh ruhig, mein Kind. Ich bleibe erstmal mit ihm am Ofen und guck' dir bloß durchs Fenster nach. Meine einstmalige Katze schließt sich dir an. Sie spürt, dass euch mein Blick verfolgt, sie dreht noch mal den Kopf und guckt aus ihren kalten blauen Augen her zu mir. Sie ist so klug. Ich glaube, sie versteht weit mehr als jedes Wort. Womöglich würde sie jetzt gerne grinsen, wie eine grinst, die über manches – im Guten wie im Schlimmen! – recht genau Bescheid weiß.

Aber so wenig, wie sie Hände hat, verfügt sie über ein Gesicht. Viel mehr als ein Gähnen oder ein Zähnefletschen kriegt sie mit ihrer feinbehaarten mokkabraunen Maske nicht zustande. Man könnte glauben, gleich hinter Haar und Haut und ein paar kreuz und quer gespannten Sehnen käme bereits der formspendende Knochen. Mit Zahn und Bein und straff gezogenem Pelz kann sie uns keine deutbaren Grimassen schneiden. Wie sehr wir Menschen doch mit unserem nackten Antlitz, mit Stirnrunzeln, mit Wangenzucken und Lippenspiel im Vorteil sind. Im Fensterglas treffen sich unsere Gedanken. Mein blauäugig erfahrenes Kätzchen verrät mir: Es ist das Fenster links neben der Tür, welches damals in Scherben ging. Heute sei Jahrestag. Deshalb der Braten.

Was für ein eleganter Wagen. So wie er auf dem Kies zu stehen kommt, sieht er aus, wie früher schöne Automobile ausgesehen haben. Ist er nicht wunderbar gekonnt in ein Vorne, in eine Mitte und in ein Hinten eingeteilt? Ich verstehe zum ersten Mal: Wie die Motorhaube, das Fahrgastgehäuse und das Heck gestuft ineinander übergehen, lässt das Ganze erst ganz aussehen. Ganz und schön! So etwas habe ich früher als Bäckerswitwe gar nicht bemerkt, geschweige denn begriffen.

Mein Endzeitkätzchen ist mit dir vom Tor zurückgekommen. Jetzt lenken mir seine Augen den Blick aufs

Blech der Haube, damit ich das silberne Figürchen springen sehe. Ich habe nicht gewusst, dass Tiere Abbilder ihresgleichen erkennen können. Sie kann es. Und ihr gefällt, wie ihr Anverwandter springt. Was für ein ellenlanggezogener Satz: Man könnte glauben, alles, alle Kulissen, an denen diese Limousine bis jetzt entlanggeglitten ist und an denen sie noch vorbeifahren wird, alle Fassaden sämtlicher Wegstrecken und sogar deren Passanten sind unter den Bogen dieses einen Sprungs gebannt.

Gebannt? Entschuldige, es muss dich wundern. Mich wundert selber, welche Wörter mir mittlerweile kommen. Das macht der dichte Film. Wo ist mein Freund auf einmal abgeblieben? Gerade eben war er noch an diesem Riesenherd zugange. Aber ich mag mir keine unnötigen Sorgen machen. Allzu weit kann er nicht gegangen sein. Heute heißt es für ihn an Ort und Stelle bleiben. Wahrscheinlich ist er schlicht aufs Klo.

Tick. Tick. In meinem alten Ührchen hüpft die Zeit auf weißen Tanzschuhspitzen. Die Fahrerin steigt aus. Gleich wirst du mir helfen, sie zu erkennen. Oje, schon unerkannt und unbenannt macht sie mir mächtig Eindruck. Sie schüchtert deine Mama ein. Ich komme nicht dagegen an. Allein die Sonnenbrille ist schon bedrohlich schick, von ihrem Mäntelchen ganz zu schweigen. So etwas hat es unter meinen Sachen nicht gegeben. Erst recht nicht unter deinen. Ich glaube, als du ausgezogen bist, fand sich in Schrank und Kommode kein Rock und auch kein Kleid, die mit dir in deine erste eigene Wohnung hätten übersiedeln dürfen.

Im Fernseher meines Freundes, habe ich bildkurz begriffen, mit wie wenig Stauraum du dir in deinem neuen Zuhause behelfen musst: ein halbwegs breiter Einbauschrank. Dazu die Garderobe und das Schränkchen im Flur. Drei

Haken an der Badtür. Das schmale Beistellmöbel zwischen Kloschüssel und Dusche. Kein Wunder, dass du das Erbzeug, meinen dummen Kleinkram, auf dem Fußboden verteilt und dabei schnell die Übersicht verloren hast. Hab' ich eine Wegräummöglichkeit vergessen? Vielleicht kann ich dich jetzt noch dazu bringen, mit mir zusammen eine Runde durch dein Appartement zu drehen. Kind, schau dich – bloß ein Momentchen! – mit mir um.

Hat es geklappt? Hast du gerade mitgeguckt? Da ist eben zu sehen gewesen, was du zuletzt gesucht hast. Das Ding, mit dem du schon während unserer letzten beiden Jahre dein Smartphone aufgeladen hast. Das Kabel ist schön ordentlich um dieses schwarze Kästchen gewickelt, das sich direkt an die Steckdose heften lässt. Aber dann hast du es in einen Schuh geschoben! Ganz tief, in den linken deines ältesten Paars, das du zuletzt bloß noch bei schlechtem Wetter zum Joggen am Kanal getragen hast.

28.

PILZ

Tick. Tick. Mein Kind, ich will nicht schwindeln und mich nicht umständlich verkünsteln. Über kurz oder lang kommst du mir doch auf meine Schliche. Oder weißt du bereits Bescheid? Gut möglich, dass es dir unsere Nachbarin verraten hat. Als meine einzige Freundin war sie bei Kaffee und Kuchen oder bei einem Tässchen Tee mit Keksen in jenen Tagen Ohrenzeugin und hat sich bestimmt schon bald nicht mehr besonders über mich gewundert. Für sich behalten konnte sie es dennoch nicht. Ich kenne die gute Seele: Sie will diskret sein und hat sich schwupp-diwupp in schönster Mitteilsamkeit verplappert.

Ich raffe meinen Mut zusammen. Weil ich deine Mutter
bin, sollst du es nun auch ausdrücklich von mir erfahren.
Ich geb' es zu: Ich habe mein kluges Kätzchen schon ganz
früh, schon während sie zum ersten Mal von einem Teller
kleingeschnittenen Aufschnitt fraß, Monique genannt, und
dabei ist es in all unseren gemeinsamen Tagen und Nächten
dann geblieben.

Inzwischen habe ich mitgehört, dass es hier, draußen
vor der Blechtür und im fensterhellen vorderen Drittel der
Halle, nicht anders ist. Ich bin fast sicher, dass mein lieber
Freund hinter dieser Namensübertragung steckt. Vielleicht
war der Transfer sogar im Bild. Womöglich habe ich mit
angesehen, wie er dich um Erlaubnis fragte? Aber das
schiere Zugucken hat mich, schnappschusskurz und Grau
in Grau, wie anfangs alles aufgeleuchtet ist, zunächst arg
überfordert. Erst jetzt bin ich vollends dabei. Bin ganz bei
dir. Jetzt schwimme ich mit dir im dichten Film.

Mein Kind, wie innig gut ich deine Bedenken spüren
kann: Diese Frau von Eszerliesl ist mehr als eine Chefin, sie
ist der fest gewirkte grauglatte Hintergrund, vor dem dein
Redakteur den souveränen und generösen Vorgesetzten
spielt. Auch wenn es ihm dabei den feinen Schweiß der Vorsicht aus der Stirn presst. Jetzt nennt sie ihn «den allerseits
geschätzten Doktor Kischel». Sie plaudert. Sie plaudert unentwegt. Sie plaudert in einem fort mit dir. Gerade hat sie
bedauert, dass ihr euch hier, an Ort und Stelle, erst unlängst ohne ein Abschiedswort, ohne ein Adieu mir nichts,
dir nichts aus den Augen verloren hättet. Sie sagt wirklich
«Adieu», und dir bleibt gar nichts anderes übrig, als lamm-
fromm zu beteuern, es könne genauso gut an dir, an deinem überhasteten Aufbruch gelegen haben. Oder an diesen
Bäumen.

Sie stimmt dir lachend zu. Ja, ganz genau, der alte Baum sei schuld gewesen. Bis heute röchen ihre Handschuhe nach seiner Rinde. Bestimmt hättest du es, die Nasenspitze ganz dicht über den narbigen Furchen, auch gerochen. Ein bisschen süß, sogar ein bisschen faulig. Alles in allem pilzig, quasi krank. Ob du das Nest gesehen hättest? Die Vögel wüssten wohl am besten, wie es um die Zukunft eines Baumes stehe. Erst kürzlich habe sie in eurer Allgemeinen gelesen, wie überraschend gut manche Arten doch riechen könnten. Sie bleibe dabei: Obschon die dicken Tauben in seiner Krone nisten, dufte der Baum recht ungesund. Kein Wunder, dass sie und du, dass ihr beide, hiervon benommen, jeweils in die jeweilige Irre gegangen seid.

Außerdem sei die Schmuckfeder der Zeitung erneut nicht frei von Schuld. Wenn Männer liebten, dann gute Nacht! Habe sie genau dies nicht schon einmal zu dir gesagt? Natürlich habe sie ihm, wie so oft, ruckzuck verziehen. Sie könne in seinem Falle gar nicht anders. Wie du seine letzte Kolumne fändest? Das Geburtstagskind, die liebe Elvira Küppers, habe es gestern in der Redaktion auf die Formel «Sehnsucht plus Wehmut plus X» gebracht. Oder sei dies Doktor Kischel eingefallen? Es würde zu ihm passen. Schließlich liebe er das Rätsel, allerdings nur das putzig kleine, das kommode Scheingeheimnis, welches bereits im nächsten Absatz des jeweiligen Artikels prompt brav, brav prompt entschlüsselt werden müsse.

Hinter dem ominösen X, dies sei ihr eben auf der Herfahrt eingefallen, könnte sich die einleitende Frage der Kolumne verbergen. Samt dem, der sie sich ausgedacht hat. Der kluge, einfühlsame Leser der Allgemeinen spende so seinen schöpferischen Anteil zum Erfolg der jeweiligen Antwort. Wie habe der gute Mann, der Fragesteller des zurückliegenden Wochenendes, doch gleich geheißen? Der Name, es waren nur zwei Silben, eine lustig kindische Abkürzung, komme ihr nun leider partout nicht in den Sinn.

Kind, mir zuliebe: Du hilfst ihr jetzt bitte nicht! Du hilfst ihr nicht auf die Sprünge, obwohl dir der Name dieses Lesers, den sich eure tüchtige Sekretärin zusammen mit der Zahl seiner Lebensjahre ausgedacht hat, wie ausgesprochen durch den Kopf klingt. Bravo: Du runzelst nur die Stirn! Mehr kriegt das Dämchen nicht von dir. Ach, wie gut ich dein Trotzen und Verweigern kenne. Endlich verstehe ich: Es ist dein Stolz, der dich dein Wissen und Kennen für dich behalten lässt. Jetzt nickst du, du lächelst nicht einmal, du zuckst bloß mit den Achseln. Wie herrlich stur. Wie heimlich hochmütig. Soll sie ins Leere plaudern, du denkst dir deinen Teil und teilst ihn hier, im dichten Film, mit mir. Diese Elisabeth von Eszerliesl scheint nicht zu ahnen, wer die besten Fragen für die Kolumne erfindet und folglich auch die letzte erfunden hat. Aber wir sind im Bilde. Mein liebes Kind, ich glaube, wir beide, wir sind, sobald wir unsere Kenntnisse wie Wollfäden zu strammen Maschen verstricken, nicht leicht zu schlagen. Wir müssen zusammenhalten, wir werden meinen lieben Freund, egal was kommt, egal, was demnächst noch geschehen mag, nicht an die graue Wand verraten.

Wo ist er abgeblieben? Kindchen, ich könnte wirklich glauben, er hätte sich versteckt. Wahrscheinlich ist ihm dieser Besuch einfach zu viel des Guten. So keck und entschieden er deiner Mama auf die Bluse rückte, so sachkundig und achtsam, wie er meinen Händen die gläserne Fernbedienung begreiflich machte, er scheint davor zurückzuschrecken, mit der Gräfin Konversation zu treiben. Obwohl sie alles in allem auch nur eine Frau ist. Sie schiebt die

Mantelärmel hoch, vielleicht damit man sieht, wie stimmig auch hier, auf dem Gelände rund um die Halle, wo alles in herbstlichen Farben prangt und prunkt, das noble Altrosa ihrer Handschuhe an die feinen, bleichen Runzeln ihrer Ellenbogen grenzt.

Jetzt kocht sie Tee. Sie hat die Sonnenbrille abgenommen und ist schnurstracks hineinmarschiert. Wie gut sie sich hier auskennt. Sie weiß, dass heißes Wasser auf dem Herd steht und in welcher Dose sich der grüne Tee befindet. Sie greift nach dem Tablett, das seitlich am Kühlschrank lehnt. Aus dem abgespülten Geschirr sucht sie drei dünnwandige Tassen und die passenden Unterteller. Sie ruft nach draußen, ob du Zucker nimmst, und hat das Schälchen mit dem braunen Kandis ohne jedes Hin- und Herschauen geradewegs vom Regal gehoben.

Drei Tassen? Kind, du wirst lachen, kurz habe ich geglaubt, die dritte Teetasse wäre für mich. So geht das hier in meiner kunterbunt gewordenen Wirklichkeit: Kaum ist einer aus dem gläsernen Schirm gerutscht, kann seine Tasse einem anderen zugesprochen werden. Man nimmt sich freihändig, falls man die rechten Finger hat. Ach, Kindchen, ich vermisse seine großen starken Hände. Ahnst du, was sie gerade machen? Vielleicht ist er nach oben an sein Karussell, um nachzugucken, ob dessen Galgen im Mondlicht abgeerntet wurden und ob das zukünftige Flugmausfutter im Morgengrauen sein eigenes Fressen in die Wurmröhren hinabgezogen hat. Vielleicht mischt er gerade frische Kost, mit Kaffeesatz und feingeschnittenen Blättern und irgendeinem X, das er dir, als ihr zusammen oben wart, noch nicht verraten wollte. Mein liebes Kind, gib Antwort, wenn du hierzu etwas weißt!

Tick, Tick. Tick, Tack. Lass erstmal gut sein, Mama.

Und kannst du bitte, bitte dein Ührchen etwas leiser stellen. Oder zumindest langsamer laufen machen, wenn seine Unruh schon so laut sein muss. Nicht ganz so hektisch, bitte. Mir ist von diesen letztjährigen Pilzen nämlich ein bisschen blümerant. Nicht richtig übel, aber seltsam flau. Als wäre ein Schwindel aus meinem Kopf in meinen Bauch hinabgesackt. Ich mag es überhaupt nicht leiden, meine Eingeweide derart deutlich spüren zu müssen. Das Innen soll bitte schön die Klappe halten. Das Außen ist mir schon penetrant genug.

Schau, Mama, die Eszerliesl bringt den Tee ins Freie. Jetzt wird er noch ein Weilchen – Tick, Tack – in der Kanne ziehen müssen, und wenn er – hundertmal Tick und Tack – in unsere Tassen eingeschenkt sein wird, werde ich erstmal nur pro forma am Porzellanrand nippen. Ja, wir sind uns einig: Der Auskenner ist ausgebüxt. Er muss, bevor die Gräfin aus ihrem edlen Schlitten gestiegen ist, weiter nach hinten, zumindest ins mittlere Stück seiner Behausung geflüchtet sein.

Ganz wie an ihrem ersten Abend hat sich deine ehemalige Katze an den Planenspalt gelegt. Dass sie sich das leidige Monique endgültig auf den Pelz gezogen hat, geht in Ordnung. Von Anfang an und weiterhin kein Einwand meinerseits. Im Gegenteil, ich bin dem Auskenner sogar dankbar, dass und wie er den Transfer gedeichselt hat. Was er macht, hat wirklich Hand und Fuß. Er ist ein prima Katzenonkel. Du hast bestimmt bemerkt, dass sich die kahle Stelle zwischen ihren Öhrchen zu schließen begonnen hat. Und jetzt, wo sie sich auf die Seite wälzt, kann man erkennen, dass dies auf ihrem Bäuchlein offenbar genauso ist. Das Nackte schwindet. Das Dabei-Sein tut ihr rundum gut. Hier soll und darf dein Kätzchen bleiben.

Tick, Tick. Tick, Tack. Danke, dass du das Armband-
ührchen leiser gemacht hast. So ist es besser. Weit besser.
Viel, viel besser. Mama, mir ist ein bisschen komisch von
den Pilzen. Nicht richtig übel, aber doch seltsam anders.
Mich fröstelt, obwohl mir die Sonne wie noch nie in diesem
Herbst durch das Wildleder meiner Jacke auf den Rücken
brennt. Jetzt schenkt die Eszerliesl ein. Sie macht die Tassen
akkurat halb voll. Es ist ein blasses Grün, nein, eher doch
ein Gelb. Ein grünlich fahles Gelb. Wie angewelktes Laub.
Wie abgerupfte, gelbgrün verdorrte Ulmenblätter.

Besser kann ich die Farbe leider nicht bestimmen,
weil mir recht mau ist und auch meine Augen davon be-
troffen scheinen. Sagt man: Mitleidenschaft? Wer leidet da
mit wem? Sie tränen nicht, aber ein wenig glasig sind sie
mittlerweile. Nicht weiter schlimm. Die Eszerliesl hat ihre
Tasse hochgenommen. Brusthoch. Sie trinkt noch nicht.
Sie scheint auf mich zu warten. Mit ihr zusammen schaue
ich zu, wie meine Finger nach dem Henkelchen der Tasse
greifen.

Es klappt tatsächlich! So zittrig ich mich fühle, ich ver-
schütte keinen Tropfen. Ich rieche den Tee und kann nicht
sagen, ob es mir gleich den Magen umdrehen wird oder ob
es, im Gegenteil, nur einen kleinen, entschlossenen Schluck
braucht, um alles wieder ins schönste Gleichgewicht zu
bringen. Die dritte Tasse? Mama, ich hätte nichts dagegen,
wenn sie für dich auf diesem Tischchen stände. Ist dir die
gläserne Spirale aufgefallen, bevor das Tablett ihr Rund verdeckt hat? Sie ist aus Scherben gemacht. Aus grünen und
braunen Flaschenscherben, die scharfen Kanten feinsäuberlich nach unten. Und in der Mitte, wo die Drehbewe-
gung beginnt oder verendet, prangt ein roter Reflektor, ein
sogenanntes Katzenauge. Fast sieht es aus wie Kunst.

«Liebling, ich hab' uns Tee gemacht! Liebling, wo bleibst du denn?»

Hör dir das an: Die Eszerliesl ruft nach ihm, so selbstverständlich forsch, als wäre sie hier zuhause. Monique hat sich erhoben. Sie weicht zurück. Ich bilde mir ein, dass ich zum ersten Mal in meinem Leben eine Katze rückwärtslaufen sehe. Die weißen Pfötchen sind wirklich bilderbuchhübsch. Mama, ich wette, mit dieser fußläufigen Hübschheit hat dich das Biest auf offener Straße dazu herumgekriegt, sie mitzunehmen.

«Liebling, wo bleibst du? Dein Tee wird kalt. Oder willst du lieber Kaffee? Soll ich dir schnell einen kräftigen Kaffee kochen? Hörst du denn nicht. Stell dich jetzt bitte, bitte nicht tot da hinten!»

Wenn's geht, ein bisschen leiser, Frau von Eszerliesl. Und nicht ganz so barsch. Er kann doch nicht weit sein. Normales Rufen genügt bestimmt, um seine Ohren zu erreichen. Und leiser wäre zudem schöner. Weit schöner. Weil Ihr Gesicht samt seiner Wohlgeratenheit nur mit den Worten Schritt hält, wenn diese nicht allzu laut erklingen. Es tut mir in den Augen weh, wenn Ihre Miene, wenn Ihr Mienenspiel, wie eben, dem Gesprochenen so hinterherruckt. Herr Doktor Feinmiller, unser beider Benedikt, könnte bestimmt erklären, was eine solche Bildverzögerung verursacht. Womöglich würde er behaupten und wortreich belegen können, dass es – wie so vieles – letztlich vom Wetter abhängt.

Mama, er kommt. Er kommt tatsächlich, weil er gerufen wurde! Die Katze hat ihm vorausschauend und rückwärtsschreitend Platz gemacht. Das ist sein linker Fuß. Aus irgendeinem Grund hat er da hinten die Stiefel, die er vorhin noch trug, als er mir aufgemacht hat, ausgezogen und ist in seine Hausschlappen geschlüpft. Mir geht's bereits ein bisschen besser. Ich glaube, mit festem Hingucken kriege ich meinen pilzbedingten Schwindel allmählich in den Griff. Das Außen hilft dem Innen. Er aber lässt sich seltsam Zeit: Er zeigt erstmal eine Handbreit nacktes Schienbein. Gleich müsste sich das Wildleder der Hose durch den Spalt in die Vorderwelt herüberschieben.

«Liebling, was soll das werden! Mach dich nicht lächerlich. Jetzt ist es wirklich zu spät, um sich noch groß für irgendetwas zu genieren. Ich weiß, wie du im Morgenmantel aussiehst, und Frau Gottlieb drückt einfach ein kollegiales Auge zu. Tee oder doch Kaffee? Addi, du bist mir noch immer die Antwort schuldig. Kaffee? Eher Kaffee! Ich kenn' dich doch: Wenn es auf Mittag zugeht, ist dir Kaffee fast immer lieber.

Da bist ja in ganzer Schönheit. Mut schmückt den Mann! Addi, verzeih, ich kann nicht anders, ich muss jetzt einfach verraten, dass du das schicke Stück von mir zu deinem letzten Geburtstag geschenkt bekommen hast. Moni – ich darf Sie doch einfach weiterhin Moni nennen? –, sagen Sie freiheraus, finden Sie diesen knielangen Kimono für einen Mann in seinem Alter zu neckisch kurz und womöglich auch allzu kunterbunt?»

29.

KOLIBRI

Tick, Tick. Tick, Tack. Mama, was soll ich darauf sagen?
Die Eszerliesl will eine Antwort von mir haben. Also be-
haupte ich einfach, dass mir so eine knallbunte Edelkutte
auch an einem älteren Herrn nicht schlecht gefällt. Kimono
hin, Kimono her: Schließlich zeigt die Seide nicht mehr als
ein kunstreich aufgedrucktes Pflanzenmuster. Blätter und
orchideengleiche Riesenblüten, pralle Stängel und geile
Ranken, auf überreichlich Stoff verteilt. Bei jedem seiner
Schritte klaffen die Falten ein wenig anders auseinander.

Kollege Schmuck weiß offensichtlich, dass sein Erscheinen ein Auftritt ist und dass es nun drauf ankommt,

so zu tun, als wäre dieser Urwald, überschwänglich üppig, nicht bereits knapp unter seinen Knien zu Ende, als wäre nichts Besonderes dabei, mit bleichen, von Krampfadern gezierten Waden und hornig gelben Fersen vor zwei vollständig angezogene Frauen hinzuschlurfen.

Fast hat es Stil. Die Küppers hat mir prophezeit, ich würde Addi Schmuck schon nach und nach als einen Besonderen kennenlernen. Also: Respekt, ein toller Aufzug. Obwohl es auch ein bisschen komisch aussieht.

Jetzt guckt er gleich als Erstes nach dem Ofen, legt Holz auf, als kenne er sich hiermit aus, als hätte er und nicht der Auskenner den Römertopf ins Rohr geschoben – oder als wäre er ab sofort für das Gedeihen des Bratens zumindest mitverantwortlich.

Aber da sind ja Vögel. Ist es zu glauben. Mama, siehst du sie durch das Blattwerk huschen? Auf Addis Schultern, auf seiner Brust, auf seinem Bauch, auf seinem ganzen Rumpf! Selbst aus den Ärmeln lugen ihre dunklen Augen.

Monique hat es natürlich längst bemerkt. Sie schleicht im Kreis um ihn herum, die bunt gefiederten Bewohner seines Kimonos erkennen die Gefahr und stoßen Rufe aus, die ihresgleichen in den Tiefen des Gewandes warnen sollen. Birds of our planet! Bleibt bitte alle schön da drinnen: In Addis Faltenwelt! Ausnahmslos alle, vom Kolibri bis zum Fasanengockel. Addi wird euch die Katze schon irgendwie vom Leibe halten.

«Setz dich nach draußen zu Moni in die Sonne, Liebling. Lass mich den Kaffee kochen. Du siehst recht mitgenommen aus. Gib's zu, du hast bestimmt wieder bis weit nach Mitternacht alte Filme geguckt und eine Filterlose nach der anderen weggeschmaucht. Weißt du was: Demnächst wird dein Videorecorder beschlagnahmt. Und zwar von mir! Ist eigentlich ein halbes Wunder, dass das anti-ke Ding nach all den Jahren überhaupt noch funktioniert. Von der Qualität, von der Schärfe und der Natürlichkeit der Farben wollen wir lieber gar nicht reden. Addi, ich fürch-te, du hast keinerlei Vorstellung davon, was heutzutage in dieser Hinsicht auf einem nur noch daumendicken, an die Wand gehängten Bildschirm oder im Zauberglas meines Smartphones möglich ist.

Hast du dir gemerkt, dass ich heute noch einmal ein Zimmer auf Doktor Feinmillers Station beziehe? Morgen in aller Frühe geht er dann meine Krähenfüßchen an. Wis-sensversessen, wie er ist, hat er mir genau erklärt, warum er sich meine Augenfältchen bis zuletzt aufsparen musste, aber ich habe die schönen Gründe im Nu wieder vergessen. Mir ist es lieber, wenn ich mir solche Sachen nicht in allen schaurigen Einzelheiten merken und immer aufs Neue vor-stellen muss. Ich werde Feinmillerchen noch einmal blind vertrauen, dann wird schon alles schön. Bildschön und gut.

Liebling, hab' ich dir je erzählt, dass er Gang auf, Gang ab und in allen Zimmern seiner Abteilung strumpfsockig unterwegs ist? Auf handgestrickten wollenen Socken! Da gibt es sicher eine Vorschrift, die so etwas untersagt, aber seine Untergebenen, ich meine seine Mitarbeiterinnen, tun so, als wäre nichts dabei. Ein letztes Schlückchen Tee, dann flieg' ich ab ins Klinikum. Die Tasche mit allem Nötigen liegt schon im Wagen.

Ihr beide habt in schönster Kollegialität bestimmt noch etwas vor. Die tüchtige Küppers – ich muss mir das Evi-Sagen langsam angewöhnen! – hat angedeutet, dass ihr mit etwas Speziellem zugange seid. Auch Doktor Kischel habt ihr nicht eingeweiht. Sport oder Natur? Kischelchen wird und will sich ja, das hat er mir versprochen, in seinem neuen Ressort um nicht weniger als um das ganze liebe Leben kümmern.

Huch, seht mal, dieser Vogel! Wie selbstbewusst er anmarschiert, wie hübsch er ist. Vor allem die blitzend blauen Schultern. Er hat gar keine Angst. Schrittchen für Schrittchen kommt er näher. Wie putzig. Ein kleiner Aufziehmann, der seine Händchen ins Rückengefieder geschoben hat, um sie vor uns zu verbergen. Wahrscheinlich ist er zahm, aber verwildert. Bestimmt ist er zurückliegenden Sommer irgendjemandem davongeflogen. Was trägt er da im Schnabel? Sieht aus wie eine Nuss.»

Tick, Tick. Tick, Tack! Mama, hast du's gehört: Die Eszerliesl kann eine aufgeplatzte, bleich keimende Eichel nicht von anderen einheimischen Früchten, nicht von einer noch frisch grünen Haselnuss und wahrscheinlich nicht einmal von einer grau gewordenen, letztjährigen Kastanie unterscheiden. Die kantige Buchecker oder den ufoflachen Samen der Flatterulme würde sie, geklemmt zwischen die Schnabelspitzen des Vogels, erst recht nicht mit den jeweiligen Bäumen in Verbindung bringen.

Sie schenkt Addi noch einmal nach, sie beugt sich über ihn, sie küsst ihn zum Abschied auf den Mund, so lang, dass sich die Vögel in seinem Kimono neugierig aus dem aufgedruckten Blattwerk recken. Jetzt reißen sie die spitzen, die zahnlos verhornten Mäuler auf und zeigen sich gegenseitig, als ahmten sie die beiden Menschen spöttisch, ja beinahe hämisch nach, dicke reptilienhafte Zungen.

Jay, blue jay, blue jay way! Mama, entschuldige, ich musste das jetzt auf Englisch sagen. Erst als die Eszerliesl den Motor anlässt, flattert der Eichelhäher hoch. Aber er fliegt nicht weg, sondern fasst Fuß in der Eberesche, in deren Geäst er – falls es sich um denselben handelt – schon zurückliegenden Samstag eine kleine Ewigkeit als Zuschauer gesessen ist. Monique, die sich, den Bauch auf den Kies gedrückt, bereits ein Stück weit an ihn angeschlichen hatte, macht einen kleinen Satz ins Leere, als müsste sie zumindest die angestaute Spannung, die ganze mordlustige Zielerwartung, in diesem Sprung auflösen.

«Moni, wie wär's mit einer Zigarette. Noch nicht? Zu früh? Na gut, dann warten wir noch ein Momentchen. Wir schauen meiner Holden erstmal in aller Ruhe beim Wegfahren zu.

So, nun sind wir unter uns. Jetzt dürfen wir zusammen rauchen und ein wenig lästern. Bei aller Liebe, sie kann einem gehörig auf den Geist gehen. Sie war schon immer so, von Anbeginn an und auch danach, in unseren ganzen gemeinsamen Jahren, als ihre perfekt gecremten Fältchen zu perfekt gecremten Falten wurden. Und sie ist so geblieben, auch nachdem sie diesen Feinmiller und seine Zeitumkehr entdeckt und angefangen hat, zu allen Gelegenheiten und Ungelegenheiten diese schaurig langen Handschuhe zu tragen. Sogar im Bett. Zumindest das war anfangs, damals unter unserem Honigmond, noch anders.

Bestimmt hat die Küppers dir verraten, dass mich die Gräfin höchstpersönlich für die Allgemeine aufgegabelt hat. Das stimmt. Aber unsere Redaktionsfee weiß nicht, wie und wo. Ich habe es konsequent für mich behalten, einfach weil es mir bis heute peinlich ist. Ob du es glaubst oder nicht, Elisabeth von Eszerliesl hat ihren Addi zum ersten Mal im Fernsehen gesehen: Auf Kanal A war ich im Bild. Das blutjunge Stadt-TV füllte die allzu vielen Sendestunden mit möglichst billigen Formaten, unter anderem damit, dass man täglich Passanten in unserer Fußgängerzone nach ihren sogenannten Meinungen fragte: Braucht unsere Stadt einen Erstliga-Fußballclub? Könnten Sie sich vorstellen, Vegetarier zu werden? Glauben Sie an ein Fortleben nach dem Tod? Suchen Sie sich bitte eine der drei Fragen aus!

Der Auskenner und ich waren zusammen unterwegs. Wir wollten durch die Fußgängerzone in die Altstadt, wo es damals noch eine gute Videothek mit einer Riesenauswahl neuer, alter und uralter Filme gab. Das Kanal A-Team, ein Kameramann und eine forsche Praktikantin, hatte sich eigentlich den Auskenner herausgepickt. Aber der winkte gleich ab und hat auf mich gewiesen.

Moni, du hast bestimmt gemerkt, dass er, der Jüngere, auch der Klügere von uns beiden ist. War niemals anders. Aber er hat mir im Fall der Fälle immer das Spielfeld überlassen. Ich legte also los. In diesen rot-grün-weißen Schaumstoffkegel. Ins Mikrophon von Kanal A. Die drei Fragen waren als Auswahlangebot gedacht, aber ich habe sie mutwillig als ein Ganzes missverstanden. Elisabeth hat später gesagt, ich hätte mich druckreif über den Sportgott, über die immergrünen Wiesen und Weiden jedweder Heimat und über die erquicklich bombensichere Endlichkeit unseres leiblichen Daseins ausgelassen. Sie habe buchstäblich an meinem Fernsehmund gehangen. Es sei ihr vorgekommen, als schlüge ich ein goldenes Eilein nach dem anderen in eine billige, in eine spottbillige, weiß emaillierte Pfanne.

Zum Glück, zu unserem zukünftigen Glück, hatte sich das Kanal A-Team meinen Namen aufgeschrieben. Ohne diesen Zettel hätte meine Süße in spe gar nicht gewusst, wohin mit ihrer Liebe aufs erste Zuhören, mit ihrer Liebe auf den ersten Fernsehblick.

Der Auskenner hat mich damals, während des restlichen Wegs zur Videothek, für mein Fußgängerzonen-

Räsonnement gelobt. Zwar sei es im Wesentlichen bloß ein kruder Mischmasch dessen gewesen, worüber wir uns zurzeit so unterhielten, wenn wir vor seinem neuen Domizil, vor seiner Halle, säßen. Aber, das Mikro unter der Nase, hätte ich es geschafft, alles derart zu verknappen und zu verschachteln, dass jedes allzu fixe, allzu eilfertige Verstehen erst einmal ins Leere greifen musste.

Schräg hinter mir und außerhalb des aufgenommenen Bildes habe er unweigerlich eine Portion brüderlichen Stolz für mich empfunden, allein schon weil den Abgesandten des Lokalfernsehens die Münder offen gestanden hätten, als reichten ihre Ohren zum Zuhören nicht aus, als bräuchten sie auch noch die Zungenwurzel und das Gaumenzäpfchen, um sich meine Gesamtantwort, meine Antwort-wie-aus-einem-Guss, auf die reichlich disparaten Fragen einzuverleiben.

Elisabeth hat mich dann am Abend des folgenden Tages angerufen. In jenen gottverlorenen Zeiten ging ich noch schnurstracks ran, allein schon weil das Telefon nur alle paar Tage durch meine Bude plärrte. Du kennst meine Elisabeth inzwischen. Sie plaudert für ihr Leben gern. Fürs liebe, liebe Leben gern. Da sind wir gar nicht so verschieden. Wir beide werden uns noch bis auf den letzten Rest, bis auf das allerletzte Speicheltröpfchen, an die Welt verplaudern müssen.

Damals machte sie es allerdings erfrischend kurz: Dieser leidige Kanal A gehöre ihr. Allerdings auch die gute, qualitätsbewusste Allgemeine. Mit allen Tochterblättern sei diese, das wisse ich bestimmt, bundesweit die zweitstärkste seriöse regionale Tageszeitung. Worüber ich am liebsten schreiben wolle? Sie gebe mir Carte blanche.

Ich habe ihr damals aus dem Ärmel des Augenblicks

‹Tore! Tore! Tore!› vorgeschlagen und ihr gleich eines, eine bildschöne Direktabnahme, beinahe schon einen Akt der Kunst, fernmündlich und – der Sportgott stand mir bei! – in perfekter Abdrucklänge vorerzählt. Es war nicht mein Verdienst. Der zukünftige Addi-Schmuck-Sound ist über mich gekommen wie der Heilige Geist. Den fraglichen Fußballspieler, einen begnadet nervösen Linksfuß, kannte übrigens schon damals unter den Jüngeren fast keiner mehr. Mit seinem in Worte gegossenen Tor hab’ ich ihn zunächst am Telefon und dann, handgeschrieben auf Papier, aus dem Nowhere Land zurückgeholt. Die Küppers hat es abgetippt. Bis heute ist Evi Küppers die Einzige geblieben, die mein flachgezogenes Gekrakel flüssig lesen kann. Ach, apropos Direktabnahme: Moni, du weißt doch hoffentlich, was man im Fußball damit meint.»

Tick, Tick. Tick, Tack. Mama, ich ahne zumindest, was damit gemeint sein könnte. Aber was soll besonders schön daran sein? Ist mittelbar nicht immer schöner als direkt? Und kann es sein, dass Addi Schmuck als Sportreporter seit jeher eine bestimmte Akrobatik, etwas Gymnastisches, irgendeine virtuos gekonnte Verrenkung mit Kunst verwechselt?

Um Gottes willen: Habe ich das jetzt laut zu ihm gesagt? Ich hoffe nicht. Nein, eher nicht, denn hätte ich mit einem Satz aus meiner trockenen Kehle genau hieran gerührt, hätte er gewiss eine typisch Schmuck’sche Antwort parat gehabt. Mama, ich höre mich inwendig ganz heiser an. Ich bin am Krächzen wie ein Rabenvogel. Ich glaube, ich habe immer noch kein Schlückchen Tee getrunken.

«Moni, ich zieh’ mir jetzt was Seriöses über. Wird Zeit. Die Vögel in diesem Mäntelchen können einen ganz meschugge machen. Fast ein Jahr lang schlage ich mich jetzt schon jeden Morgen mit diesem Kimono herum. Stell dir vor, wenn ich ganz tief in seine Taschen greife, kriege ich mittlerweile rechts ein leeres, aber perfekt gebautes Nest und links ein zweites mit drei kleinen Eiern zu fassen. I'm the egg man! Bei aller Schwäche fürs Lebendige, bei aller Vogelliebe, was zu weit geht, geht doch zu weit. Wo soll das alles enden. Jetzt guckst du ganz erschrocken! Entschuldige, das mit den Eierchen war natürlich nur ein dummer Scherz.

Kannst du den Ofen im Auge behalten, bis ich oder der Auskenner – oder wir beide – wieder nach vorne kommen? Ich lege noch ein Scheitlein nach. Sobald es gut angebrannt ist, musst du hier an diesem Riegel den Luftzug drosseln. Na, ich seh' schon: Du verstehst wie immer auf Anhieb, was ich meine.»

Kind, Achtung! Ab sofort heißt es: Aufgepasst. Glaub mir, diesem Herrn Schmuck ist nicht zu trauen. Auch wenn er gleich in Hosen und so weiter, also in ganz normalen, mausetoten Klamotten wieder vor dich treten wird. Deine Mutter hat mitgehört, woran er hinterrücks am Denken war, während er davon schwadronierte, wie es zu seinem ersten Texttor für die Allgemeine kam. Von wegen vor Jahr und Tag, von wegen vor so und so vielen Jahren. Vor einer halben Ewigkeit? Direktabnahme? Pustekuchen: Das Eigentliche, das wirklich Wichtige ist gar nicht lange her. Er hat die Anzeige gelesen. Die Todesanzeige, die du für mich aufgegeben hast: «In stiller Trauer: Moni, Monique und ich».

Und eben jetzt, nachdem er erneut hieran gedacht hat, begreift auch deine Mama, wie seltsam dieser Wortlaut ist. Ein kleines Wunder, dass man die Anzeige so angenommen hat. Diesem Schmuck sprang sie damals buchstäblich ins

Auge. Oder ich sollte besser sagen, er ist auf seine Weise hellhörig geworden? Er hat damals deswegen nachgefragt. Und eine Frau mit rosa geschminkten Lippen hat für ihn herausgefunden, dass du, die Neue, die Jüngste in der Redaktion, dich da, im schwarzen Rahmen und unter meinem fettgedruckten Namen, derart dreigespalten hast.

Mein liebes Kind, kannst du mir jetzt, wo du vor diesem Riesenofen, vor dem Türchen seines Brennfachs in die Knie gegangen bist, um einen gusseisernen Riegel hin und her zu schieben, nicht schnell verraten, wen du damals mit «ich» gemeint hast? Der Rauch des Feuers faucht im Rohr, als wüsste er Bescheid. Dein Ich-Sagen hat diesem Schmuck in seinen leidigen Kram gepasst. Direktabnahme: Als Sportreporter musste er es wie ein gezieltes Zuspiel aus anderen Gefilden, wie einen Wink des Schicksals nehmen. Direktabnahme? Bin ich, dein braves Muttchen, denn immer noch – nach allem, was passiert ist! – zu scheuklappig beschränkt, um eine solche Sache vollends zu begreifen?

30.

ZWEI
TAUBEN

Message to you! An euch, an euch alle, die ihr hier, auf meinem Gelände, Ohren und Augen für mich hattet: an Bruder Addi, an Seidenblüschen, an Moni und an Blauauge Monique! Ich nehme es mir heraus, euch als ein «you» zu fassen, einfach weil ich von uns den längsten Anweg hatte. Ich komme mittlerweile von arg weit her. Ein Jahr kann lang sein. Aber falls es einem oder einer immer noch zu zeitig, zu überstürzt erscheint, soll sie oder er sich bitte melden. Auf dieser Wellenlänge. Auf unserem gemeinsamen Kanal, in unserem Bereich des Spektrums. Auch Einflugschneise wäre – das Kommende schon mal mit vorgestellt! – alles andere als verkehrt.

Mein Seidenblüschen, meine letzte Freundin, hat es unlängst «im dichten Film» genannt und damit ziemlich gut getroffen. Zu Unrecht schimpft sie sich immer noch beschränkt und sucht Deckung hinter ihrer angeblich hausfraulich bedingten Unbedarftheit. Dabei spielt sie doch mittlerweile solo Glasklavier, und wenn der Film nicht reißt, werden wir zwei es demnächst erneut vierhändig probieren dürfen. Drei, Zwei, Eins. Und Enter! So schnüffelt sie dem Braten hinterher. Denn als erfahrene Köchin hat sie Sorge, dass das Backrohr meines Ofens doch noch zu heiß wird, und bringt ihre Töchterchen nun dahin, den Luftsog maximal zu drosseln.

Es geht auf Mittag zu. Mir ist jetzt wichtig, vor dem, was kommen muss, noch einmal das eine oder andere Quäntchen Energie zu tanken. Hier oben auf meinem Dachterrassenspalt. Für mich allein, auf meiner alten Campingliege. Für eine weitere Person, für einen zweiten Zeitgenossen oder eine Zeitgenössin, wäre gar kein Platz. Die Sonne hat noch einmal gehörig Kraft. Hab' mir eben sogar das Unterhemd über den Kopf gezogen. Die Hände im Nacken, die blanken, glatten Unterarme, rechts wie links, ins herbstlich warme Licht gedreht, bräune ich ein allerletztes Bisschen nach.

Jungbraun und altbraun sei ein Riesenunterschied, hat unser aller Addi gegenüber Moni behauptet, als die beiden das erste Mal zusammen vor meinem Tor – fast wie vor einer Pforte in einen Garten! – gewartet haben. Das stimmt, versteht sich jedoch eigentlich von selbst. Es wäre damals gar nicht nötig gewesen, mir einen imaginären Lendenschurz auf eine rundum lichtgegerbte Haut zu pinseln. Aber er wollte die Spannung halten, wollte möglichst viele Zigaretten mit seiner Moni schmauchen und hat die Binsenweisheit, dass unsere Sonne bräunt, mit der Gestalt eines asketisch ausgeglühten Jogi aufgepeppt.

Nun geht Brüderchen Addi unten den umgekehrten Weg und zieht sich etwas Zivilisiertes über die chronisch bleichen Glieder. Sein zwitschernd naturhaft gewesener Morgenmantel liegt platterdings am Boden. Da äugt und piepst nichts mehr. Da bleibt kein Nestchen und kein Eilein zu zerdrücken. Addi schlüpft in sein sanddornfarbenes Hemd. Ein hübsches Stück: Der Kragen und die Manschetten sind weiß abgesetzt. Ein Katzenkrallenweiß! Jetzt krempelt er die Ärmel hoch. Es ist damals sein Lieblingshemd gewesen, und in Bälde wird es erneut sein Schreckenshemd geworden sein.

Der Vogel ist schon auf dem Weg.

Die Flecken hat und wird mein lieber Addi dann nicht mehr herausbekommen. Zu spät wird er das Hemd mit kaltem Wasser durchspülen. Und auch der alte Hausfrauentrick, reichlich Backpulver drauf zu verreiben, hat nicht geholfen und wird wiederum nicht fruchten. Er wird sein Hemd in Blut und Mitschuld waschen. Schon sehe ich auf seiner Brust das anstehende Rot. Man könnte glauben, einem sanddornfarbenen Meer wäre der Umriss eines dunklen Erdteils aufgeprägt. Geduld, Geduld. In Bälde soll die Küstenlinie dieses Kontinents mit frischem Blut erneuert werden.

Der Vogel ist auf dem Weg.

Aber unten klingelt erstmal mein Telefon. Mein Münzgerät. Wir alle, alle, die da sind, auch mein Hockermädchen, meine Fernbedienungsvirtuosin, hören aus der besonderen Dringlichkeit des Anläutens heraus, dass es nur

Elvira Küppers sein kann. Evi Küppers riecht den Braten und versucht, zu Addi durchzukommen. Ein einziges Mal, es ist noch gar nicht lange her, hat Addi von ihrem Apparat aus bei mir angerufen und hat, gelehnt an ihre weiß gelackte Theke, nicht bedacht, dass eine moderne Telefonanlage einen solchen Versuch, auch wenn er scheitert, eigenmächtig unter «zuletzt gewählte Nummern» festhält.

Gleich gibt die Küppers auf, gleich wird sie es stattdessen noch einmal mit dem Anschluss in seiner Wohnung über der Bäckerei versuchen, wohl wissend, dass sie dort – wie immer! – nur seinen mechanisch anspringenden, bewusstlos voranspulenden Anrufbeantworter erreicht.

Der Vogel erspäht die Einflugschneise.

Die Narbe, die ich noch nicht habe, beginnt zu jucken. Das ist dem Licht geschuldet. Der Schein der Sonne linst schon in die Zukunft. Aber noch bleibt für alles reichlich Zeit. Gleich wird sich die Gräfin im Klinikum bei ihrem Doktor Feinmiller auf die Kante seiner kunstlederbespannten Liege setzen. Monique und ich, ihr neues Herrchen, wir haben sehr wohl gesehen, dass sie gar keine Tasche voll mit dem, was eine Frau für zwei, drei Nächte braucht, auf der Rückbank stehen hatte. Und auch der Kofferraum ist leer gewesen.

Feinmiller kommt. Er setzt sich neben sie. Er bittet sie, zuerst den rechten Handschuh auszuziehen. Sie zögert. Sie ziert sich. Sie zupft sich einen Handschuhfinger nach dem anderen ein Stückchen von der jeweiligen Fingerkuppe. Sie mag ihm noch nicht zeigen, was er doch wie kein Zweiter kennt.

Der Vogel nähert sich der Einflugschneise.

Ich sehe, dass ich wieder unten, draußen vor meiner Halle, bin. Wir zwei, Addi und ich, sein sogenannter Auskenner, sitzen beizeiten an meinem Bistrotischchen. Wir trinken Tee. It's tea time, friends. Unsere Moni ist fast ganz durchsichtig geworden. Die Pilzchen haben ihre Pflicht getan. I'm looking through you. Das liebe transparente Mädchen. Die Sonne scheint wie nie zuvor in diesem Herbst. Das Katzenauge, das ich in der Mitte der Scherbenspirale festgegossen habe, saugt das Licht so tief ins Glas, dass sich der Boden des Tabletts rötlich verfärbt. Gleich kracht's. Gleich kracht es. Gleich wird es gehörig krachen.

Der Vogel dreht in die Einflugschneise.

Er zieht die Schwingen an den Rumpf. So sackt er in den Tiefflug. Gleich wird die Höhe stimmen. Aber noch immer bleibt ein wenig Zeit. Die blauen Augen von Monique halten tapfer dagegen und zerdehnen seinen Anflug. Gleich sieht der Vogel sich im Glas. Jetzt, ganz zuletzt, wird er sich selber kommen sehen. Brüderlich fest pressen Addi und ich die Lider aufeinander. Moni, bist du noch bei uns? Schenk deinen beiden alten Knaben einen Blick. Großes Männerehrenwort: Es ist wirklich passiert. Gleich kracht's. Gleich kracht es. Gleich wird es wirklich geschehen.

Leider ist es nur Einfachglas gewesen. Ich habe die Fenster halt so verbaut, wie sie mir nach und nach in die Hände fielen. Die meisten hat man mir vorbeigebracht, weil sich herumgesprochen hatte, dass ich hier auf meine Art am An- und Ausbauen war und gut erhaltene Fenster aller Art gebrauchen konnte. An einer anderen Stelle wäre der Vogelschlag kein Problem gewesen, eine moderne Doppelverglasung hält eine Menge aus. Es wird zudem kein schweres Tier sein, weder Gans noch Bussard, und es war auch kein Schwan, weder ein junger noch ein alter, weder ein weißer noch einer von den raren schwarzen, wie es sie gar nicht weit entfernt im Siebentischwald gibt.

Aber unter den Taubenarten, die hierzulande leben, ist es leider die gewichtigste gewesen. Moni, du kennst dich ziemlich gut mit Tieren aus, mit allem, was kreucht und kriecht und flattert. Du weißt, wie diese besonders dicken Tauben heißen. Und auch wer den Namen der Art nicht kennt, erkennt sie doch an ihrer plumpen Größe, am weiß gefleckten Hals und dazu an ihrem ungut heimeligen, an ihrem dumpfen Rufen.

Die ruft nie mehr. Es kracht und klirrt. Schon lag und liegt sie, seltsam verrenkt, hinter der geborstenen Scheibe in meiner Spüle. Addi ging damals gleich nach innen, er beugte sich über den Edelstahl des Beckens. Er fasst mit spitzen Fingern an ein Flügelende, er hebt den toten Vogel hoch und sagt: «Gar nicht so schwer!» Nein, wenn ich es recht bedenke, wird er gleich sagen: «Ganz schön schwer. Erstaunlich schwer für so ein Täubchen! Das ist doch eine Taube, oder?»

Addi ist immer tier- und pflanzendumm gewesen. Nie käme ihm die Idee, darauf zu achten, welche Vögel in welchen Bäumen nisten. Bis auf den heutigen Tag hat er sich nicht gemerkt, wie die drei alten Bäume heißen, von denen zwei auf meinem Gelände wesen und ein dritter am Straßenrand geduldig jedes schwarze Fahrzeug zählt. Moni, pass auf, wenn du nachher auf dem Heimweg dran vorbeifährst. Bestimmt reicht dieser verfluchten Ulme auch die Schwärze deines Motorrollers aus.

Ja, Addi ist tiertaub und pflanzenblind. Er hört und guckt einfach nicht hin, wenn die Ringeltauben in den alten Ulmen nach uns rufen. Who shall I say is calling? Aber ich will nicht kleinlich sein und über meinen brüderlichen Kumpel klagen. Immerhin bin ich doch der, zu dem er mit seiner, mit unserer Moni kommen wird, nachdem die

Tauben der Arena ihn gehörig ins Grübeln brachten. Mich wird er fragen, mich hat er gefragt, was ihr Verharren, ihr kollektives Untun zu bedeuten habe.

Vor Moni haben wir noch einmal unser Spiel gespielt. Addi war leutselig am Schwatzen. Ich hab' den Auskenner gegeben, betulich abwägend meinen halb blonden, halb grauen Lockenkopf geschüttelt, den klugen Jogi gemimt, obwohl ich dann, obwohl ich nun gleich, im alles entscheidenden Moment, leider Gottes nicht auf der Höhe meines Bescheidwissens sein werde. Wir beide hätten ahnen können, dass so ein dickes Ringeltäubchen zu zweit sein will. Gerade wir beide hätten dies wirklich wissen müssen.

Der zweite Vogel ist schon auf dem Weg.

Die zweite Taube erwischte mich von hinten. Blitzkurz sah ich, bildkurz sehe ich ihren Anflug jetzt noch einmal in Addis Augen. Sie ist nicht schwer, doch schwer genug. Die Wucht erwischt mich an der Schulter. Mein nackter linker Oberarm fliegt meinem Rumpf voraus. Mit ein wenig Glück hätte mein Arm die einzige messerklingenlange Scherbe, die noch unten im Fensterrahmen steckte, verfehlt. Und mit ein bisschen weniger Missgeschick könnte die Scherbenspitze die Arterie nun nicht durchstoßen.

Dienstag, zwölf Uhr. Addi hatte kein Telefon zur Hand. Er hasst diese mobilen Dinger. Und der Anschluss der Halle ist lang schon stillgelegt. Nirgends ein Telefon, um die drei notwendigen Ziffern einzutippen. Also wird kein Helikopter über meiner Dachterrasse kreisen. Umsonst spitzt Addis Kontaktmann, der alte Handchirurg im St.-Georgen-Stift, die Ohren. Kein Rotorschnattern. Es pulst in schnellen Stößen aus der Wunde. Addis Hemd wird auch ein Jahr danach noch zeigen, wie maßlos viel Blut im Nu verlorenging. Zu viel. Es braucht nur drei Minuten. Man wird die Wunde später bloß noch provisorisch schließen. Für Schönheit, für eine weniger krude Versorgung gab es keinerlei Bedarf.

Moni, fahr los. Vergiss den blödsinnigen Braten. Der junge Biber soll im Backrohr meines Herds verkohlen. Die Pilzlein braucht es nun nicht mehr. Sie haben, Käppchen für Käppchen, Röhrlein für Röhrlein, ihre Schuldigkeit getan. Moni, fahr los! Bis Dienstag hatte mein Addi dich gebucht. Bis Dienstagmittag hat er dich genossen. Mehr kann er wirklich nicht verlangen. Schnapp dir den neuen oder den alten Helm. Mit etwas Glück wird er im Fall der Fälle deine wunderhübsche Nase schützen. Denk an die Mittermeier: Jetzt ab die Post! Stemm deinen Roller hinaus durchs offene Tor. Duck dich in die vermaledeite Einflugschneise.

31.

SCHLEIEREULE

Moni Gottlieb, die gern schneller fährt, als es erlaubt ist, verunglückte schon auf dem kurzen Stück zwischen der Einfahrt und einer alten Ulme am Straßenrand. Sie kann gerade erst tüchtig Gas gegeben haben, als es sie hinschmiss, aber sie hätte sich wahrscheinlich, ganz wie nach ihrem ersten Sturz, alleine wieder hochgerappelt. Trotzdem nennen wir es unisono ein Riesenglück, dass Frau Elisabeth von Eszerliesl auf halber Strecke an einem blendenden Aufblitzen des Rückspiegels bemerkte, dass sie ihre Sonnenbrille am Tischchen vor der Halle vergessen hatte.

Auch Addi Schmuck wollen wir loben. Er wollte gerade

das Drahttor schließen, wie er das blechige Schrillen hörte. Seine Ohren sind besser, als er selber denkt. Der alte Knabe spurtete schnurstracks los und war dann fast zeitgleich mit dem Jaguar der Gräfin an Ort und Stelle.

Moni war nicht bewusstlos, aber doch recht benommen. Sie redete Unsinn, wollte unbedingt aufstehen und weiterfahren, sie rief lauthals: «Mama, ich muss hier weg!» Aber Elisabeth und unser Addi haben sie von der Fahrbahn geführt, auf den Grünstreifen gesetzt und dort festgehalten, bis der Notarztwagen eingetroffen war. Das Smartphone Elisabeths sei für sein schlichtes Funktionieren, für sein Einfädeln ins Netz, gepriesen.

Im Klinikum hat die Gräfin dann sogleich erreicht, dass ein gewisser Doktor Feinmiller herbeigerufen wurde. Sie hat einfach behauptet, bei der Verunglückten handle es sich um dessen Freundin, und nebenbei – da reichen einer wie ihr wenige, gut gezielte Sätze – keinen Zweifel dran gelassen, wer sie selber sei.

Im Nu war dieser Feinmiller, ein wirklich gutaussehender und noch erstaunlich junger Mann, zur Stelle und wich nicht mehr von Monis Seite. Auch heute soll er schon in aller Frühe an ihrem Bett gewesen sein, obwohl sie natürlich nicht auf der Hand- und gesichtschirurgischen Station zu liegen kam.

Inzwischen wurden die Aufnahmen, die damals nach ihrem ersten Rollersturz entstanden sind, ins Klinikum geschickt und mit den gestrigen verglichen. Auf beiderlei Bildern, auf den alten wie den neuen, lässt sich nichts Bedrohliches, nicht einmal etwas Bedenkliches oder Fragwürdiges entdecken. Und auch ihr Blutbild ist ohne Befund.

Doktor Feinmiller tippt auf einen Allergieschub. Er

hat sich Monis Hände angesehen und an ihrer linken, in der Beuge zwischen Zeige- und Mittelfinger ein wässriges Bläschen entdeckt und unter diesem eine kleine Erhebung, kegelig spitz, als dringe etwas hornig Hartes kielartig in die Höhe. Er meint, man solle die Stelle erst einmal im Auge behalten. Natürlich gehe dies ambulant. Schon morgen Vormittag wird sie entlassen werden und muss dann, ob sie will oder nicht, bis kommenden Montag schön brav zuhause bleiben.

Doktor Kischel hat versprochen, dass er ihr, sobald sie wieder in die Redaktion kommt, was das Rollerfahren angeht, ernstlich ins Gewissen reden wird. Wir hören schon den Ton, den er dann anschlägt: Zwei Räder seien offensichtlich für sie genau zwei Räder zu wenig. Punktum. Nein, liebe Monique, hierüber werde erst gar nicht weiter diskutiert. Mobilität? Kein Grund zur Sorge, es werde sich für ihre weitere Tätigkeit auch über dieses Kalenderjahr und über die Dauer ihres Vertrags hinaus eine praktikable Lösung finden lassen. Er habe schon für alles in naher und nicht allzu ferner Zukunft Nötige grünes Licht von oben. Er wisse sehr wohl, was man dort an ihr schätze. Leben, Kultur und Sport. Ja, Sport, Kultur und Leben! Er schwöre, schon in Bälde gebe es hier in der Stadt und in der Region just unter dieser Formel unglaublich viel zu tun.

Mein liebes Kind, hörst du mich noch? Schau nur: Da ist er wieder! Er ist zu mir zurückgekommen. Er hatte es versprochen, und nun hat er Wort gehalten. Ich wusste, dass er mir treu bleibt. Zum Glück war es kein allzu weiter Weg. Er musste nur durch zweimal graues Zelttuch ganz nach hinten kommen. Er sieht schlimm müde aus. Auch blass, ein bisschen blutarm, obwohl er eigentlich – dir darf ich das unumwunden sagen – an allen für unsere Sonne zugänglichen Stellen so natürlich braun wie ein amerikanischer Indianer oder ein indischer Jogi ist.

Das Ganze, euer Drüben, euer Vorne hat ihn mordsmäßig angestrengt. Aber das will nicht heißen, dass er keine Kraft mehr hat. Entschlossen schüttelt er seine Locken. Wie schön er ist. Ein Bild von einem Mann. Er ist, er bleibt für mich und uns ein Bild von Bruder, der Bruder aller Bilder. Er fasst mich um die Taille und hebt, fast schlenzt er mich von meinem Hocker.

Wir schauen uns zusammen um. Da ist gar nicht so viel zu sehen. An einer Wand, es muss die Rückwand des Gebäudes sein, sind Fenster aufgestapelt, große und kleine Fenster, alle in weißen Holz- oder Kunststoffrahmen. Die Scheiben sind so gleichmäßig mit feiner Holzasche bepudert, dass wir mit den Fingerspitzen darauf schreiben könnten. Der Boden ist mit Werkzeug übersät. Auch Holzstücke und Draht. Nägel und Schrauben, Papier und Pappe. Ein bisschen sieht es hier hinten aus, wie es bei dir, wie es in deinen vier Wänden noch immer aussieht.

Entschuldige den törichten Vergleich. Ich weiß, du wirst bald Ordnung schaffen. Den starken Arm um meine Schultern und meine Hand auf seiner Hüfte gehen wir, gehen er und ich im Kreis herum, bis wir vor diesem alten Fernseher anlangen. Wo ist die Fernbedienung abgeblieben? Ich sehe sie auf meinem Hocker liegen. Weil sie aus Glas ist, kann man sie hier hinten, in diesem lückenlosen Zwielicht doch leicht übersehen. Kein Ton. Kein Bild. Aber jetzt blinkt zumindest sie noch einmal auf. Ein beerengroßes, sanddornrotes Pünktchen. Und schon ist es erloschen. Der Fernseher hält still. Wir halten still. So still, dass wir die Eule im Eulenkasten scharren hören.

Ringsum bohren sich Wurzeln in einen Grund, den

Pilzfädchen durchwirken. Es knistert feucht, es knackt, es schmatzt sogar. Es tauscht und wechselt. Es nimmt und gibt. Da drunten, da draußen auf dem Gelände hilft es sich weiterhin, so gut es kann. Und es vermag wahrlich eine ganze Menge. Wir beugen uns zusammen über den Fernsehapparat. Jetzt sehe ich, dahinter, in seinem bildröhrenwarmen Schatten, steht noch ein alter, in allen Abspielehren verstaubter Videorecorder. Klick, klick: Tonschluss und aller Bilder Ende. Schon hat mein lieber Freund beide Geräte – für uns, für dich, für sich, für deine Mama und vorerst für immer – vom Strom genommen.

Weitere Titel

Anrufung des Blinden Fisches

Barbar Rosa

Die Logik der Süße

Die Sonne scheint uns

Die Zukunft des Mars

Libidissi

Miakro

Roman unserer Kindheit

Scheitern! Durchhalten! Triumphieren!

Schund & Segen

Sünde Güte Blitz

Von den Deutschen